D1870985

Klösterreisen
Ausflüge zu Klöstern und Kirchen
Herausgegeben von Joachim Angerer
Texte von Andrea Riegl

Bildnachweis
Umschlagfoto: Manfred Horvath
Österreich Werbung/Trumler Abb. S. 33 oben, 39 unten, 40, 74 unten, 78, 79 unten, 89, 90, 93, 144, 165, 182, 183, 184, unten, 220, 222, Österreich Werbung/Gruenert Abb. S. 35 oben, 92, 162, oben, Österreich Werbung/Panagl Abb. S. 35 unten, Österreich Werbung/Markowitsch Abb. S. 120 oben, Österreich Werbung/Wiesenhofer Abb. S. 120 unten, Österreich Werbung/Puchner Abb. S. 161 oben, Österreich Werbung/Duecker Abb. S. 161 unten, Österreich Werbung/Simoner Abb. S. 79 oben, Österreich Werbung/Hamm Abb. S. 80 unten, Oberösterreich Werbung/Schwager Abb. S. 137, 217, 219, 221 unten, Österreich Werbung/Mayer Abb. S. 184 oben, 90 unten, Österreich Werbung/Salus Abb. S. 221 oben, Oberösterreich Werbung/Bohnacker Abb. S. 39 oben, 90 unten, Österreich Werbung/Ramstorfer Abb. S. 80 oben, Bildarchiv Kartause Aggsbach Abb. S. 34, Bildarchiv Pfarramt Dürnstein Abb. S. 38, Niederösterreich Werbung/Westermann Abb. S. 36/37, 75, 76/77, 95, Bildarchiv Stift Geras/Fr. Fuhrmann Abb. S. 74 oben, Lammerhuber Abb. S. 73, Bildarchiv Stift Lilienfeld Abb. S. 94, 96, Bildarchiv Stift Melk – Foto Baumgartner, Graz Abb. S. 113, 114, 115, 116/117, 118,119, Bildarchiv Kloster Marienberg Abb. S. 138/139, 140, Bildarchiv Abtei Michaelbeuern Abb. S. 141 oben, Bildarchiv Neustift Abb. S. 141 unten, Diözesenarchiv Bischöfliches Ordinariat Graz-Seckau/Dr. Müller – freigeg. vom BMfLV mit Zl. 13.088/733-16/92 Abb. S. 142/143, Bildarchiv Benediktinerstift St. Paul Abb. S. 162 unten, 163, Salzburg Information Abb. S. 164, 165, Oberösterreich Werbung/Ferstemer Abb. 166/167, Bildarchiv St. Florian 168, 177, Bildarchiv Stift Schlägl Abb. S. 178, 179 oben, Bildarchiv Kloster Säben Abb. S. 179 unten, Bildarchiv Stift Schlierbach Abb. S. 180, Bildarchiv Pfarre Sonntagberg Abb. S. 181 oben, Bildarchiv Stift Seitenstetten Abb. S. 181 unten, Bildarchiv Pfarre Stadl Paura Abb. S. 218, Oberösterreich Werbung Abb. S. 219, Bildarchiv Pfarre Kefermarkt Abb. S. 224, Bildarchiv Pfarre Maria Trost Abb. S. 223

Deutsche Bibliothek – CIP-Einheitsaufnahme
Klösterreisen: Ausflüge zu Klöstern und Kirchen / hrsg. von
Joachim Angerer. Texte Andrea Riegl. – St. Pölten ; Wien ; Linz :
NP_Buchverl., 2001
ISBN 3-85326-178-7

Layout und Einbandgestaltung:
Werbebüro G. Linecker, Ottensheim

Gesamtherstellung:
Niederösterreichisches Pressehaus
Druck- und Verlagsgesellschaft mbH
A-3100 St. Pölten, Gutenbergstraße 12

ISBN 3-85326-178-7

Klösterreisen

Ausflüge zu Klöstern und Kirchen

Herausgegeben von Joachim Angerer
Texte Andrea Riegl

NP
BUCHVERLAG

Inhalt

Vorwort des Herausgebers 6

Orden

Augustiner-Chorherren 10
Benediktiner und Benediktinerinnen 10
Kanoniker (Chorherren) 11
Kanonissen (Chorfrauen) 12
Kartäuser 12
Kollegiatstift 13
Melker Reform 13
Mönchtum 14
Prämonstratenser 14
Stift 14
Trappisten 15
Zisterzienser 15

Klöster

Admont 16
Aggsbach 19
Altenburg 21
Ardagger 24
Baumgartenberg 26
Bertholdstein 28
Dürnstein 30
Eisgarn 41
Engelszell 43
Fiecht und St. Georgenberg 45
Frauenberg 47
Gaming 49
Garsten 52
Geras 54
Gleink 57
Göss 59
Göttweig 61
Griffen 65
Gurk 66
Heiligenkreuz 69
Herzogenburg 81
Kleinmariazell 84
Klosterneuburg 86
Kremsmünster 98
Lambach 102
Lilienfeld 105
Maria Schmolln 107
Maria Wörth 109

Mariazell . . . 111
Marienberg . . . 122
Mattsee . . . 123
Mauerbach . . . 125
Melk . . . 127
Michaelbeuern . . . 131
Millstatt . . . 133
Mondsee . . . 136
Neuberg an der Mürz . . . 146
Neustift bei Brixen . . . 148
Nonnberg . . . 150
Ossiach . . . 153
Pernegg . . . 155
Pöllau und Maria Pöllauberg . . . 157
Pustritz . . . 159
Ranshofen . . . 160
Reichersberg am Inn . . . 170
Rein . . . 172
St. Florian . . . 174
St. Lambrecht . . . 185
St. Paul im Lavanttal . . . 188
St. Peter . . . 191
Säben . . . 194
Schlägl . . . 195
Schlierbach . . . 198
Schönbach . . . 201
Seckau . . . 203
Seitenstetten . . . 207
Sonntagberg . . . 210
Spital am Pyhrn . . . 212
Stadl-Paura . . . 214
Stainz . . . 216
Stams . . . 226
Suben am Inn . . . 229
Viktring . . . 231
Vorau . . . 233
Waldhausen im Strudengau . . . 235
Wien – Unsere Liebe Frau zu den Schotten . . . 237
Wilhering . . . 241
Wilten . . . 243
Zwettl . . . 246

Kirchen

Christkindl . . . 250
Kefermarkt . . . 251
Mariatrost . . . 253
Schöngrabern . . . 254

Klösterreisen

unternahmen und unternehmen seit Jahrhunderten viele Menschen. Heute, so scheint es, sehr viel mehr als etwa im Mittelalter oder überhaupt im abgelaufenen zweiten Jahrtausend christlicher Zählung. Das liegt in der Zeit und an den Möglichkeiten, die uns Jetzigen durch den technischen Fortschritt beschert wurden. Noch nie konnte und hat sich so sehr bestätigt, was die alten Römer offenbar meinten, wenn sie formulierten: „Vita est motio – Leben ist Bewegung“.

Als vor gut zwei Jahrzehnten erstmals mein Buch „Klösterreich“ erschien, konnte niemand ahnen, auf welches Interesse die darin vermittelten Inhalte stoßen sollten. Da sich viele mit solchem Wissen und vor allem mit den Einsichten in die schon am Anfang des zweiten Jahrtausends stehenden, europaweiten „Vernetzungen“ von Kloster zu Kloster sowie der damals „modernen“ Orden insgesamt, auf den Weg machten, entstand die Erstausgabe des Buches „Klösterreisen“.

Auch darüber sind die Jahre verstrichen. Der Kulturtourismus bringt immer größere Scharen von Besuchern aus allen Erdteilen, aus allen Kulturen und Religionen nach Österreich, schwerpunktartig auch zu besonders prominenten Kirchen, Klöstern und zu vielen Gedenkstätten der großen Künstler unseres Landes. Wir in den Klöstern freuen uns darüber, sehen uns aber gleichzeitig herausgefordert, uns selbst dem Besucher möglichst ganzheitlich darzustellen und verständlich zu machen. Es könnte ansonsten der Eindruck entstehen, die Bau- und Kunstwerke in ihrer Äußerlichkeit seien lediglich Relikte einer großen Vergangenheit. Nein, es geht uns darum, deutlich zu machen, was die den Bauwerken vorausgehenden und sie bedingenden Inhalte sind, vor allem die spirituellen und nicht minder, welche Zielvorgaben aus dem Willen der Stifter abgeleitet werden müssen. Wenn man schließlich Bildung, somit Bildnisse, Kunstwerke, ja Denkmale nicht nur erschauen, erlernen sondern gleichsam einatmen kann – ich umschreibe einen Gedanken von Thomas Mann – , dann wird der aufmerksame und bildungswillige und -hungrige Beschauer unserer Stifter verspüren, was in dem Wort steckt: „Saxa loquuntur – die Steine sprechen“. Ich meine sogar, in den österreichischen Stiften könne man förmlich das Alte, das Gute und das Schöne riechen und ertasten. Daß uns darin nicht der Geruch des Vermoderten, des Verfallenen und des Hinfälligen entgegenschlägt, das bleibt den „Hütern“ dieses „Klösterreichs“ zu danken.

Zugegeben, Klöster, Ordensniederlassungen, Nonnen und Mönche gibt es fast überall auf der Welt, kennen auch die nichtchristlichen Religionen, was aber Österreich nicht nur Klöster-reich, sondern zum Klösterreich macht, das ist die Verbindung zwischen Stifter und Stiftung. Insbesondere das Geschlecht der Babenberger, deren bekanntester, der Heilige Leopold, noch heute Patron von Niederösterreich, mit seinem Sohn Otto wichtigste Klostergründungen vornahmen, schenkten ihrem Land bewußt geistige und weltliche Zentren durch ihre Stiftungen und in ihren Stiften. Sie riefen nicht zuletzt die Zisterzienser ins Land, die dank ihrer Konversbrüder schlicht und einfach „Entwicklungshilfe“ in die letzten Täler Niederösterreichs brachten. In weiterer Folge gehörte zu den großen Stiften die Grundherrschaft, jene Verwaltungs-, Gerichts- und Steuereinheit, die sich ungefähr mit einer heutigen Bezirkshauptmannschaft vergleichen läßt. Die Äbte und Klostervorsteher – für die Kartausen waren es die Prioren – vertraten ihre geistliche Grundherrschaft im Prälatenstand, wie die Fürsten ihre weltliche eben im Fürstenstand. Dieses bringt uns Äbten bis heute die in unserem Fall geschichtsträchtige Bezeichnung „Prälat“ ein, nicht zu vergleichen mit dem Titel eines Prälaten etwa an der päpstlichen Kurie.

Aus diesem Naheverhältnis, in weiterer Folge zwischen dem späteren Kaiserhof und den Stiften, ergaben sich die „Kaisertrakte“ oder „Kaiserzimmer“. Kurzum, die österreichischen Stifte sind schon aus ihrer Entstehungsgeschichte etwas ganz Einmaliges. Ihre Einzigartigkeit, wenige Einzelklöster in der Schweiz ausgenommen, besteht ganz besonders darin, daß diejenigen Abteien, die heute den Hauptbestand österreichischer Stifte ausmachen, ununterbrochen bis zurück in ihre Gründungszeit existieren, allen Kriegen und Unbilden zum Trotz. Sie sind wesentliche Traditionsträger dessen, was typisch österreichisch genannt werden kann.

Im Bewußtsein dieser Funktion und aufgrund ihrer Dotierungen bilden die Stifte auch heute noch Zentren spiritueller und wirtschaftlicher Aktivitäten. Sie scheinen nicht nur aus oder in die Landschaft gewachsen, mit ihr verwachsen zu sein, wobei aus dem historischen Bezug eben die dominierenden Plätze den alten Stiften zugewiesen werden konnten. In der Betrachtung dieser „Gottesburgen“ mag manchmal in uns sogar der Eindruck aufkommen, es gäbe tatsächlich auch heute noch Stätten, wo der Himmel die Erde zu berühren scheint.

Brauchen wir es nicht mehr denn je zuvor? Ein „Dach für die Seele“?

Gewiß, auch wir Klosterleute verspüren weitgehend die vielfältigen Nöte unserer Tage und stehen in ihnen. Wir werden mit den Problemen der Jugend genauso konfrontiert wie mit Arbeitsplatzbeschaffung und -sicherung. Obendrein sind wir meist sogar die größten Arbeitgeber einer Region. Dies nicht zuletzt durch die Menschen, die zu uns kommen, um die Kunstwerke zu besichtigen, oder um mit und bei uns zu wohnen, die Obdach suchen. Das war zu allen Zeiten so. Nur heute, so scheint mir, und ich blicke mittlerweile auf eine jahrzehntelange Praxis zurück, müssen kirchliche Einrichtungen immer mehr ganzheitlich ihre Dienste anbieten und offen stehen, um den Mitmenschen das „Werk der Erlösung“, die Kraft, Gnade und Liebe eines gütigen Gottes erfahrbar zu machen. Wo sollte dieses besser umsetzbar sein, als eben in den Stiften. Womit sich auf ganz neue Weise das früher gerne benutzte Wort bestätigen könnte: „Unterm Krummstab ist gut leben“. Daß uns der Fremdenverkehr geradezu eine wichtige Kanzel der Verkündigung bietet, dessen werden wir uns immer mehr bewußt. Und im Austausch von nehmen und geben, von helfen und geholfen werden ergibt sich „communio“. In diesem gegenseitigen Geben und Nehmen, einem wandelnden Wechselspiel vergleichbar, kommt dem dritten Partner der wichtigste Teil zu; denn der Segen kommt von oben. Dieses Empfinden von Rückbezogenheit bzw. Religio, dieser Glaube ist es, der Geborgenheit schenkt, ein Zuhause, Heimat schafft. So mag jeder Besuch in einem Stift mehr sein als nur eine kurze Station oder Rast auf unseren Klösterreisen, immer auch ein Kraft-schöpfen oder Atemholen auf dem Weg zu einem ewigen Ziel! Zugleich gilt dem Benützer und Leser dieses Führers mein Wunsch, es sei ihm gegönnt, hinter die Klostermauern blicken zu können, auf jene Menschen zu treffen, die sich berufen fühlen dürfen, eine Welt sichtbar zu machen, die sich zwar in dieser Welt als vorgegeben und den Sinnen zugänglich zeigt, aber über sich hinausweist in die Unendlichkeit Gottes und in seine grenzenlose Liebe und Güte zu den Menschen.

Unter diesem Gesichtspunkt wage ich im Namen meiner „Kollegen“ die Arme weit auszuspannen, welch letzteres zumindest für mich und für Geras gelten soll, zu sagen, was einst im Gästehaus des Kollegiatstiftes Mattsee geschrieben stand:

„Porta patet magis cor – das Tor steht offen noch weiter das Herz“

Eines noch: In den letzten Jahrzehnten ist es uns in fast allen Klöstern und Stiften gelungen, unsere Bausubstanzen zu restaurieren und für das kommende Jahrtausend zu „rüsten“, was Totaleinsatz unsererseits bedeutete. Es sei dabei nicht verschwiegen, daß wir auch dankenswerterweise Hilfe von außen erhielten und – jedes Eintrittsgeld ein willkommener Beitrag zur Erhaltung der Klostergebäude darstellt. Es gilt allerdings auch hiefür das Wort:

„Renovatio est creatio –
jede Renovierung kommt einer Neuschöpfung gleich“

Mit anderen Worten, die Stifte Österreichs und ihre Inwohner schicken sich an, den Herausforderungen des neuen Milleniums gewachsen zu sein. Kloster ist nicht Selbstzweck. Deshalb mag dieser Führer zu Klösterreisen alle jene verführen, die das Dahinter und Darüber, das Mehr als nur die Daten, Zahlen und Namen suchen, „Österreich – Klösterreich“ aufzusuchen und es auch erleben zu können. Für uns alle eine faszinierende und mutige Perspektive. Ich schließe mich Martin Buber an, der verkündet:

„Alles wirkliche Leben ist Begegnung“

Geras, am 15. Jänner 1999, meinem 14. Wahltag zum Abt und Prälaten von Geras-Pernegg

Joachim Angerer

Orden

Augustiner-Chorherren

Die Klöster der Augustiner-Chorherren entfalteten sich aus Priestergemeinschaften, die nach einem bestimmten Kanon zusammenlebten. Daher auch die Bezeichnung „Kanoniker". Eines ihrer Vorbilder war der Kirchenvater Augustinus (354–430), der schließlich namengebend für sie wurde. Die Augustiner-Chorherren durften anfangs Privateigentum besitzen. Erst nach einer Reform und Teilung innerhalb der Klöster entstanden die „regulierten" Chorherrenstifte, die frühesten im österreichischen Raum noch im 11. Jahrhundert.
Um eine engere Bindung untereinander zu erreichen, schlossen sich viele Chorherrenstifte zu Kongregationen zusammen und trafen sich zu regelmäßigen Generalkapiteln. Im 17. und 18. Jahrhundert kam es zu einem Aufschwung der Seelsorge und des Wissenschaftsbetriebs in vielen Chorherrenstiften, so beispielsweise in Klosterneuburg bei Wien und in St. Florian.
1907 konnten sich die sechs Chorherrenstifte Klosterneuburg, St. Florian, Herzogenburg, Reichersberg, Vorau, Neustift bei Brixen zur Österreichischen Kongregation zusammenschließen, an deren Spitze der jeweils auf fünf Jahre gewählte Generalabt steht; die einzelnen Stifte sind innerhalb der Kongregation rechtlich selbständig. Alle Klöster der Augustiner-Chorherren zusammen bilden eine Konföderation mit einem Abtprimas an der Spitze.

Benediktiner und Benediktinerinnen

Benedikt von Nursia (um 480–547) gründete in Subiaco (bei Tivoli) und Monte Cassino die Stammklöster der Benediktiner und verfaßte eine Regel, welche spätestens seit der Regierungszeit Karls des Großen und die Synode von Aachen (817) für fast alle Klöster verbindlich wurde. Der weibliche Zweig, die Benediktinerinnen, leitet sich traditionellerweise von Benedikts Schwester Scholastika her.
Der Siegeszug der Benediktiner-Regel erklärt sich vermutlich aus ihrer Ausgewogenheit; sie fordert zwar Abkehr von allem weltlichen Leben und Streben nach Vollkommenheit durch Enthaltsamkeit und geistige Einkehr, doch sie vermeidet Extreme der Askese und Auswüchse aller Art, wie sie gerade im Mönchtum vor dem heiligen Benedikt auftraten. Im Jahre 600 erhielten die Benediktiner von Papst Gregor dem Großen den Auftrag zur Missionierung der Angelsachsen. Durch die Ungarnkriege des zehnten Jahrhunderts wurden viele der frühen Klostergründungen zerstört. Es kam dadurch zu einer gewissen spirituellen Krise.

Im 10./11. Jahrhundert ging ein starker Reformimpuls von Cluny und Gorze aus. Etwa siebzig Benediktinerklöster schlossen sich der Reform an, die strenge Askese forderte. Gorze stand politisch dem Gedanken des Heiligen Römischen Reiches positiv gegenüber und nahm im Investiturstreit zwischen Papst und Kaiser wiederholt zugunsten des letzteren Einfluß in Fragen der Reichspolitik. Zur Observanz von Gorze zählen u. a. die Klöster Regensburg, St. Peter in Salzburg, Kremsmünster, Admont, Lambach und auch Melk.
Der Reformbewegung in Burgund, dem Kloster Cluny, schlossen sich in den nächsten Jahrhunderten an die dreitausend Klöster an. Der Gedanke einer völligen Herauslösung der Klöster aus dem weltlich-staatlichen Machtbereich und eine zentralistische Ausrichtung und Unterstellung unter die Gewalt Roms waren die Hauptkennzeichen der cluniazensischen und „gregorianischen" Reform, verbunden mit einer stärkeren Betonung der geistigen Aspekte des Mönchtums. Über Hirsau und andere Vermittler gelangte die Bewegung auch in unser Gebiet. Garsten, Seitenstetten, St. Lambrecht, vor allem aber Admont schlossen sich ihr an, gefolgt von den meisten übrigen österreichischen Klöstern. Im 11. und 12. Jahrhundert kam es zu einer grundlegenden Reform benediktinischer Observanz auch von Gorze-Cluny durch den, zur ursprünglichen Strenge der Regel Benedikts (Bet **und** arbeite!) zurückzuführenden Orden mit „moderner" Verfassung (Generalkapitel, Generalabt, Definitorium, Visitation und Filiation) der Zisterzienser. Nach dem Konzil von Trient kam es in Österreich 1623 Zur Gründung der ersten Benediktiner-Kongregation mit einem Präses an der Spitze. Seit Papst Leo XIII. sind alle Benediktinerklöster zu einer Konföderation mit einem Abtprimas (S. Anselmo, Rom) als Repräsentant und Vorsitzenden zusammengeschlossen.

Kanoniker (Chorherren)

Als Kanoniker oder Chorherren werden Kleriker bezeichnet, die als Mitglieder eines Kathedral-, Dom- oder Stiftskapitels gemeinsam Gottesdienste feiern. Das Kapitel bildete sich aus der an einer Kathedralkirche tätigen Gemeinschaft von Geistlichen (Presbyterium), die dem Bischof bei der Feier der Liturgie zur Seite stehen und verschiedene, auch seelsorgerliche Aufgaben verrichten. Dafür bezogen sie Unterhalt aus dem vom Bischof verwalteten Kirchengut. Diejenigen Kanoniker (und Kanonissen), die dem in der „Gregorianischen Reform" des 11. und 12. Jahrhunderts entwickelten Reformprogramm folgten und sich einem Leben in Gemeinschaft nach Regeln mit Ordensgelübden, Gehorsam, Keuschheit und Armut verschrieben, werden als Regularkanoniker (regulierte Chorherren bzw. Chorfrauen) bezeichnet. Die bedeutendsten der regulierten Chorherren-Orden sind die nach der Augustiner-Regel lebenden Augustiner-Chorherren und die Prämonstratenser. Bei jedem Bischofssitz besteht heute noch das Domkapitel.

Kanonissen (Chorfrauen)

Als Chorfrauen oder Kanonissen bezeichnete man Frauen, die ihr Leben Gott geweiht haben. Sie lebten nicht nach monastischen Grundsätzen, d.h. nach einer Ordensregel, sondern in Gemeinschaft gemäß den kirchlichen Vorschriften. Durch ihre kirchlich geordnete Lebensweise unterschieden sie sich wiederum von den ebenfalls ohne Ordensgelübde lebenden Frauengemeinschaften wie den Beginen. Die Teilnahme am Gottesdienst, das Stundengebet und Handarbeit als asketische Übung waren Pflicht, häufiger Aufenthalt in Refektorium und Dormitorium Gebot, Gespräche mit Männern verboten. Auch die Kanonissen durften eigenen Besitz und eine private Wohnung mit Mägden zur Bedienung haben. Im Zuge der „Gregorianischen Reform" im 11./12. Jahrhundert nahmen einige Chorfrauen an Kanonissenstiften die Augustinerregel an und legten die drei Gelübde ab; sie werden regulierte Chorfrauen bzw. Augustiner-Chorfrauen genannt. Viele Kanonissenstifte behielten ihre bisherige Lebensweise bei, die Verweltlichung nahm zu. Die Kanonissenstifte – seit dem Spätmittelalter auch „Damenstifte" genannt – wurden in steigendem Maß zu Versorgungsanstalten für Mädchen aus adeligem Haus; die sogenannten Säkular-Kanonissinnen verfügten über Einkommen aus einer festgelegen Zahl von Pfründen, hatten Privatbesitz und waren an keine Gelübde gebunden. Heute bestehen diese „Häuser" nicht mehr.

Kartäuser

Um das Jahr 1084 gründete der aus einer vornehmen Kölner Familie stammende Bruno in einer Wildnis bei Grenoble einen Einsiedlerorden, ein kleines Bethaus mit sechs einzelnen Zellen. Roger von Sizilien lud ihn nach Kalabrien ein, wo er in einer Wildnis bei La Torre eine neue Gemeinschaft begründete. Hier starb Bruno 1101, noch ehe der Papst den Orden bestätigte (1176). Das Stammkloster La Grande Chartreuse bei Grenoble, das im Jahre 1940 wieder an den Orden übergeben wurde, ist der Hauptsitz der Kartäuser. Die nach äußerst strengen Ordensregeln unter weitgehender Beachtung der Schweigepflicht lebenden Mönche des rein beschaulichen Ordens bewohnen isolierte kleine Häuschen mit einer Gartenparzelle. Sie sind häufig wissenschaftlich tätig, arbeiten aber auch in der Landwirtschaft unter dem Ordensmotto „Beata solitudo – sola beatitudo" (Glückliche Einsamkeit – einziges Glück). Als nicht mit Seelsorge, Krankenpflege oder Schulwesen befaßt, fielen die österreichischen Kartausen der josephinischen Auflösung zum Opfer.

Kollegiatstift

Kollegiatstift oder Kollegiatkapitel nennt man eine geistliche Körperschaft von Kanonikern, denen die Durchführung des gemeinsamen Gebets (= Chorgebet) an der Stiftskirche obliegt. Solche Vereinigungen entstanden aus dem gemeinsamen Leben von Weltklerikern. Im Unterschied zu den Mönchen besitzen die Stiftskanoniker privates Eigentum und einen eigenen Haushalt. Das gemeinsame Leben beschränkte sich meist auf den Chordienst an der Stiftskirche und auf regelmäßige Kapitelsitzungen. In den katholischen Ländern brachte die allgemeine Säkularisationswelle im Gefolge der Französischen Revolution das Ende fast aller Kollegiatstifte. Derzeit gibt es vier davon in Österreich: Mattsee, Seekirchen, Mattighofen und Eisgarn.

Melker Reform

Die Melker Reform war eine der drei großen benediktinischen Erneuerungsbewegungen im Spätmittelalter, neben der Bursfelder Kongregation (Nieder- und Mitteldeutschland) und der Kastler Reform (Bayern, Obere Pfalz). Sie wirkte seit dem Beginn des 15. Jahrhunderts von Stift Melk aus auf bayerische und schwäbische Abteien und auf Klöster der angrenzenden Gebiete. Als Abt von Melk (1418–1425) wurde Nikolaus Seyringer, früherer Rektor der Wiener Universität, zusammen mit seinem Schüler und Prior Petrus von Rosenheim zum großen Wegbereiter der Reform. Tiefer religiöser Ernst und strenge Regeltreue verbinden sich dabei mit frühhumanistischer Gelehrsamkeit, die auch die Augustiner-Chorherren beeinflußte. Die Reforme der Melker, die 1418 im Auftrag Herzog Albrechts V. in den Benediktinerklöstern, im Territorium von Niederösterreich durchgeführt wurde, fußt auf der Observanz von Subiaco. Die Melker übernahmen die 1379 in Subiaco schriftlich festgelegten Gewohnheiten (= „Consuetudines", Ausführungsbestimmungen zur Regel) und adaptierten sie. Als „Brevarium Melliceuse" wurden sie so im gesamten süddeutschen Raum zur Grundlage einer echten Reform vor der Reformation und bedingten einen ungeahnten Aufschwung in den Klöstern der Melker Observanz (1435–1472).

Mönchtum

Der Gedanke des Mönchtums ist nicht auf das Christentum beschränkt, er läßt sich in vielen verschiedenen Religionen und Kulturkreisen nachweisen. In unserem Zusammenhang genügt der Hinweis auf erste Einsiedler und Asketen sowie frühe Gemeinschaften klösterlicher Art noch in der Spätantike in Kleinasien und Ägypten. Auch in der römischen Provinz Gallien – im heutigen Südfrankreich – gab es schon vor dem 4. Jahrhundert mönchisches Zusammenleben, wenngleich ohne rechtliche Zusammenfassung, wie sie in der Ostkirche noch heute üblich sind. Das typische abendländische Mönchtum der katholischen Kirche besagt, daß die Mitglieder unter Einhaltung der Gelübde Armut, Gehorsam und Ehelosigkeit in einer geregelten klösterlichen Gemeinschaft zusammenleben, und zwar unter Leitung eines Oberen und unter Einhaltung einer bestimmten Klosterregel (OSB, O.Cist., O.Präm. usw.). Bezeichnete man früher die Orden als den „Stand der Vollkommenheit“, werden jetzt die Mitglieder der Orden als zum „gottgeweihten Leben“ Berufene angesprochen.

Prämonstratenser

Der Orden geht zurück auf Norbert von Xanten (1080–1134) und das Stammkloster Prémonstré, (lateinisch Praemonstratum, von daher die Ordensbezeichnung), 1121 gegründet. Der ursprünglich eher beschaulich ausgerichtete Orden, eine Vereinigung von Chorherren nach einer der Regeln des Augustinus, im konstitutionellen Aufbau durch die „Carta caritatis“ den Zisterziensern verbunden, ist vor allem in der Seelsorge tätig, aber auch die Pflege von Liturgie und Chorgebet wird als zentrale Aufgabenstellung betrachtet.

Stift

Als Stifte bezeichnet man im allgemeinen die mit Grundherrschaft und unterschiedlichen Privilegien ausgestatteten Klöster der alten Orden, der Benediktiner und der ihnen „verwandten“ Zisterzienser, der Prämonstratenser oder auch Augustiner-Chorherren und Kartäuser. Sie besaßen in Österreich die Rechte der Grundherrschaft bis 1848 und galten bis zum selben Jahr gewissermaßen als exterritorial. Heute werden sie als juridische Personen gewertet, als Körperschaften öffentlichen Rechts mit großer kulturhistorischer, wirtschaftlicher und geistlicher Bedeutung, ihren politischen Einfluß haben sie jedoch verloren.

Trappisten

Der Trappistenorden, der in Österreich nur eine einzige Niederlassung besitzt (Engelszell), wurde von Armand-Jean de Bouthillier de Rancé (1626–1700), dem Abt von La Trappe, gegründet und zwar als asketische Reformrichtung innerhalb der Zisterzienser. Die Grundlage der von übermäßiger Bußstrenge geprägten Reform bildeten die „Règlements", in denen Abt de Rancé die zisterziensische „Carta caritatis" rigoros verschärfte. Er verpflichtete die Mönche zu einem weltabgeschiedenen, beschaulichen Gebetsleben, zur Handarbeit, Stillschweigen, strengem Fasten und Verbot von wissenschaftlichem Studium. Seit 1892 bilden die Trappisten einen eigenen Orden mit einem eigenem Generaltabt. Bis heute ist Citeaux der Sitz des jährlichen Generalkapitells der Trappisten. Die Hauptaufgabe der Mönche, die sich in kontemplativem Leben um eine Erneuerung des alten Zisterzienserideals bemühen, ist das liturgisch-feierliche Chorgebet, vertieft durch die geistliche Lesung, Schriftbetrachtung und theologisches Studium und verbunden mit der Handarbeit für den Lebensunterhalt.

Zisterzienser

Im Jahr 1098 begannen in Citeaux (Burgund) die ersten Mönche ihr klösterliches Leben in einem gewissen Gegensatz zu Cluny. Aus diesen Anfängen entwickelte sich im Mittelalter der ganz Europa umspannende Zisterzienserorden. Der Orden ist ein sogenannter Reformorden, an deren Ursprung ein neuer religiöser Armutsbegriff stand: die Rückkehr zur Benedikt-Regel in schärfster Abhebung vom reich und mächtig gewordenen cluniazensischen Mönchtum, das wohl den einzelnen Mönch, nicht aber das Kloster zur Besitzlosigkeit verpflichtete. Unter den drei ersten Äbten, dem heiligen Robert von Molesme, dem heiligen Alberich und dem heiligen Stephan Harding, einem Engländer, blieb die neue Gemeinschaft zwar noch relativ klein und unbedeutend, doch wurde unter Abt Stephan die sogenannte „Carta caritatis" erlassen, ein Ordensstatut, das bahnbrechend für die Entwicklung des neuen Ordens werden sollte. Wirklichen Aufschwung nahm der neue Orden jedoch erst durch die Gestalt eines jungen burgundischen Adeligen Bernard de Fontaines (1091–1153), des späteren heiligen Bernhard von Clairvaux, der 1112 in Citeaux eintrat. Bald kam es zu einer unerhörten Flut von Klosterneugründungen in ganz Europa: 1119 (neben den vier unmittelbaren Tochterklöstern von Citeaux) elf; bis 1132 bereits 300. Im Jahre 1352 mußte das Generalkapitel sogar bestimmen, daß innerhalb von zehn Meilen im Umkreis eines Klosters keine neue Abtei mehr gegründet werden durfte. Damals existierten über 700 Zisterzienserklöster in ganz Europa! Der heilige Bernhard allein stiftete von Clairvaux aus nicht weniger als 56. Kein anderer Orden konnte sich je in so kurzer Zeit so weit verbreiten.

Admont

Die Benediktinerabtei Admont liegt am Eingang des romantischen Gesäuses. Dem benediktinischen „ora et labora“ folgend, bestreitet Admont seinen Unterhalt aus der Land- und Forstwirtschaft und aus umfangreichen Jagdgebieten, betreibt ein Gymnasium und ein eigenes Elektrizitätswerk. Es ist nicht nur eines der bedeutendsten Klöstern Österreichs, durch seinen Grundbesitz ist es sogar das größte Kloster der Welt. Admont war jedoch nicht von Anfang an eine „Erfolgsstory“. Seine Geschichte berichtet vielmehr von vielen Katastrophen – und gleichzeitig vom unbezwingbaren Willen zu Wiederaufbau und Neubeginn.

Geschichte

Das erste steirische Männerkloster wird im Jahr 1074 von Erzbischof Gebhard von Salzburg zu Ehren der Mutter Gottes und des heiligen Blasius gegründet. Die ersten Mönche kommen aus dem Salzburger Kloster St. Peter und können 1121 die romanische Basilika weihen. Nach einem großen Brand 1152 müssen sie die Kirche neu bauen, im 13. Jahrhundert erfolgt ein gotischer Umbau. Im Mittelalter entwickelt sich Amont dank einer dank einer bedeutenden Schreibschule zu einem Kulturzentrum der Steiermark, seit 1614 besteht das Stiftsgymnasium. Im Jahr 1742 beginnt der Architekt Johann Gotthard Hayberger mit einem großzügigen Umbau.

Ein zweiter Brand im Jahr 1865 zerstört das gesamte Kloster bis auf die kostbare barocke Bibliothek. Die Stiftsgebäude werden in den folgenden Jahren neu gebaut, die Kirche, auf den romanischen und gotischen Fundamenten, im neugotischen Stil errichtet. Nach der Enteignung durch das nationalsozialistische Regime in den Jahren 1938 bis 1945 können die Mönche 1945 wieder in das Kloster zurückkehren.

Sehenswürdigkeiten

Die Stifts- und Pfarrkirche zum heiligen Blasius wurde 1869 geweiht. In dem dreischiffigen, neugotischen Innenraum lohnt es sich, auf eine Entdeckungsreise nach einzelnen Werken der früheren Einrichtung zu gehen. So ist etwa der neugotische Hochaltar aus weißem Carraramarmor mit einer großen Statue des heiligen Blasius von sechs gestickten barocken Wandteppichen aus der Stickereischule der Abtei umgeben. Die schönen Teppiche sind in Hoch- und Flachstickerei gearbeitet, mit Äbtewappen und Darstellungen von Heiligen.

Den Marienseitenaltar schmückt das Altarbild Maria Immaculata – ein weiteres Kunstwerk, das den großen Brand überstand. Das Altarbild wurde 1726 von Martino Altomonte gemalt. Vor dem Altar befindet sich eine Kopie der Admonter Maria (1310), deren Original im Grazer Joanneum zu bewundern ist. In der neugotischen Umrahmung sollte man die Medaillons mit Darstellungen der 15 Geheimnisse des Rosenkranzes, um 1726 von Josef Stammel geschnitzt, nicht übersehen. Stammel schuf auch die Pietà am Josefsaltar in der ersten Kapelle auf der Epistelseite. Sie wurde ursprünglich für die Pfarrkirche Wildalpen geschaffen und 1953 nach Admont übertragen.

Die Barockkrippe stammt ebenfalls von diesem Grazer Hofbildhauer, der im Jahr 1765 in Admont starb. Die Krippe, eingepaßt in einen neugotischen Flügelaltar, gehört zu den schönsten Österreichs und wird jährlich vor der Christmette feierlich geöffnet und zu Maria Lichtmeß (2. Februar) wieder geschlossen.

Vom ursprünglichen Bau sind nur noch die untersten Geschosse der Türme (aus der romanischen Zeit), zwei einfach gestufte romanische Portale an den Turmseiten und der Portallöwe erhalten. An der Nordseite des Langhauses ließ der Baumeister Wilhelm Bücher karikierte Köpfe Kaiser Wilhelms I. und Bismarcks als Wasserspeier anbringen.

Da sich die Löscharbeiten beim großen Brand auf die Bibliothek konzentrierten, konnte sie gerettet werden. Sie umfaßt rund 160.000 Bände, über 1.400 Handschriften (ab dem 8. Jahrhundert) und 530 Inkunabeln (Frühdrucke bis zum Jahr 1500). Die Bibliothek ist die jüngste und eine der schönsten Klosterbauten des Barock in Österreich. Sie wurde von Josef Hueber nach den Plänen von Johann Gotthard Hayberger in den Jahren 1770 bis 1776 errichtet. Der 70 Meter lange Raum erstreckt sich über zwei Geschosse, in der Mitte befindet sich eine elliptische Kuppel. Dieser in drei Teile gegliederte Raum ist der größte klösterliche Bibliothekssaal der Welt. Bartolomeo Altomonte malte die Deckenfresken in einer außergewöhnlichen Leuchtkraft und Farbigkeit. Sie stellen die verschiedenen Künste, weltliche und geistliche Wissenschaften, mythologische und allegorische Szenen dar.

Strukturiert wird dieser lange Raum durch die weißen Rokoko-Bücherschränke mit Goldverzierungen und umlaufender Galerie. Die 68 Konsolköpfe stammen ebenfalls von Josef Stammel, sie stellen die Vertreter der Künste und der Wissenschaften, die Erdteile sowie acht Sibyllen dar. Stammels Holzstatuen, insbesondere jene zu den Vier letzten Dingen, Tod, Gericht, Hölle und Himmel, zählen zu den Hauptwerken österreichischer Barockskulptur. Darüber befinden sich die vier Kardinaltugenden, die auf Entwürfe von Gottfried Bernhard Göz zurückgehen. In den seitlichen Teilen des Saales sehen wir die Figuren von Moses, Elias, Petrus, Paulus und der vier Evangelisten.

Im dritten Stock des Ostflügels befinden sich das Kunsthistorische und das Naturhistorische Museum des Stiftes.
Das Naturhistorische Museum zeigt eine Sammlung von Insekten, Vögeln und Säugetieren sowie eine Mineraliensammlung. Sie ist das Lebenswerk von Pater Gabriel Strobl, der von 1866 bis 1910 daran arbeitete. Die Insektensammlung zählt mit über 252.000 Exponaten zu den bedeutendsten der Welt. Eine Rarität ist die wächserne Obstsammlung, die als einzige naturhistorische Sammlung den Brand von 1865 überstand. Sie umfaßt 245 naturgetreu in Wachs nachgebildete Obstsorten.
Sehenswert sind weiters die ehemalige Stiftsschmiede sowie der Neptunsbrunnen im Stiftshof. Im Konventgarten steht das 1661 erbaute Lusthaus, ein kleiner, achteckiger Bau mit Fresken und illusionistischer Architektur. Dargestellt sind die vier Jahreszeiten mit Phoebus und Apollo in der Mitte.

Information

Anreise: A 1, Abfahrt Amstetten; A 9, Abfahrt Admont; Stift Admont, A-8911 Admont 1

Öffnungszeiten: Bibliothek und Museen sind täglich von April bis Oktober (10–13 und 14–17 Uhr) und während der Weihnachts- und Semesterferien (14–17 Uhr) geöffnet, sonst nur für Gruppen ab 20 Personen nach Voranmeldung.

Einkaufen: Im Admonter Klosterladen finden Sie eine bunte Produktpalette, von Schnäpsen und Likören aus österreichischen Stiften bis zu Süßigkeiten, Devotionalien, Kerzen und ein reichhaltiges Literaturangebot.

Restauranttip: Im Admonter Stiftskeller können Sie sich bei einer Original Admonter Klostersuppe und bei anderen Spezialitäten stärken. Das Gasthaus Zur Ennsbrücke in Admont/Hall ist ebenfalls auf regionale Küche mit lokalen Produkten spezialisiert.

Kultur und Freizeit: Schloß Röthelstein mit seinem prächtigen Innenhof liegt auf dem Klosterkogel über Admont. Von Admont aus können Sie auch die Wallfahrtskirche Frauenberg (siehe Seite 49) besuchen. Stift Admont organisiert Floßfahrten auf der Enns, Besuche im Floßmuseum Kastenreith sowie geführte Wanderungen in das Haindlkar am Fuße der Gesäusenordwände (für Gruppen ab 5 Personen). Wenn Sie weiter nach Westen fahren, sollten Sie noch einen Abstecher zu Pürgg (ca. 20 km westlich von Liezen) machen: Die romanische Johannes-Kapelle, auf einer kleinen Anhöhe im Süden des Ortes, hat sich mitsamt seiner Freskenausstattung fast unverändert erhalten.

Tip: Für den Besuch von Stift Admont und Stift Kremsmünster gibt es eine Kombikarte, sie inkludiert auch ein Mittagessen in Admont oder in Kremsmünster.

AGGSBACH

In einem der schönsten Flecken Österreichs, nämlich in der Wachau, liegt die ehemalige Kartause Aggsbach. Hier gründeten Heidenreich von Maissau und seine Gemahlin Anna von Kuenring das Kloster Unserer Lieben Frau Pforten. Erhalten sind mit Ausnahme des Zellentraktes die Kirche und ein Großteil der Klosteranlage (u.a. das Refektorium, die Prälatur und der weitläufige Wirtschaftstrakt).

Geschichte

Im Jahr 1373 wird der Grundstein zur dritten Kartause in Österreich (nach Mauerbach und Gaming) gelegt, vier Jahre später kommt ein Prior mit zwölf Mönchen und einigen Laienbrüdern aus Mauerbach nach Aggsbach. 1419 flüchten Prager Kartäuser vor den Hussiten nach Aggsbach. Die Kartause gewinnt zwar weder wirtschaftlichen noch politischen Einfluß, doch bringt sie geistesgeschichtlich so bedeutende Persönlichkeiten hervor wie den Prior Vinzenz von Aggsbach (1435–1448). Durch Bauern- und Türkenkriege wie auch durch die Reformation kommen die Kartäuser in Not. Nach einem letzen Aufschwung zu Beginn des 18. Jahrhunderts – die Kirche und Teile des Klosters werden erneuert – findet das hier praktizierte Leben des Gotteslobes in Einsamkeit und Schweigen im Jahr 1782 mit dem Eintreffen der josephinischen Aufhebungsurkunde ein jähes Ende. Die Mönchszellen und drei Flügel des gotischen Kreuzganges werden abgerissen, die Kirche wird 1784 zur Pfarrkirche von Aggsbach Dorf, Geschwendt, Siedelgraben und Aggstein. Das als wertlos erachtete Archiv wird vernichtet, die Bücher gelangen in die Wiener Bibliotheken, die Kunstschätze in andere Klöster. So kommt es, daß die wichtigsten Kunstwerke aus Aggsbach heute in Herzogenburg zu besichtigen sind: der Hochaltar, ein gotischer Flügelaltar aus der Zeit um 1450, der jüngere Hochaltar, die Holzplastik Marientod sowie der Michaelsaltar. In den letzten Jahren wurden die mittelalterlichen Wehrtürme, die Umfassungsmauer, das Kircheninnere und die Kirchenfassade vorbildlich restauriert.

Sehenswürdigkeiten

Man betritt die Klosteranlage über eine kleine Brücke, es folgt ein Vorhof, dann ein vierstöckiger Torturm. In der weitläufigen Klosteranlage, die wie eine Burg mit Türmen gesichert ist, befinden sich heute Wohnungen.

Die Kirche, ein einschiffiger, extrem schmaler Bau (46 Meter lang und nur sieben Meter breit) entspricht in ihrer Anlage den Kartäuserregeln. Diese Regeln besagen auch, daß eine Kartäuserkirche weder Orgel noch Kanzel haben soll. Die bemerkenswerte Barockkanzel erhielt die Kirche daher erst, als sie zur Pfarrkirche wurde. Das Taufbecken von 1832, Wappengrabsteine der Maissauer aus dem 14. und 15. Jahrhundert sowie die figuralen, gotischen Schlußsteine sind besonders sehenswert. Sie stellen die Muttergottes dar, ein Einhorn (das Wappentier der Maissauer), Löwe, Pelikan und Phönix. Die schmalen Maßwerkfenster geben dem langgestreckten Gebäude ein eigenes Raumgefühl.

Im Kartäusermuseum illustrieren die Modelle einer Mönchszelle und einer Klosteranlage sowie Originalgegenstände (darunter ein Ofen aus der Kartause Montrieux, Bücher und Eßbesteck aus der Kartause Marienau) das Leben der Kartäuser. In der ehemaligen Bibliothek über der Sakristei zeigt man eine Dokumentation über das Leben des heiligen Bruno, den Gründer des Kartäuserordens.

INFORMATION

Anreise: A 1, Abfahrt Melk, Richtung Wachau rechtes Ufer, Schönbühel-Aggsbach; Kartause Aggsbach, A-3642 Aggsbach-Dorf

Öffnungszeiten: von 1. April bis 31. Oktober täglich geöffnet, Führungen nach Voranmeldung im Gemeindeamt

Restauranttip: Die Wachau ist für gutes Essen und Trinken bekannt. Auf dieser Seite der Donau sind das Landgasthaus Schickh in Klein-Wien sowie Gattingers Gasthaus in Furth/Göttweig (beide mit Kinderspielplätzen) empfehlenswert. Gute Küche gibt es u.a. auch im Restaurant Stumpfer in Schönbühel und im Domingo in Aggsbach.

Kultur und Freizeit: Von der Ruine Aggstein aus dem 12. Jahrhundert genießt man einen schönen Blick über die Donau und den Dunkelsteiner Wald. Die Hammerschmiede der Kartause ist heute ein Museum (an Wochenenden geöffnet). Sehenswert sind auch die ehemaligen Servitenklöster Schönbühel (malerische Lage an der Donau, Kirche mit detailgetreuer Nachbildung der Grotte von Betlehem) und Maria Langegg (bekannte Wallfahrtskirche „Maria Heil der Kranken“, romantischer Wanderweg zur Ruine Aggstein). Melk (siehe Seite 127), Herzogenburg (siehe Seite 81) und Göttweig (siehe Seite 61) sind von hier ebenfalls nicht weit entfernt.

Altenburg

Barocke Kirchen, Klöster, Schlösser und Häuser gibt es im Waldviertel wahrlich genug, doch den Titel "Barockjuwel des Waldviertels" verdient nur das Stift Altenburg. Die imposante, jedoch harmonische Barockanlage liegt etwas abseits der großen Verkehrswege hoch über dem Kamp. Die Fülle an Formen und Farben beeindruckt besonders durch den Kontrast zur wenig besiedelten und sehr ruhigen Gegend.

Geschichte

In der Stiftungsurkunde des Bischofs Reginbert von Passau aus dem Jahr 1144 ist überliefert, daß die Witwe des Grafen von Poigen, Hildburg, auf ihrem Sitz Altenburg ein Mönchskloster nach der Benediktinerregel errichten ließ, das in bischöfliches Eigentum überging. Zur Besiedelung des Klosters kommen zwölf Mönche aus dem steirischen Benediktinerstift St. Lambrecht. In den folgenden Jahrhunderten ist Hildburgs Stiftung mit zahlreichen Katastrophen konfrontiert, wie Verheerungen durch Kumanen und Hussiten. 1467 zerstört König Viktorin von Böhmen die Gebäude, 1480 kommt es zu einem Großbrand. Invasionen aus Mähren und Ungarn, die Türkensteuer und Bauernaufstände bringen das Kloster nahe an den Ruin. Im Jahr 1552 nennt ein Landeskommissär Stift Altenburg einen „wüsten Steinhaufen".

Unter Abt Kaspar Hofmann (1583–1587) kommt es zu einem Aufschwung. In dieser Zeit entstehen ein neues Abtstöckl und eine befestigte Mauer, die später zu einer Art Festungsanlage ausgebaut wird. Mit einem Überfall der Schweden im Jahr 1645, die das Kloster einäschern, scheint zunächst das Aus für Altenburg gekommen. Die neun noch verbliebenen Mönche wählen den Melker Benedikt Leiss zu ihrem Abt. Unter seiner Leitung und der seines Nachfolgers Placidus Huch wird das Kloster wiederhergestellt. Während der über hundert Jahre dauernden Bauzeit arbeiten hier Künstler wie Joseph Munggenast und Paul Troger.

Die nächsten Jahrhunderte verlaufen friedlich, bis das Kloster während des Zweiten Weltkrieges als Lager für deutsche Umsiedler dient. 1941 wird der gesamte Besitz enteignet, das Umsiedlerlager wird zum Reservelazarett und 1945 schließlich zu einer Kaserne der Roten Armee. In dieser Zeit gehen etwa die Hälfte der Kunstschätze des Klosters verloren. Die Renovierungsarbeiten von 1969 bis 1975 lassen Altenburg schließlich wieder in barocker Pracht erstrahlen. Besonders stolz ist man auf das Alte Kloster, das ist den letzten Jahren bei Grabungen freigelegt wird.

Sehenswürdigkeiten

Durch eine Allee barocker Sphinxe und allegorischer Gestalten, Arbeiten des Eggenburger Meisters Franz Leopold Farmacher, führt der Weg in die Klosteranlage von Altenburg. Als erstes betritt man den Johannishof, wo auch die Führungen durch das Stift beginnen. Der anschließende Prälatenhof ist der schönste der fünf Altenburger Höfe, unregelmäßig geformt, von festlichem Charakter.
Im Kirchenhof befindet man sich bereits auf ältestem Klosterboden. Die Kirche, ein spätgotischer Bau des 14. Jahrhunderts, wurde von 1730 bis 1733 von Joseph Munggenast umgestaltet. Dabei blieben die gotischen Hauptmauern weitgehend unberührt, auch der Unterteil des Westturmes wurde übernommen. Die Fassade trägt große Sandsteinstatuen und Dekorvasen, über dem Portal wacht der heilige Benedikt.
Das Kircheninnere überrascht durch die Wirkung des mächtigen Zentralraumes mit sechs Kapellennischen, durch reiche Stuckarbeiten und eine einmalige Farbgebung in Weiß, Grünblau und Rosa. Der Hochaltar mit einem Altarblatt (Mariä Himmelfahrt) von Paul Troger hat einen prachtvollen Aufbau mit den Gestalten der Dreifaltigkeit und anbetenden Engeln. In der Kuppel das gewaltige Fresko Paul Trogers mit der Vision aus der neutestamentlichen Offenbarung: „Die Frau bekleidet mit Sonne“ und „Ein anderes Zeichen, ein großer Drache“ (Apk 12).
Die Eleganz des Bibliothekssaals ist vollendet: Weiß, Gold und ein kühles Blau, eine Fülle an Licht und Farbe geben dem 48 Meter langen Saal Leichtigkeit und Festlichkeit. Das Stift besitzt rund 8.000 Bände, 50 Handschriften und 150 Inkunabeln. Die Kuppelfresken stammen von Paul Troger und von Johann Jakob Zeiller. Sie stellen das Reich des Geistigen dar mit Darstellungen der Pallas Athene und des Herkules, des Urteils Salomons und Allegorien der Wissenschaft und der Weisheit. In den Nebenkuppeln sind die vier Fakultäten dargestellt. Die barocke Feierlichkeit findet ihr Gegenbild im Reich des Todes, das sich unter dem Bibliothekssaal, in der Krypta ausdehnt. Dieser Raum hatte jedoch nie eine praktische Funktion, er ist ein Meditationsraum. Der Tod als Jäger, der Tod als Götterbote, als Wassergott Neptun, ein Kaleidoskop der Unterwelt, in dem uns das „memento mori“ in vielfacher Erscheinungsform anspringt. Der Eindruck, hier nicht in einem Kloster, sondern in einer fürstlichen Residenz zu sein, verstärkt sich in den Marmor- und Kaiserzimmern und auf der prunkvollen Kaiserstiege noch mehr.
Seit einigen Jahren kann Altenburg mit einer einmaligen Attraktion aufwarten, das Alte Kloster, das in die Zeit der Stifterin Hildburg zurückgeht und an die 300 Jahre verschüttet war. Freigelegt wurden der

Kreuzgang und die Regularräume (das sind der Kapitelsaal, das Refektorium, Fraterie bzw. Skriptorium und Calefaktorium).
Unübertroffen ist die 208 Meter lange, regelmäßig gegliederte Ostfassade auf dem steilen Abhang zum Kamp ausgerichtet, von wo aus man einen unvergleichlichen Blick in die unberührte Landschaft hat.

INFORMATION

Anreise: von Horn über die B 38 Richtung Zwettl; Abtei Altenburg, Abt Placidus Much-Straße 1, A-3591 Altenburg

Öffnungszeiten: täglich geöffnet, Führungen von Ostern bis Allerheiligen, sonst nach Voranmeldung

Veranstaltungen: Kunsthandwerk und lokale Produkte finden Sie beim Advent- und Weihnachtsmarkt, der am 3. Adventsonntag stattfindet. Altenburg ist ein Musik- und Theaterzentrum mit Konzerten der Altenburger Sängerknaben, der Altenburger Sommerakademie, den Sommerspielen (Mitte Juli bis Anfang August) und dem Kammermusikfestival Allegro Vivo (von Mitte August bis Mitte September).

Einkaufen: Im Klosterladen gibt es Waldviertler Spezialitäten und Klosterprodukte wie Mohn, Dinkel, Kümmel, Schnäpse, Schafmilchprodukte, Bücher und Souvenirs.

Restauranttip: Das Kaiserhofstüberl (im Kaiserhof des Stiftes) bietet Köstlichkeiten aus der Barockzeit (geöffnet von Ostern bis Allerheiligen).

Kultur und Freizeit: Sie können auf die Rosenburg wandern (Länge: 5 Kilometer) und zur Graselhöhle, dem Versteck des Räuberhauptmanns Georg Grasel, der um 1810 hier sein Unwesen trieb. Eine Radtour auf dem Klosterweg (Länge: 20 Kilometer) bringt Sie von Altenburg nach Pernegg (siehe Seite 155) und Geras (siehe Seite 54). In der Nähe befinden sich auch die Wallfahrtskirche Maria Dreieichen und die Stadt Horn mit dem Höbarthmuseum (urgeschichtliche Sammlung).

Ardagger

Auf einem steilen Acker (arduus ager) an der Donau, am Eingang zum Strudengau, liegt das ehemalige Chorherrenstift mit der spätromanischen Stiftskirche. Jahrhundertelang ein Zentrum geistiger und weltlicher Macht, ist es seit der Aufhebung des Stiftes im Jahr 1784 etwas in Vergessenheit geraten. Gemeinsam mit einem Besuch des nahegelegenen Stiftes Baumgartenberg und dem Städtchen Grein ist es aber durchaus einen Ausflug wert.

Geschichte

Im Jahr 1049 gründet Kaiser Heinrich III. ein Weltpriester-Kollegiatstift, von Chorherren betrieben, zu Ehren der heiligen Margarete. Die Gründungslegende erzählt, daß Heinrichs schwangere Gemahlin Agnes von Poitou auf der Jagd an der Donau von den Wehen befallen wurde und der Nothelferin Margarete die Stiftung des Klosters für einen glücklichen Verlauf der Geburt gelobte. 1063 wird die Kirche geweiht.
Ist das Stift im 12. und 13. Jahrhundert ein bedeutendes spirituelles Zentrum, widmen sich die Chorherren von Ardagger in den folgenden Jahrhunderten mehr der weltlichen Macht. Häufig weilen Kaiser hier zu Gast, und der Markt Ardagger profitiert von der Bedeutung seines Stiftes. Nach Verwüstungen während der Türkenkriege wird Ardagger 1662 in eine sogenannte Realprobstei umgewandelt, das heißt, es gibt nur mehr einen Probst. Dieser Titel wird dann vornehmlich den Söhnen des österreichischen und süddeutschen Hochadels verliehen. 1784 wird das Stift aufgehoben. Die einstige Probstei und das Wohnhaus des Dekans wurden 1813 von Graf Alois von Geniceo in ein zweigeschossiges Schloß umgewandelt, die Wohnhäuser der Kanoniker verkauft.

Sehenswürdigkeiten

Ist das äußere Erscheinungsbild der ehemaligen Stiftskirche und Pfarrkirche zur heiligen Margarete auch bescheiden, haben sich in ihrem Inneren jedoch einige außergewöhnliche Kunstschätze erhalten. In erster Linie ist dies das sogenannte Margaretenfenster im Ostchor aus dem Jahr 1240. Mit seiner leuchtenden Farbigkeit und feinen Zeichnung ist es eines der frühen Meisterwerke österreichischer Glasmalerei. Die 14 Medaillons zeigen das Martyrium der heiligen Margarete. Von unten nach oben: Margarete lehnt die Liebesbotschaft des Präfekten Olibrius ab, sie wird gefangengenommen, heidnische Philosophen versuchen sie vom Christentum abzubringen,

sie soll vor Olibrius einem heidnischen Götzenbild opfern, sie wird ausgepeitscht, sie wird mit Eisenwerkzeugen gemartert, der Teufel erscheint ihr in Drachengestalt, im Kerker tröstet sie der Heilige Geist in Gestalt einer Taube, sie wird mit brennenden Fackeln gequält, sie schwingt eine Geißel gegen einen gefesselten Teufel, sie besiegt ihn durch das Kreuz Christi, sie wird in ein Faß mit kochendem Wasser getaucht, schließlich wird sie enthauptet, ihre Seele wird von Engeln in den Himmel getragen.
Der Hochaltar stammt aus dem 17. Jahrhundert und hat einen sehenswerten Rokoko-Tabernakel. Die Statue der heiligen Margarete wurde an eine Konsole der Seitenwand transferiert. Besonders sehenswert ist auch die Dreikönigskapelle im Kreuzgang vom Jahr 1410, das in den malerischen Kreuzganggarten hineinreicht.

INFORMATION

Anreise: A 1, Abfahrt Amstetten West; Stift Ardagger, A-3321 Ardagger

Öffnungszeiten: täglich geöffnet, Führungen nach Voranmeldung im Pfarramt oder in der Mostgalerie

Restauranttip: Gutbürgerliche Küche gibt es in der Taverne gegenüber der Kirche.

Einkaufen: In der Mostgalerie finden Sie Schnäpse, Trockenobst und natürlich Most, im ehemaligen Getreidespeicher gegenüber der Kirche Zierflaschen und Geschenke.

Kultur und Freizeit: Der Markt Ardagger liegt am Donauradwanderweg Passau—Wien. Vom Donau- und Freizeithafen Ardagger aus kann man Bootsfahrten unternehmen. In näherer Umgebung: Stift Baumgartenberg (siehe Seite 26), Markt Ardagger, Stadt Grein, Mostviertler Bauernmuseum in Gigerreith.

BAUMGARTENBERG

Am Beginn des Strudengaus, am östlichen Ende des oberösterreichischen Machlandes liegt der kleine Ort Baumgartenberg. Hier kämpfte viele Jahrhunderte lang ein Zisterzienserstift um das Überleben, bis es 1784 von der josephinischen Kommission geschlossen wurde. Bestehen blieb die ehemalige Stiftskirche Mariä Himmelfahrt, die zu den bemerkenswertesten Kirchen Oberösterreichs zählt.

Geschichte

Der Hochfreie Otto von Machland und seine Frau Jutta von Peilstein gründen im Jahr 1142 das Zisterzienserstift. Zwölf Mönche aus Heiligenkreuz errichten ein Kloster, allerdings nicht auf dem Burgberg, dem Ulrichsberg, sondern der Ordenstradition gemäß im Tal, in einem „Baumgarten am Berg". Die Serie von Unglücksfällen, Bränden und Verwüstungen, die schließlich zum Niedergang führen, beginnt im Jahr 1428 mit den Hussitenkriegen. 1458 plündert Hannes von Starhemberg das Kloster, 1467 suchen es die Räuber um Wilhelm von Puchheim neuerlich heim. Doch immer wenn der Untergang unvermeidlich scheint, bringen neue Schenkungen und Stiftungen einen Hoffnungsschimmer.

Eine kurze barocke Blüte hält nicht lange an. 1778 schließlich zieht die josephinische Kommission einen Schlußstrich unter die unrühmliche Geschichte dieses Machlandklosters. Das Linzer Domkapitel erhält die Herrschaft; Einrichtung und Ausstattung versteigert man, darunter auch die wertvolle Bibliothek, die Kirche wird in eine Pfarrkirche umgewandelt. Die umfangreichen Klostergebäude dienen unterschiedlichen Zwecken, als Fabrik, als Strafanstalt, seit 1867 als Mädchenerziehungsanstalt. Die Stiftsgebäude kann man daher nicht besichtigen.

Sehenswürdigkeiten

Die 1243 geweihte Stiftskirche läßt drei Bauabschnitte erkennen: ein romanisches, dreischiffiges Langhaus, einen hochgotischen Hallenchor, der 1143 geweiht wurde, und eine barocke Bauphase zwischen 1666 und 1697. Das romanische Kirchenschiff verschwand bei der Barockisierung völlig unter Halbsäulen, Gesimsen, Stukkolustro und einer Fülle von Fruchtgirlanden und Blätterwerk. Die Einrichtung der Kirche ist einheitlich barock.

Der Hochaltar mit dem Altarblatt Mariä Himmelfahrt (1694) stammt von Johann Carl von Reslfeld. Die Kanzel mit Darstellungen berühmter Ordensheiliger der Zisterzienser entwickelt sich aus einem Stamm, der seinerseits aus dem Leib des heiligen Bernhard entspringt. Sehenswert sind weiters die gotischen Wappengrabsteine und ein marmorner Grabdeckel vom ehemaligen Hochgrab Otto von Machlands, des Gründers des Stiftes (um 1400).

Information

Anreise: B 3, Baumgartenberg liegt etwa auf halbem Weg zwischen Grein und Perg; Pfarramt Baumgartenberg, A-4342 Baumgartenberg 39

Öffnungszeiten: täglich geöffnet, keine Führungen

Kultur und Freizeit: Stadt Grein (Stadttheater – das älteste Theater Österreichs – und Schloß Greinburg), Stift Ardagger (siehe Seite 24) und die Burg Clam (in Klam)

BERTHOLDSTEIN

Östlich von Feldbach in der Steiermark thront auf einem Felsen die alte Grenzfeste Bertholdstein, Ende des 12. Jahrhunderts von Berthold von Emmerberg gegründet. Seit 1919 erfüllt eine Benediktinerinnenabtei die alte Feste mit Leben.

Geschichte

Nach dem Gründer, Graf Berthold und seinen Nachkommen wissen wir als nächste Besitzer auf Bertholdstein von den Herren Lengheim. Sie bauen die Feste weiter aus und halten sie bis 1800 im Besitz. Der originellste Eigentümer Bertholdsteins ist Sefer Pascha, wie sich Graf Ladislaus Koszielski gerne nennen läßt. Der weitgereiste Orientkenner errichtet hier seinen Sommersitz und bringt eine Sammlung an Orientalica nach Bertholdstein. Er führt umfangreiche Restaurierungen durch und baut den Bergfried zum Minarett um.

Die zweite Spur in die Vergangenheit führt uns nach Prag, wo 1888 eine Benediktinerinnen-Abtei errichtet und 1889 von den Schwestern des Salzburger Nonnbergklosters besiedelt wird. Der Erste Weltkrieg fordert ein schweres Opfer von der noch jungen aber schon blühenden Ordensgemeinschaft, da ihr von der Regierung der neugegründeten Tschechoslowakei das Verlassen des Landes nahegelegt wird. Fürstin Ida zu Schwarzenberg und zwei ihrer Töchter schenken den Schwestern die Burg Bertholdstein. Die verwahrloste Burg müssen sie in den nächsten Jahrzehnten renovieren und adaptieren. 1942 beschlagnahmen die Nationalsozialisten die Abtei, und der Konvent wird gauverwiesen. Die Schwestern müssen die Steiermark verlassen. Heute ist die Ordensgemeinschaft wieder voll aktiv.

Die aus mehreren Nationen stammenden Ordensfrauen führen einen landwirtschaftlichen Betrieb und pflegen die moderne kirchliche Kunst (Anfertigung von Paramenten, Weberei, Glasmalerei, auch Portraits und Aquarellbilder).

Sehenswürdigkeiten

Das Portal der langgestreckten Burganlage zeigt noch die Rollen der Zugbrücke und einen Wappenstein des Adam von Lengheim (um 1582). Der große Hof wird durch eine 90 Meter lange Wehrmauer mit einem Rondell aus der ersten Hälfte des 17. Jahrhunderts begrenzt.

Die einstige romanische Schloßkirche wurde in der ersten Hälfte des 15. Jahrhunderts gotisiert. Am Fronbogen ist ein Fresko der Schutzmantelmadonna (1761) erhalten, die gemalten Apostelkreuze stammen vom Ende des 18. Jahrhunderts. Drei vorzügliche Epitaphien stammen von 1601, 1649 und 1702.

Information

Anreise: B 57, Bertholdstein liegt zwischen Fehring und Feldbach; Bertholdstein kann man auch über Steirische Schlösserstraße erreichen (A 2, Abfahrt Fürstenfeld, B 66 Richtung Feldbach); Abtei St. Gabriel Bertholdstein, A-8350 Fehring

Öffnungszeiten: Die Kirche ist täglich geöffnet, Führungen nur nach Voranmeldung.

Kultur und Freizeit: Schloß Riegersburg, Schloß Kornberg, ein großes Freizeitangebot gibt es in den Thermen Loipersdorf und Bad Gleichenberg.

Dürnstein

Obwohl sie weltberühmt sind, konnten sich die meisten Orte der Wachau ihren urtümlichen Charme erhalten. Nur Dürnstein scheint sich für die Besucher besonders herausgeputzt zu haben und hat aus einem historischen Geschehen sein touristisches Trademark gemacht: Richard Löwenherz wurde hier – so weiß es die Legende – auf seinem Weg zurück von den Kreuzzügen für einige Zeit festgehalten und von seinem treuen Sänger Blondel wieder befreit. Die Geschichte berichtet hingegen von einer hohen Lösegeldzahlung. Hier, auf einem Felsvorsprung über der Donau, steht auch das Wahrzeichen der Wachau, der himmelblaue Kirchturm der ehemaligen Stiftskirche.

Geschichte

Das ehemalige Stift der regulierten Augustiner-Chorherren ist eines der jüngsten Stifte Österreichs (1410). Die Kuenringer besitzen in dieser Zeit die Feste Dürnstein, in der sie 1193 auch den englischen König Richard Löwenherz gefangenhielten. Das Gebiet war von Kaiser Heinrich II. dem Kloster Tegernsee geschenkt worden. Der 1146 heiliggesprochene Kaiser war mit Kunigunde vermählt, die ebenfalls heiliggesprochen wurde. Die ihr geweihte Kirche übergibt Leutold von Kuenring dem Klarissinnenkloster, das er in Dürnstein begründet hat. Die im Klarissinnenkloster wirkenden Weltpriester vereinigen sich zu einem Kanonikat, das sie schließlich in ein Chorherrenstift umwandeln. Im 16. Jahrhundert wird das Klarissinnenkloster wieder aufgelöst, ab 1742 gibt man die Kunigundenkirche des Nonnenklosters dem Verfall preis und trägt sie 1803 bis auf den Turm ab. Wie so viele andere Klöster wird auch das Chorherrenstift unter Joseph II. 1787 aufgelöst.

Sehenswürdigkeiten

Betritt man den Stiftshof, fallen sofort die Statuen auf, die die Fassade zieren. Sie symbolisieren im Südwesten die vier Erdteile, im Nordwesten die vier Jahreszeiten, im Nordosten die vier Tageszeiten und im Südosten die vier Elemente. Die Räume des Ost-, Süd- und Westflügels sind mit Stuck von Domenico und Johann Piazoll verziert, die Gerichtsstube im Erdgeschoß schmücken Malereien aus dem juridischen Bereich (um 1730). Das zur Kirche führende Prunkportal ist in der Art eines barocken Altars gestaltet: zwischen den Pilastern und Säulen sieht man die vier lateinischen Kirchenlehrer, im Giebelfeld richtet sich eine eherne Schlange auf. Von

diesem Portal aus erreicht man das eigentliche Kirchenportal.
Der gotische Vorgängerbau der Stiftskirche ist nur mehr im Chor erkennbar, der überwiegende Teil ist vom Barock bestimmt. Erbaut wurde sie von 1721 bis 1725 nach den Entwürfen von Joseph Munggenast, wobei Kunsthistoriker Einflüsse von Jakob Prandtauer, Matthias Steinl und Antonio Beduzzi erkennen.
Die lichte Weite des Kirchenraumes wird durch eine dunkle Vorhalle betont. Über der Vorhalle liegt der zweistöckige Orgelchor mit einer Orgel (um 1724) von Johann Panzer. Das Langhaus ist von drei dunklen Seitenkapellen begleitet. Ins Auge stechen zunächst die sehr zarten, in weiß gehaltenen Reliefs an den Seitenwänden von Santino Bussi, Hofstukkateur in Wien. Die Ornamente und Figuren zeigen, vom Westen beginnend: Verkündigung, Christi Geburt, Anbetung der Könige, Auferstehung, Heiliger Geist, Altarsakrament. Es ist überliefert, daß Bussi sehr schnell arbeiten mußte, um dem Trocknungsprozeß zuvorzukommen, an manchen Reliefs soll er nur drei Tage gearbeitet haben.
Der Hochaltar mit dem Bild Mariä Himmelfahrt wird von den Statuen der Bischöfe, dem heiligen Augustinus und seinem Biographen Possidius flankiert. Über dem Gebälk thront eine in strahlendes Gold gefaßte Dreifaltigkeitsgruppe. Der in Form einer Weltkugel gestaltete Tabernakel, den 44 biblische Reliefs zieren, schuf vermutlich von Johann Schmidt, dem Vater des Kremser Schmidt. Johann Schmidt gestaltete auch das Chorgestühl mit Illustrationen zum Te Deum, die Kanzel mit üppigem figuralem Dekor und den Sitzfiguren von Glaube, Liebe und Hoffnung, sowie den Nepomuk-Aufbau mit Baldachin. Etwa hundert unterschiedlich ausgebildete Engel sind im ganzen Kirchenraum verstreut.
Anstelle des gotischen Kreuzganges wurde an der Südseite der Kirche ein barockisierter Nachbau errichtet (1722–1724). Die Wandbilder stammen von J.G. Starmeyr und Balthasar Rossafonte. Die barocken Kulissen für das Heilige Grab haben etwas Bühnenartiges – kein Wunder, stammen sie doch von Antonio Galli-Bibiena, Sproß einer Bologneser Theaterarchitektenfamilie.
Den schönsten Blick auf die Stiftskirche hat man von der Donaulände aus. Der Turm steigt über einem halbkreisförmigen Sockel mit einer kleinen Terrasse (wie in Melk) mit puttenbesetztem Geländer auf. Die Gestaltung des Aufbaus erinnert an die Stiftskirche von Zwettl, waren hier wie dort doch dieselben Künstler am Werk, nämlich Matthias Steinl und Joseph Munggenast.
Die Figuren und Reliefs entstanden nach den Vorstellungen des Bauherren, Probst Übelbacher, und erzählen von Schiffen in Seenot, vom Brückensturz des „Wasserheiligen“ Johannes Nepomuk, von der Muttergottes und den Evangelisten. Auch das Wappen des Probstes und das Stiftswappen – Adler, Löwe und Blumenkorb – ausgeführt von

Johann Schmidt, tauchen hier, wie überall im Stift, wieder auf. Über dem ersten Geschoß liegt ein Zwischengeschoß mit Rundfenstern, darüber das zweite Geschoß mit abgeschrägten Ecken, davor jeweils ein Obelisk. Die Uhr ist reich umrahmt, der steinerne Helm mit Putten und Figuren geschmückt.

Information

Anreise: S 33 bis Krems, B 3 nach Dürnstein; Stift Dürnstein, A-3601 Dürnstein

Öffnungszeiten: von 1. April bis 1. November täglich geöffnet, Führungen zur vollen Stunde und nach Voranmeldung

Veranstaltungen: Stift Dürnstein bietet den stilvollen Rahmen für zahlreiche Konzerte, Tagungen, Austellungen sowie Antiquitätenmessen.

Restauranttip: Dürnstein bietet eine reiche Gastronomie, stilvoll ißt man im Schloßhotel Dürnstein oder im Restaurant Löwenherz. Haubenküche bietet der Loibnerhof in Unterloiben.

Kultur und Freizeit: Auch die Umgebung der Stiftskirche hat einiges zu bieten. Da ist einmal das bereits oben erwähnte Klarissinnen-Kloster, in dem sich heute das Heimatmuseum von Dürnstein befindet. Das Kellerschlössel von Probst Übelbacher wurde 1714 erbaut, wahrscheinlich von Jakob Prandtauer. Stuck und Fresko nehmen auf die Freuden des Weines bezug, in den 800 Meter langen Gängen lagern die Wachauer Weine. Wer Lust hat, kann auch zur Ruine Dürnstein hinaufwandern. Für die Anstrengung wird man mit einem wunderbaren Blick über die Wachau belohnt.

Benediktinerabtei Admont – Prunksaal der Bibliothek

Benediktinerabtei Admont

Kartause Aggsbach

Stift Altenburg – Stiftshof

Zisterzienserstift Baumgartenberg

Dürnstein – Stiftskirche mit Blick auf die Ruine

Stiftskirche Dürnstein – Hl. Katharina v. M. J. Schmidt, 1767

Trappistenkloster Engelszell

Kartause Gaming

Stift Geras – Kirche des Stifts

EISGARN

Zwischen Heidenreichstein und Litschau, im nördlichen Waldviertel nahe der tschechischen Grenze liegt das kleinste „Stift" Österreichs. Die Probstei Eisgarn gehört zu den vier in Österreich noch bestehenden Kollegiatstiften. Nach einer vor kurzem durchgeführten Renovierung hat die Stiftskirche ihren mittelalterlichen Charakter wieder zurückgewonnen und zählt zu den schönsten frühgotischen Kirchen des Waldviertels. Die Gebäude, die heute so friedlich scheinen, haben eine wechselvolle Geschichte hinter sich.

Geschichte

Johann von Klingenberg stiftet um 1330 bei der bereits bestehenden Marienkapelle in Eisgarn ein Kollegiatstift für einen Probst und vermutlich fünf Chorherren. 1431 überfallen die Hussiten die Region, wobei sicher auch das Stift zu leiden hat, obwohl Nachrichten aus dieser Zeit weitgehend fehlen. Ab dem Ende des 15. Jahrhunderts geht es mit dem Stift abwärts. Einen Tiefpunkt erreicht die Probstei unter Johann von Reichermuet, der sein Amt nur noch zur persönlichen Bereicherung mißbraucht und 1563 sogar seinen Nachfolger Anton Rubeis erschießt.

Im Dreißigjährigen Krieg wird Eisgarn durch kaiserliche und feindliche Truppen gleichermaßen verheert, sodaß Probst Heinrich I. Fastroyer im Jahre 1665 „schier von Ungeziefer gefressen und verhingert" in Eisgarn stirbt. Sein Probstkoadjutor nimmt bei seinem Abgang alle wertvollen Bücher und Urkunden mit, die bis heute verschollen sind.

Im Barock nimmt Eisgarn wieder einen Aufschwung. Da Probst Joseph II. Strohmayer (1775–1814) gute Beziehungen zu den Hofkreisen besitzt (er ist Erzieher des jüngsten Bruders von Joseph II.) entgeht Eisgarn der josephinischen Aufhebung. Der Silberablieferung im Jahr 1809 kann sich Eisgarn jedoch nicht entziehen. Im Historismus wird die Stiftskirche regotisiert und 1998 grundlegend renoviert.

Seit 1393 ist die Existenz der Stiftsschule belegt, welche noch heute als öffentliche Schule besteht und somit eine der ältesten Niederösterreichs ist.

Sehenswürdigkeiten

Ein barockes Portal mit schönem Schmiedeeisengitter führt in den neubarocken Propsteihof, von dem aus die einzelnen Gebäudeteile erreichbar sind. Über die Feststiege gelangt man zum Empfangszimmer des Probstes, dessen Vorraum 1980 von Arnulf Neuwirth in Secco-Malerei in der Art barocker Grotesken neu gestaltet wurde. Diese findet man dann auch im sogenannten grobianistischen Zimmer, das originelle Rüpelszenen aus dem Ende des 16. Jahrhunderts schmücken.

Die Stifts- und Pfarrkirche Mariä Himmelfahrt ist eine gotische dreischiffige Pfeilerbasilika. Die hohen Fenster im Chor trugen einst Maßwerk, durch das mittlere scheint am Patroziniumstag (15. August, Maria Himmelfahrt) die aufgehende Sonne. Die Barockkanzel unter dem Triumphbogen trägt vier Reliefs mit Darstellungen der Kirchenväter. Die Orgel auf der Westempore hat ein prachtvolles barockes Gehäuse (1688). Außerdem sind der Jugendstilaltar und ein barocker Weihwasserengel bemerkenswert.

INFORMATION

Anreise: B 5, ca. 5 km nördlich von Heidenreichstein, Propstei Eisgarn, A-3862 Eisgarn

Öffnungszeiten: von Juli bis September dienstags bis samstags, sonst nur gegen Voranmeldung

Veranstaltungen: Von Mai bis September finden in Eisgarn Konzerte, Vorträge und Vernissagen statt.

Einkaufen: Im Spätherbst verkauft Eisgarn Karpfen aus eigener Zucht.

Restauranttip: Zum Guten Hirten in Eisgarn ist ein einfaches Landgasthaus, im Restaurant des Feriendorfes Königleitn gibt es Waldviertler Spezialitäten.

Kultur und Freizeit: Bei Eisgarn der Kolomanistein aus dem 13. Jahrhundert. Im nahen Heidenreichstein ist die Wasserburg zu besichtigen, in Litschau lockt der Herrensee mit Bade- und Sportanlagen sowie Rogners Feriendorf Königleiten. In Kleinzwettl (ca. 10 km südöstlich von Eisgarn) eine bemerkenswerte Wehrkirche mit unterirdischem Gang. Das nördliche Waldviertel ist ein Paradies für Wanderer (Blockheide bei Gmünd mit Wackelsteinen).

ENGELSZELL

Das Trappistenkloster Engelszell im oberösterreichischen Engelhartszell liegt malerisch an der Donau, nur 25 Kilometer von Passau entfernt. Einen Besuch der stimmungsvollen Abtei samt Stiftskirche verbindet man idealerweise mit Ausflügen zu den Burgen Krempelstein, Vichtenstein und Rannariedl.

Geschichte

Das ehemalige Zisterzienserstift Engelszell wird 1293 von Bischof Wernhard von Passau gegründet. 1295 existiert bereits eine halb in Holzbauweise und halb in Steinbauweise errichtete kleine Kirche, die im 14. Jahrhundert vergrößert wird. In der Engelszelle, der „Cella angelorum“, sollten müde Pilger und Landfahrer Herberge und Verpflegung finden. Die Reformation setzt dem Kloster zu, die Pest von 1571 tötet alle Mönche und ein Administrator übernimmt die Verwaltung. 1577 wird der Konvent gänzlich aufgelöst.

1618 kommt es unter Abt Martinus Ridt zu einer Neubesiedelung von Wilhering aus. 1699 vernichtet ein Großbrand Kloster und Kirche, die Wiederaufbauarbeiten dauern bis 1702. In der nur knapp 50 Jahre dauernden Blütezeit unter Abt Leopold Reichl (1747–1786) entsteht der heutige Klosterbau, die Stiftskirche wird 1764 geweiht, aber schon zwei Jahrzehnte später läßt Joseph II. das Stift auflösen.

Bis 1810 arbeitet eine Porzellanfabrik in den Klostergebäuden, dann kommen sie in Privatbesitz. 1925 übernehmen Trappisten aus dem elsässischen Oelenberg die Anlage, doch zwischen 1939 und 1945 ist Engelszell erneut aufgelöst. Das Kloster besitzt heute 160 Hektar Wald und 40 Hektar Kulturboden, eigene Werkstätten, zwei Kleinkraftwerke, eine einträgliche Klosterbrennerei und Likörfabrik sowie eine verpachtete Gärtnerei. Seit 1997 betreibt die Caritas ein Wohn- und Betreuungszentrum St. Bernhard im Stiftsbereich.

Sehenswürdigkeiten

Die Mariä Himmelfahrt geweihte Stiftskirche wurde von 1754 bis 1763 erbaut und ähnelt der Mutterkirche von Wilhering. Mit dem feingliedrigen Rokoko-Portal und einem einzelnen Fassadenturm wirkt sie besonders harmonisch und heiter. Am Gewölbe des Chores und des Vorchores sehen wir Fresken von Bartolomeo Altomonte: im Chor musizierende Engel, im Vorchor die vier Evangelisten, über einer Balustrade Himmel mit Dar-

stellung der Marienkrönung. Das Langhausfresko stammt aus dem Jahr 1957 und zeigt die Himmelskönigin mit den neun Chören der Engel.
Die sparsam stuckierte, strahlend wirkende Kirche hat eine einheitliche barocke Einrichtung. Die Stuckplastik ist das Werk des Wessobrunner Stukkateurs Johann Georg Übelher, von ihm stammt auch die Rokoko-Kanzel aus dunklem Marmor. Der Schalldeckel zeigt den heiligen Bernhard, der Abälard im Disput überwindet. Der Hochaltar mit einem Altarblatt von Altomonte sind in Stukkolustro gestaltet und mit Übelhers Stuck geschmückt.

Das Klostergebäude ist um zwei große Rechteckhöfe angeordnet, die direkt an die Südwand der Kirche anschließen. Der westliche Hof ist auf dem Grund des ehemaligen Kreuzganges errichtet. Von der gotischen Anlage hat sich im Erdgeschoß noch der Kapitelsaal erhalten, ein dreischiffiger Raum mit Achteckpfeilern und steinernen Lesepulten. Die Bibliothek im Klausurbereich hat hübschen Rokokostuck mit Fresken von Altomonte, die die Huldigung der Wissenschaften an die göttliche Weisheit darstellen.

INFORMATION

Anreise: ab Eferding B 130; Stift Engelszell, A-4090 Engelhartszell

Öffnungszeiten: Die Kirche ist ganztags und täglich geöffnet, Führungen nur nach Voranmeldung.

Einkaufen: An der Klosterpforte werden die „Engelszeller Klosterliköre“ aus eigener Brennerei verkauft. Durch den Verkauf soll die Erhaltung des kulturellen Erbes finanziell unterstützt werden.

Restauranttip: In Forstingers Wirtshaus in Schärding werden Innviertler Spezialitäten und gutbürgerliche Küche mit lokalen Produkten kredenzt.

Kultur und Freizeit: Von Burg Viechtenstein hoch über dem Donautal hat man einen herrlichen Ausblick bis ins Bayerische Land. Da die Burg in Privatbesitz ist, kann sie leider nicht besichtigt werden. Der Stadtplatz von Schärding mit seinen bunten Bürgerhäusern zeugt von der reichen Vergangenheit der ehemaligen Handelsstadt. Donauaufwärts lohnt die ehemalige Bischofsstadt Passau mit ihren zahlreichen sakralen Bauwerken einen längeren Besuch. Passau ist auch Ausgangspunkt des beliebten Donauradwanderwegs nach Wien.

Fiecht und St. Georgenberg

St. Georgenberg liegt 930 Meter hoch auf einem Felsen über dem Stallental vor einer herrlichen Gebirgskulisse und ist ein beliebter Tiroler Wallfahrtsort. Die Benediktinerabtei Fiecht bei Schwaz im Inntal ist bekannt für seine Schule, Kurse und Exerzitien sowie die Stiftskirche St. Josef. Beide Abteien verbindet eine tausendjährige Geschichte.

Geschichte

Um 950 gründet Rathold von Aibling (Bayern) das Kloster St. Georgenberg in dieser einsamen und rauhen Bergwelt. Die Mönche leben zuerst in einer Einsiedlergemeinschaft, und erst 1138 erhebt Bischof Reginbert von Brixen, selbst Prior in Admont und später Abt von St. Peter in Salzburg, die Klostergründung zur Benediktinerabtei. Schwere Katastrophen verwüsten fast jedes Jahrhundert die Abtei, viermal brennt sie völlig ab, in den Pestjahren 1348/49 sterben fast alle Brüder, und im 17. Jahrhundert wird sie durch Lawinen geschädigt.

Nach dem letzten Brand 1704 verlegt man das Kloster in das Tal nach Fiecht und baut dort eine barocke Klosteranlage mit der Stiftskirche St. Josef, St. Georgenberg wird zur Wallfahrtskirche.

Sehenswürdigkeiten

Stift Fiecht: Der hohe, lichte Kirchenraum von St. Josef zeigt den echten, süddeutschen Barockaufbau. Der schöne Rokokoschmuck stammt von Franz Xaver Feuchtmayr und Johann Georg Übelhör aus Augsburg. Die Deckenfresken stellen dar: Vermählung Mariä und Josefs, Geburt Christi und die Anbetung durch die Hirten, und Jesu im Tempel, auf dem interessanterweise Josef das Jesukind trägt und Maria im Hintergrund bleibt. Außergewöhnlich fein gearbeitet sind auch die Kirchenstühle von Franz Xaver Nißl (1774) mit figürlichen Darstellungen aus dem Leben der Heiligen Josef und Benedikt, der Vierzehn Nothelfer und anderer Heiliger.

Die Kanzel wurde 1754 für die Neulerchenfelder Kirche in Wien angefertigt, nach der Zerstörung der Kirche im letzten Weltkrieg erwarb sie Fiecht. Besonderer Beliebtheit erfreut sich der sogenannte Bauernaltar mit der Darstellung „Die heilige Notburga empfiehlt den Rottenburger Kinder, Armen und Kranken der schmerzhaften Muttergottes von St. Georgenberg“ aus dem Jahr 1758. Am gegenüberliegenden Soldatenaltar das Bild Martyrium des heiligen Florian von Josef Kremer (1762). Im rechten Abschluß des Querschiffarmes befindet sich der Marienaltar, dessen Statue der Maria Immaculata von Christoforo Benedetti 1706 für die Annasäule in Innsbruck geschaffen wurde. Wegen Verwitterungsgefahr wurde die Statue durch eine Kopie ersetzt und das Original in Fiecht aufgestellt.

Die Marmorarbeiten am Hochaltar stammen von Martin Dumb aus Kramsach, das Altarbild „Der heilige Josef mit Jesus" schuf Hans Andre 1950. Parallel zur Kirche liegt der moderne Bibliothekstrakt mit 26.000 Bänden, 300 Inkunabeln und 500 Handschriften.

Der größte Schatz des Klostermuseums ist der sogenannte Hartmannsstab aus dem 12. Jahrhundert. Die anderen Exponate illustrieren die Geschichte des Stiftes sowie die Missionstätigkeit in Afrika und Asien.

Die ehemalige Stifts- und heutige Wallfahrtskirche St. Georgenberg wurde von 1200 bis 1204 erbaut. Sie besitzt jedoch nur mehr im Grundgemäuer romanischen Baubestand, ihre heutige Gestalt erhielt sie im 17. Jahrhundert. Nach einem Brand von 1705 wurde sie erneut umgestaltet und im 19. Jahrhundert erweitert. Das Gnadenbild, ein geschnitztes Vesperbild, stammt aus der Zeit um 1420.

Information

Anreise: A 12 Abfahrt Schwaz, von dort 2 km bis Fiecht; nach Georgenberg: Weiterfahrt bis zum Parkplatz oberhalb von Fiecht, dann etwa 50-minütiger Fußmarsch; Abtei Fiecht-St. Georgenberg, A-6130 Fiecht

Öffnungszeiten: Die Stiftskirche ist wegen Renovierung voraussichtlich bis August 2000 geschlossen. Das neue Stiftsmuseum eröffnet im Sommer 1999. Für Gruppen ab 10 Personen werden Führungen durchgeführt.

Veranstaltungen: Im Meditationszentrum St. Benedikt werden regelmäßig Kurse abgehalten. Ein besonderes Erlebnis ist die Nachtwallfahrt nach St. Georgenberg (von Mai bis Oktober, jeweils am 13. des Monats).

Restauranttip: Gasthaus St. Georgenberg

Kultur und Freizeit: Vom herrlich gelegenen St. Georgenberg gibt es Wanderwege durch das Karwendelgebirge und die wildromantische Wolfsklamm. Die Stadtpfarrkirche von Schwaz Zu unserer Lieben Frau Maria Himmelfahrt ist die größte Kirche Tirols und weitgehend noch im gotischen Stil erhalten.

Frauenberg

Ein Besuch von Stift Admont ist ohne einen Spaziergang zur Wallfahrtskirche Frauenberg nicht komplett. Die Kirche steht auf dem Kulmberg über dem Ennstal. Die Legende berichtet von einer großen Holzmadonna, die während eines Hochwassers der Enns am Fuße des Kulmberges angetrieben wurde. Heute steht an jener Stelle eine Bildsäule, die Frauenbergursprung genannt wird. Dreimal wurde in Folge die Madonna nach Admont getragen und dreimal kehrte sie auf den Kulm zurück.

Geschichte

1410 erfolgt die Grundsteinlegung für eine Kirche, um die Pilgermassen, die zur wundertätigen Madonna kommen, aufzunehmen, 1423 findet die Einweihung statt. Während der Bauernaufstände 1525 wird die Kirche geplündert und verödet über hundert Jahre lang. Erst in der Mitte des 17. Jahrhunderts beginnen wieder die Wallfahrten auf den Frauenberg, 1667 kann man die neue Kirche einweihen. Sie stammt wahrscheinlich vom Barockbaumeister Carlantonio Carlone, der hier jedoch noch beim Stil der italienischen Renaissance blieb. Die zwei Türme des Chores werden 1702 errichtet.

Im josephinischen Zeitalter sind die Prozessionen verboten, und die Kirche muß alles Gold und Silber abliefern. 1939 verliert die Kirche durch die Aufhebung des Stiftes Admont den gesamten Grundbesitz, der Pfarrhof muß eine Gruppe des NS-Arbeitsdienstes beherbergen, und die Wallfahrt wird neuerdings verboten. Erst seit 1945 ist Frauenberg wieder belebt.

Sehenswürdigkeiten

Ungewöhnlich ist der Doppelbau von Kirche und Pfarrhof. Die einschiffige Langhauskirche ist durch Kapitelle und Kappentonnen gegliedert. Die überreiche Stuckdekoration stammt aus der Werkstätte des Giovanni Battista Carlone (1690–1695). Das schöne barocke Orgelwerk ist mit dem Wappen des Abtes Adalbert, des Bauherren, geschmückt. Den Aufbau des Hauptaltares schuf Martin Neuberg, die Umgestaltung in einen Gnadenaltar erfolgte im Jahr 1786, wobei die Gnadenstatue, die gotische Madonna mit Kind vom ursprünglichen Gnadenaltar in den Hochaltar übertragen wurde. Gleichzeitig übersiedelte man auch die Statuen der heiligen Joachim und Anna, zwei kerzenhaltende Engel, und die seitlichen Reliefs der Verkündigung und Heimsuchung, alle von Josef Stammel.

Die ehemalige Gnadenkapelle dient heute als Kreuzkapelle. Den Altar schuf wiederum Josef Stammel, das Altarbild Kreuzigung malte Johann Lederwasch 1788. Der Tabernakel mit dem Kreuzigungsrelief gehört zu den schönsten Arbeiten Stammels und damit des steirischen Barock. Das Tabernakelinnere ist als Grab mit zwei weinenden Engeln konzipiert.

Im Westen schließt direkt an die Kirche der Pfarrhof an, heute ein Bildungszentrum. Besonders sehenswert ist der Prioratssaal mit einem Deckenbild von Anton Maderni (1695), das die Huldigung für Kaiser Leopold I. darstellt. Im anschließenden Blauen Zimmer sehen wir Deckenbilder mit Darstellungen der vier Kardinaltugenden und dem Urteilsspruch Salomons. Im Andachtsraum des Abtes Adalbert, der mit der Kirche verbunden ist, schöne Deckenfresken mit Bildern aus dem Leben des heiligen Benedikt.

INFORMATION

Anreise: B 146, ca. 6 km westlich von Admont; Pfarramt Frauenberg a. d. Enns, Frauenberg 1, A-8904 Ardning

Tips: siehe Admont Seite 16

Gaming

Die Lunzer Seen sind ein beliebtes Ausflusziel. Auf dem Weg dorthin kommt man an der Kartause Gaming vorbei. In dieser ruhigen, ja einsamen Landschaft des niederösterreichischen Alpenvorlandes gründeten die Kartäuser im 14. Jahrhundert eine Abtei. Nach Jahrzehnten des Verfalls ist in das alte Gemäuer nun wieder neues Leben eingekehrt.

Geschichte

Im Jahr 1330 erfüllt der Habsburger Herzog Albrecht II. mit der Gründung der Kartause ein Gelübde. Er beschenkt die Stiftung so reichlich, daß die Kartäuser (vom Mutterkloster Mauerbach), die bereits riesige Besitzungen in der Gegend haben, ihn bitten müssen, von weiteren Dotationen abzusehen. Mit dem Bau wird 1332 begonnen, die Kartäusermönche weihen die Kirche der Muttergottes Maria Thron.

Die Kartause ist von einer langen Mauer umschlossen (Umgehungszeit ca. eine halbe Stunde), die während der Türkenkriege gute Dienste leistet. Zeitweise ist die Kartause überfüllt mit Flüchtlingen, da die Türken die Höfe der Klosteruntertanen in der Umgebung verbrennen oder plündern. Als die Türkensteuer im Jahr 1595 noch weitere Entbehrungen bringt, kommt es zu einem Bauernaufstand, der von den kaiserlichen Schwarzen Reitern blutig niedergeschlagen wird.

In der Folge leiten Prioren das reiche Kloster, die jeweils nur für drei Jahre bestellt werden. Darunter sind der Gelehrte und Schriftsteller Nikolaus III., der 1497 als Hundertjähriger stirbt. Alt wird auch ein anderer Bruder, der – wie überliefert ist – 115jährig einen Sturz vom Pferd nicht überlebt. Haben die Kartäuser den Jungbrunnen entdeckt? 1493 stellt jedenfalls einer von ihnen in der „Tafel christlicher Weisheit" Regeln zur Lebensverlängerung auf.

Die Barockzeit bringt wie bei anderen Klöstern einen Aufschwung, und die Gaminger Prioren werden in den Prälatenstand erhoben. 1782 läßt Kaiser Joseph II. das Kloster aufheben, wobei die meisten Schätze und Handschriften verloren gehen. Einige gelangen in die Universitätsbibliothek und in die kaiserliche Hofbibliothek nach Wien.

Die nachfolgenden Besitzer, die Grafen Festetits de Tolna und die Freiherren von Rothschild, lassen die Gebäude verfallen, 1914 erwirbt Stift Melk die Anlage und läßt die bis dahin als Getreidespeicher verwendete Kirche wieder renovieren. 1945 zieht die russische Armee in den Gebäudekomplex.

Nach umfassenden Renovierungsarbeiten in den achtziger Jahren beherbergt die Kartause nun eine Niederlassung der Franziskanischen

Universität von Stuebenville, Ohio, das Internationale Päpstliche Institut für Studien zu Ehe und Familie und ein Hotel.

Sehenswürdigkeiten

Die Klosterkirche Mariä Himmelfahrt, im 14. Jahrhundert erbaut, ließ Prior Hilarion Danichius (1609–1640) barockisiert. Der einst hohe, einschiffige Saalraum der Hochgotik wurde dabei durch einen neuen Dachboden gesenkt und mit Fresken (Leben des heiligen Bruno zu Köln, dem Gründer des Kartäuserordens) geschmückt. Durch den Anbau von zwei Kapellen wirkt die Kirche nun von außen dreischiffig.

An der Westseite erinnert ein Marmorportal aus dem Jahr 1631 an die Stifter der Kartause, deren sterbliche Überreste eine abenteuerliche Geschichte hinter sich haben: Zunächst wurden Albrecht und seine Gemahlin Johanna in der Chorgruft der Kirche beigesetzt, nach der Aufhebung der Kartause transferierte man die Gräber jedoch nicht wie geplant nach Wien, sondern man zerstörte sie. Die kostbaren Särge und Epitaphe wurden verkauft, die Skelettreste blieben zurück. Erst unter Kaiser Franz wurden die Gebeine beim Hochaltar der Gaminger Pfarrkirche beigesetzt.

Die Klosteranlage ist rund um drei Höfe angelegt: um den Prälatenhof mit der Kirche und dem gotischen Kreuzgang, um den Bibliothekshof und den Hof mit 20 Zellenhäuschen und der Zelle des Priors. Den Prälatenhof schmücken Laubengänge und Freitreppen aus dem 16. und 17. Jahrhundert. Ein Durchgang mit Kreuzgratgewölbe führt in den Bibliothekshof, der ebenfalls zierliche Arkaden auf toskanischen Säulen hat und aus dem Jahr 1726 stammt. Zwei Sonnenuhren stammen auch aus derselben Zeit.

Die Bibliothek mit zentraler Flachkuppel gilt wegen seiner Fresken als einer der eindrucksvollsten Bibliotheksräume des Landes. In der mittleren Flachkuppel sehen wir Scheinarchitektur von Wenzel Lorenz Reiner aus dem frühen 18. Jahrhundert, darunter großfigurige Allegorien von den Künsten und Wissenschaften. An den Raumenden befinden sich Darstellungen der vier Kirchenväter (Osten), der Evangelisten (Westen), der Propheten (Süden) und der Sibyllen (Norden), der Nebenraum ist reich stuckiert mit mythologischen Darstellungen (Apollo, Venus und Merkur, Chronos und die Parzen).

Information

Anreise: A 1, Abfahrt Ybbs; B 25 nach Gaming; Kartause Gaming, A-3293 Gaming

Öffnungszeiten: ganzjährig geöffnet gegen Voranmeldung, Führungen von Mai bis Oktober täglich um 11 und 15 Uhr

Veranstaltungen: Die Kartause bietet ganzjährig ein reiches Kulturangebot von Oster- und Adventmarkt über Sommertheater bis zum traditionellen Chopinfestival Ende August.

Einkaufen: In der Kartause können Sie das hauseigene Kartäuserbräu erwerben, es werden auch Produkte aus der hauseigenen Schnapsbrennerei sowie bäuerliche Produkte aus der Region (Marmeladen, Säfte, Brotback-Vorführungen mit anschließender Verkostung ...) angeboten.

Restauranttip: Regionale Schmankerl können Sie im Restaurant der Kartause verkosten.

Kultur und Freizeit: Der Naturpark Ötscher-Tormäuer mit den Ötschergräben und der Tropfsteinhöhle lädt zu Wanderungen ein; Bahn-Nostalgiker kommen bei einer Fahrt mit dem Ötscherland-Express auf ihre Rechnung. Von Gaming aus können Sie den Wallfahrtsort Mariazell (siehe Seite 111) besuchen.

Tip: Das Hotel der Kartause bietet ganzjährig stilvolle Übernachtungsmöglichkeiten in historischem Ambiente.

GARSTEN

Etwa zwei Kilometer südlich von Steyr liegt das ehemalige Benediktinerstift Garsten. Im Stiftsgebäude ist seit 1850 eine Strafanstalt untergebracht, die ehemalige Stiftskirche zählt jedoch zu den bedeutendsten Barockbauten des 17. Jahrhunderts.

Geschichte

1082 gründet Otakar I. von Steyr das Kollegiatstift Garsten, im Jahr 1108 wandelt es sein Sohn Otakar II. in ein Benediktinerstift um, das von Göttweig aus besiedelt wird. Im Jahr 1111 wird Berthold aus St. Blasien im Schwarzwald zum Abt von Garsten, er erwirkt reiche Dotationen für das Stift und gilt als der eigentliche Begründer von Steyr.
Die folgenden Jahrhunderte bringen Feuersbrünste (1219, 1449), Plünderungen (1250, 1466, 1626) und Hochwässer. In der Reformationszeit ist die reiche Eisenstadt Steyr das Zentrum des Luthertums in Österreich, und so leben in Garsten zeitweilig konservative und „uxorierte" (d.h. verheiratete) evangelisch gesinnte Mönche nebeneinander. Unter Abt Johann Spindler von Hofegg (1574–1589) kommt es zu massiven gegenreformatorischen Maßnahmen, die Äbte Roman Rauscher (1642–1683) und Anselm Angerer (1683–1715) lassen die Kirche neu- und die Klostertrakte ausbauen. 1787 wird Garsten samt Gymnasium und Konvikt aufgehoben. Der Stiftsbesitz geht nach Linz, Trödler und Händler erwerben die Kunstschätze, das Kloster wird zunächst zur Kaserne und schließlich zu einer Strafanstalt.

Sehenswürdigkeiten

Die Kirche Mariä Himmelfahrt ist eine Gemeinschaftsarbeit der Familie Carlone: der Entwurf stammt von Pietro Francesco, Carlo Antonio führte den Bau weiter, den reichen Stuck schuf Giovanni Battista. Den großen Innenraum (42 Meter lang, 23 Meter breit und 22 Meter hoch) strukturieren korinthischen Pilaster, die überwältigende Fülle an ornamentalem und figuralem Schmuck läßt dem Auge kaum einen Ruhepunkt. Die Freskenfolgen malten die Brüder Michael Christoph, Michael Georg und Johann Bernhard Grabenberger, und zwar in der Vorhalle Darstellungen aus dem Alten Testament, im Langhaus Vorbilder Mariens im Alten Testament, in den Gewölben der Emporen Szenen aus dem Marienle-

ben, in den darunterliegenden Kapellen Szenen aus dem Leiden Christi und im Chor die Verherrlichung des Altarsakramentes.
Der Hochaltar trägt einen 20 Meter hohen Aufbau mit gewundenen Säulen in Schwarz und Gold und den überdimensionalen Statuen des Abtes Berthold und der Apostelfürsten Petrus und Paulus, im Aufsatz die Heiligen Josef und Joachim. Das Altarblatt Mariä Himmelfahrt und das Oberbild Marienkrönung schuf der Antwerpener Frans de Neve 1683.

An den Chorwänden sehen wir Bildteppiche, niederländische Arbeiten, die das Leben Alexanders des Großen darstellen. Die Pfeiler des Langhauses sind ebenfalls mit Wandteppichen geschmückt (Szenen aus den Makkabäer-Kriegen von Carl von Restfeld). Sie werden in der Fasten- und Adventszeit von Behängen aus blauer Leinwand verhüllt, die Martin Johann Schmidt 1777 mit schwarzweißen Darstellungen aus dem Marienleben und dem Leiden Jesu bemalte.

Information

Anreise: A 1, Abfahrt Haag; über Steyr nach Garsten; Pfarramt Garsten, Am Platzl 2, A-4451 Garsten

Öffnungszeiten: Die Kirche ist ganzjährig und ganztägig geöffnet.

Veranstaltungen: Im Sommer werden im Stift Konzerte veranstaltet, im Dezember bietet der Garstener Adventmarkt Kunsthandwerk.

Restauranttip: Im Landgasthof Eckhard in St. Ulrich bei Steyr können Sie Spezialitäten der regionalen Küche verkosten.

Kultur und Freizeit: Das mittelalterliche Steyr mit dem sehenswerten Stadtplatz und gotischen Bürgerhäusern ist einen Besuch wert. In unmittelbarer Nähe befindet sich außerdem die Wallfahrtskirche Christkindl. Ein unvergeßliches Erlebnis ist die Fahrt mit der Steyrtal-Museumsbahn von Steyr nach Grünburg.

Geras

Heute ist das Stift Geras das kulturelle Zentrum des nördlichen Waldviertels. Hier, im weiten Hügelland zwischen Horn und der böhmischen Grenze, werden das ganze Jahr über beliebte Kunstkurse abgehalten. Das Stift, gemeinsam mit Stift Pernegg und den als Hotel ausgebauten ehemaligen Wirtschaftsgebäuden, steht in voller Blüte – doch das war nicht immer so.

Geschichte

Die Geschichte von Stift Geras gibt auf weiten Strecken das wechselvolle Schicksal des nördlichen Waldviertels wieder. Ulrich II. von Pernegg gründet 1153 ein Doppelkloster, das Prämonstratenserstift Geras und das Chorfrauenstift Pernegg. Die Besiedelung erfolgt vom böhmischen Seelau (Želiv, CZ) aus, und die nahe Beziehung zu Böhmen bleibt für Geras immer bestimmend, auch nach 1918 und nach dem Fall des Eisernen Vorhanges. Wie Altenburg leidet Geras immer wieder unter dem Durchzug feindlicher Truppen, es wird mehrmals zerstört und wieder neu aufgebaut.

Eine knappe Chronologie der Schicksalsschläge: 1176 wird Geras zum ersten Mal zerstört, 1230 durch die Kuenringer, 1328, 1331 und mehrmals zwischen 1399 und 1405 kommt es zu Bränden und Plünderungen, 1427 und 1431 fallen die Hussiten ein, nach 1450 mehrmals die Böhmen und Ungarn. Nach einer Zeit der Konsolidierung bringt der Einfall von böhmischen und Mansfeldischen Truppen 1620 ein vorläufiges Aus für Geras. Erst 1625 kommen wieder einige Chorherren nach Geras, und es beginnt ein bescheidener Wiederaufbau. Doch wieder gibt es Katastrophen zu überstehen, wie ein Großbrand, der 1640 Markt und Kloster verwüstet, 1645 ein Schwedeneinfall.

Mit dem Ende des Dreißigjährigen Krieges beginnt für Geras aber endgültig eine bessere Phase, die Kirche wird erneuert, die Prälatur, die Wirtschaftsgebäude und die Ringmauer werden gebaut. Mit der wiedereinsetzenden Marienverehrung entwickelt sich Geras zu einem Wallfahrtszentrum und einem Mittelpunkt geistlichen Lebens. Unter Joseph II. wird das Stift Pernegg aufgehoben und dem Stift Geras übereignet. Zwischen 1940 und 1945 ist das Stift als Umsiedlungslager beschlagnahmt, aber nicht aufgelöst. Heute ist das Stift Geras ein Musterbeispiel für gelungene Revitalisierung.

Sehenswürdigkeiten

Die Kirche liegt mit ihrer West- und Südfront gegen den Marktplatz des Ortes hin. Die schmale Fassade im frühen Barock rahmen seitliche Pilaster. Das Portal von 1655 trägt einen Wappenaufsatz und wird von den Statuen der heiligen Norbert und Augustinus flankiert. Den Südwestturm krönt ein barocker Helm, an die Nord- und Ostseite der Kirche schließen die Ordensgebäude an. Die größten Arbeiten wurden in der Barockzeit beim Umbau der ursprünglich romanischen Basilika durchgeführt. So errichtete man über den Seitenschiffen Emporen und verzierte den ganze Innenraum reich mit Stuckmarmor und Vergoldungen.

Im Zentrum des Säulen-Hochaltars sehen wir das Gnadenbild von der Mitte des 16. Jahrhunderts, überragt vom barocken Hochaltarbild (vermutlich italienischer Meister) mit Maria, die dem Ordensgründer St. Norbert das weiße Skapulier darreicht, daneben der heilige Augustinus mit seiner Regel. Die lebensgroßen Heiligenfiguren und Plastiken in dramatischer Bewegung tragen zur theatralischen Stimmung des Altars bei.

Bemerkenswert sind die auf zwei Säulen ruhende Orgelempore, die Orgel mit Schnitzfiguren (um 1732) und zwei Weihwasserbecken aus der Mitte des 17. Jahrhunderts. Das reich geschmückte Chorgestühl mit zwei üppig gestalteten Abtstühlen stammt aus der Mitte des 18. Jahrhunderts. Links vom Chor befindet sich die neue Sakristei und der neue Kapitelsaal. Dieser Raum ist in seinem Kern ein Rest der Leonardi-Kapelle aus dem 14. Jahrhundert.

Die Stiftsgebäude gruppieren sich um zwei geschlossene und einen unregelmäßigen offenen Hof. Letzterer wurde nach den Plänen von Joseph Munggenast von 1736 bis 1740 errichtet. Das Hauptgebäude hat zum Marktplatz hin eine Schaufassade mit großem Rundbogentor, darüber zwei Putten mit den Symbolen der Eucharistie, flankiert werden sie von den lebensgroßen Allegorien von Liebe und Hoffnung. Im Inneren der Torhalle befindet sich links die ehemalige „Herrschaftliche Amts und Gerichts Canzley" (heute „Kursbüro"), rechts führt die Feststiege zum Sommerrefektorium, auch Marmorsaal genannt, mit einem Deckenfresko von Paul Troger, das die Wunderbare Brotvermehrung darstellt (1738). Die angeschlossenen Bischofszimmer sind im Rokokostil eingerichtet. Die Bibliothek mit einem Deckenfresko von Josef Winterhalter hat einen Bestand von Manuskripten aus dem 14., 15. und 16. Jahrhundert, etwa 30.000 Bänden, 66 Inkunabeln und über 200 Frühdrucken.

Information

Anreise: von Krems über B 35 und B 34 das Kamptal entlang bis Horn; B 4 bis Geras; Stift Geras, Hauptstraße 1, A-2093 Geras

Öffnungszeiten: Das Stift Geras ist von Ostern bis zum 26. Oktober geöffnet und über Führungen zu besichtigen.

Veranstaltungen: Seit 1970 bietet Stift Geras auf Initiative seines Abtes Joachim Angerer jährlich um die 150 Kunst- und Kunsthandwerkskurse an, die von namhaften Künstlern geleitet werden.

Restauranttip: Im Hotel-Restaurant Alter Schüttkasten werden in den 300jährigen Gewölben des ehemaligen Kornspeichers vor allem Wild- und Fischgerichte – das Kloster verfügt über 32 ha Fischteiche – angeboten.

Kultur und Freizeit: Naturliebhaber können im Naturpark Geras Hirsche, Wildschweine, Auerochsen und Mufflons u.ä. beobachten, Erholung bietet das Waldbad. Auf dem 23 km langen Klosterradweg können Sie über Pernegg mit der ehemaligen Stiftskirche St. Andreas (siehe Seite 155) bis Horn radeln. Die Pfarrkirche von Oberhöflein, 5 km östlich von Geras, besitzt eine lebensgroße Muttergottesfigur aus dem 15. Jahrhundert.

Tip: Besuchen Sie den informativen Kräutergarten des Klosters und den nach alten Vorlagen wieder angelegten barocken Prälatenhof.

Gleink

Das ehemalige Benediktinerstift liegt am nördlichen Stadtrand von Steyr. Im 12. Jahrhundert gegründet, erreichte es nie die Bedeutung von Garsten. Nach der Auflösung durch Joseph II. wurden die Klostergebäude in eine Kaserne umgewandelt. Heute beherbergt Gleink eine Schule und ein Kinderheim, die ehemalige Stiftskirche hat eine bemerkenswerte Inneneinrichtung.

Geschichte

Arnhalm und Poppo von Gleink gründen, angeregt durch das Vorbild Garsten, nahe ihrer Familienburg eine Benediktinerabtei. Der erste Abt, Ulrich, kommt aus Garsten. Da der Abtei von Anfang an ausreichende Geldmittel fehlen, dauert es über hundert Jahre, bis die Stiftskirche eingeweiht werden kann (1273). Doch schon drei Jahre später brennen Kirche und Kloster ab. Statt der ursprünglich romanischen Kirche wird eine gotische errichtet. Unter Abt Gregor (1502–1520) nimmt die Abtei einen Aufschwung, der Einbruch der Reformation bedeutet jedoch für Gleink eine Katastrophe. Das Stift wird immer schwerer verschuldet, bis man es schließlich Garsten und Kremsmünster unterstellt. Während der Bauernkriege (1626) kommt es wieder zu Plünderungen, und das Stift steht vor dem völligen Ruin.

Unter Abt Rupert I. Kimpflen (1678–1708) ist jedoch wieder genügend Geld vorhanden, um größere Bauten auszuführen, wie die Barockisierung der Kirche und die Erhöhung des Kirchturmes. Insgesamt nimmt auch Gleink am allgemeinen barocken Aufschwung teil. Der kommt jedoch leider zu spät: Bereits fünfzig Jahre später wird es im Rahmen der josephinischen Reformen aufgelöst. Das Stiftsvermögen geht schließlich an Linz, die Kirche wird ihrer Schätze beraubt, und in die Klostergebäude zieht vorübergehend das Freicorps und ein Infanterieregiment ein.

Sehenswürdigkeiten

Die ehemalige Stiftskirche, die heutige Pfarrkirche zum heiligen Andreas, ist im Kern romanisch. Vom gotischen Umbau sind im östlichen Teil des Mittelschiffes die Spitzen der gotischen Fenster und im westlichen Teil die Ansatzstellen der gotischen Gewölbe erhalten. In der Barockzeit malte Johann Georg Daller die Gewölbefresken. Im Mittelschiff sehen wir Darstellungen der vier Kardinaltugenden (Klugheit, Stärke, Mäßigkeit und Gerechtigkeit), im Chor Darstellungen der

drei göttlichen Tugenden (Glaube, Hoffnung und Liebe).
Besondere Beachtung verdient der Hochaltar von Sebastian Gründler aus Kremsmünster (1664). Die Statue der Maria mit Kind wird von den heiligen Heinrich, Benedikt, Gregor und Kunigunde flankiert. Im Aufsatz stehen die Statuen der heiligen Sebastian, Andreas und Rochus. An den Chorwänden hängen zwei hervorragende Arbeiten von Martino Altomonte: Maria mit Kind und Heiliger Josef.
Die Marienkapelle wurde 1708 eingerichtet. Der längselliptische Grundriß ist von einem Kuppelgewölbe mit Scheinarchitektur und Scheinkuppel überdacht. Die Fresken stammen ebenfalls von Johann Georg Daller.
Eine besondere Sehenswürdigkeit ist der Zwergerlgarten mit Figuren von Johann Josef Wanscher. Die Zwerge – sie stellen die zwölf Monate und die vier Jahreszeiten dar – sind um zehn Jahre älter als ihre berühmteren „Kollegen“ von Schloß Mirabell in Salzburg.

Information

Anreise: A 1 Abfahrt Haag, B 115; Stadtpfarramt Gleink, A-4407 Steyr-Gleink

Öffnungszeiten: täglich geöffnet

Restauranttip: siehe Garsten (Seite 52)

Kultur und Freizeit: Steyr und die nahe Wallfahrtskirche Christkindl sind ebenfalls einen Besuch wert.

Göss

Heute vor allem durch das hier gebraute Bier bekannt, handelt es sich beim ehemaligen Benediktinerinnenstift um das älteste Stift der Steiermark. Über die Jahrhunderte diente es hauptsächlich als Versorgungsinstitut und Ausbildungsstätte für die „Graffen-Herren-Ritter und Adelsdöchter". In der langen Abfolge der Äbtissinnen sind die steirischen Adelsgeschlechter zahlreich vertreten. Trotzdem – oder gerade deshalb – entging Göss der josephinischen Klosteraufhebung nicht.

Geschichte

Der letzte Karolinger, Ludwig das Kind, übergibt 904 ein großes Gebiet nördlich der Mur an den Pfalzgrafen Aribo und seine Gattin Adala (1021 wird Aribo Erzbischof von Salzburg). Das Pfalzgrafenpaar errichtet hier bei der Villa Costiza, einem späteren Stadtteil Leobens, ein hochadeliges Benediktinerinnenstift (1020 erstmals bezeugt). Mehrere Gebäude entstehen in lockerer Folge rund um die Kirche, während der Türkenjahre wird eine Wehranlage gebaut.

1782 „sünd wier aufgehoben worden. Amen.", berichtet die letzte Eintragung der Stiftschronik. 65 geistliche Frauen werden mit einer kärglichen Rente in Privatpension geschickt, und die bekannt schlecht funktionierende Verwaltung des steirischen Religionsfonds trägt dazu bei, daß unersetzliche Schätze materieller wie ideeller Art, zerstört und verloren werden.

Im Jahr 1797 führt Napoleon als Gast des bis 1800 hier amtierenden Bischofs die Verhandlungen für den Frieden von Leoben. Die Vordernberger Radmeistercommunität ersteigert 1827 Göss und verkauft es 1860 an den Grazer Bierbauer Kober. Die Gösser Brauerei steigt bald zu einer weltbekannten Firma auf und bemüht sich um die Pflege und Erhaltung der noch bestehenden Stiftsbauten. 1939 wird der Ort Göss mit Leoben vereint.

Sehenswürdigkeiten

Von der ersten Kirche des 11. Jahrhunderts hat sich nur die dreischiffige Umgangskrypta erhalten, eines der ältesten Baudenkmäler der Steiermark. Die Nonnen wurden in der Krypta beigesetzt, besondere klimatische Verhältnisse führten zu einer Mumifizierung der Leichen. Bei der Restaurierung 1961 wurden die Mumien nach einer Untersuchung bestattet.

Das Langhaus, ein prachtvoller spätgotischer Bau, dessen Baumeister leider nicht bekannt ist, wurde 1510 bis 1522 errichtet. Über dem südlichen Chorgestühl befindet sich das Gösser Kruzifix von 1180, wahrscheinlich in Oberitalien entstanden. Die spätbarock-klassizistischen Seitenaltäre haben bemerkenswerte Altarblätter vom Kremser Schmidt, der bei dem zarten Madonnenbild seine große Meisterschaft bewies.

Südlich der Kirche die Michaelskapelle, im Untergeschoß romanisch, darüber einer der ersten frühgotischen Kirchenräume der Steiermark, der mit Fresken aus dem späten 13. Jahrhundert ausgemalt ist: Szenen aus dem Marienleben, Szenen aus dem Hohen Lied und Kreuzigung.

Information

Anreise: S 6, Abfahrt Leoben West; Pfarramt Leoben-Göss, Turmgasse 4, A-8707 Leoben

Öffnungszeiten: ganzjährig, Führungen nach Voranmeldung

Einkaufen: Im Klostershop können Sie Ansichtskarten und Literatur zum Stift Göss kaufen.

Restauranttip: Das Restaurant Zum bunten Strauß in Leoben ist für seine kreative Küche bekannt.

Kultur und Freizeit: Besichtigen Sie den Wildpark in Mautern oder machen Sie eine Reise ins Schaubergwerk und entlang der Eisenstraße, vorbei an unzähligen Monumenten aus der reichen industriellen Vergangenheit der Region.

Göttweig

Die Wachau, der schönste Abschnitt des Donautales, ist von zwei bedeutenden Klöstern flankiert: im Osten bei Krems von Stift Göttweig. Von der Ferne sieht das Benediktinerstift Göttweig eher aus wie eine mächtige Burg als eine Klosteranlage. Wegen seiner Lage auf dem Berg wird es auch oft das „österreichische Montecassino“ genannt. Seit seiner Gründung im 11. Jahrhundert ununterbrochen besiedelt, gilt es heute mit seinen bedeutenden Kunstschätzen als eine der größten Attraktionen der Region.

Geschichte

Bischof Altmann (1015–1091) von Passau gründet im Jahr 1083 Göttweig als bischöfliches Eigenkloster und übergibt es Augustiner-Chorherren. Es ist die Zeit des Investiturstreites, die Zeit der schwersten Auseinandersetzungen zwischen Papst und Kaiser. Bischof Altmann von Passau bezieht im Streit zwischen Kaiser und Papst vehement die Position der Kirche. Er wird daher seines Bischofsamtes enthoben und errichtet auf dem Göttweiger Berg seine Gegenresidenz. Dazu sichert er sich die Unterstützung des Babenbergers Leopolds II. Nach dem Tod des heiligen Altmann wird Göttweig ab 1094 von Benediktinermönchen aus St. Blasien im Schwarzwald besiedelt.

Göttweig gewinnt bald an Einfluß: So ist der erste Abt Hartmann (1194–1114) gleichzeitig Abt von St. Lambrecht in der Steiermark, St. Ulrich und St. Afra in Augsburg und Fürstabt von Kempten im Allgäu. Von Göttweig aus werden 1107 Garsten und 1116 Seitenstetten besiedelt. Im 12. Jahrhundert nimmt die österreichische Annalistik hier ihren Ausgang. Vor allem die „Vita Altmanni“ sowie andere hier entstandene Bücher sind heute wertvolle mittelalterliche Geschichtsquellen.

1382 erhält Göttweig die Pontifikalien, 1401 wird es „exempt“, also nicht mehr dem Bischof sondern direkt Rom untergeordnet. Im 16. und auch noch im 17. Jahrhundert stellen die Reformation und die Bedrohung durch die Türken eine große Herausforderung dar. Unter Abt Matthias von Znaim (1516–1532) wird das Stift befestigt und kann so den Türkenstürmen von 1529 und 1532 widerstehen. Mit Abt Michael Herrlich (1564–1603) beginnt die Neuordnung nach dem Zusammenbruch der Reformation.

Unter dem kunstsinnigen, weltmännischen und gelehrten Abt Gottfried Bessel (1714–1749) erreicht Göttweig eine Blüteperiode in jeder Hinsicht. 1718 werden bei einem Großbrand fast sämtliche Gebäude mit Ausnahme der Stiftskirche, der im Dach der Kirche untergebrachten Bibliotheksbestände, der mittelalterlichen Burganlage und der Erentru-

dis-Kapelle vernichtet. Johann Lukas von Hildebrandt plant die Klosteranlage neu, es kann jedoch nur ein Teil auch baulich verwirklicht werden.
Im Zweiten Weltkrieg werden die Mönche vertrieben, das Stift wird von Nationalsozialisten aufgelöst und beschlagnahmt. Eine Napola (nationalsozialistische Lehranstalt) wird eingerichtet, das Stift wird auch als Umsiedlerlager verwendet. 1945 werden 3000 russische Soldaten hier einquartiert, ehe die vertriebenen Patres wieder nach Göttweig zurückkehren können.
Abt Wilhelm Zedinek (1949–1971) gelingt unter den schwierigen Bedingungen der Nachkriegszeit die Wiederherstellung der selbständigen wirtschaftlichen Lebensfähigkeit des unter nationalsozialistischer Herrschaft, durch Kriegshandlungen und Besatzungsmacht schwer geschädigten Stiftes.
Unter Abt Clemens Lashofer (seit 1973) nimmt die Zahl der Patres wieder zu. 1983 feiert Göttweig sein 900jähriges Jubiläum, und umfangreiche Restaurierungen werden in Angriff genommen und abgeschlossen. Anläßlich des Jubiläums wird das Exerzitienhaus St. Altmann eröffnet, das die Möglichkeit zur Einkehr sowie Unterkunft für „Urlaub im Kloster“ anbietet. Neben weit verstreutem Grundbesitz betreuen die Göttweiger Mönche mehr als 30 Pfarren. Der ausgedehnte Besitz an Weingärten und land- und forstwirtschaftlichen Betrieben sichert den Bestand des Stiftes noch heute.

Sehenswürdigkeiten

Hätte man die Pläne, die Johann Lukas von Hildebrandt für Göttweig hatte, ausgeführt, wäre es heute eines der größten Klöster Europas. Aber auch das, was schließlich realisiert wurde, kann sich sehen lassen. Besondere Sehenswürdigkeiten sind vor allem das Museum im Kaisertrakt, die Kaiserstiege mit dem Deckenfresko Paul Trogers von 1739, die Fürsten- und Kaiserzimmer sowie die Stiftskirche mit Krypta und dem teilweise erhaltenen Alten Kreuzgang. Die Dauerausstellung „Klostergang“ informiert über das Leben der Göttweiger Mönche.
Über den weiträumigen Kirchenvorplatz nähert man sich der überaus reich gegliederten Fassade der Stifts- und Pfarrkirche Mariä Himmelfahrt. Über eine geschwungene Freitreppe mit 14 Stufen erreicht man eine offene Vorhalle zwischen den beiden, der Fassade vorgelagerten quadratischen Westtürmen. Auf vier kraftvollen toskanischen Säulen ruht eine Altane mit steinerner Balustrade, von Ziervasen gekrönt. Die dreigeschossigen, gedrungen wirkenden Türme enden in flachen Zeltdächern, die ursprünglich nur als Provisorien geplant waren.
Das saalartige Langhaus der Kirche dürfte nach 1620 von Cypriano Biasino erbaut worden sein und überstand den Brand von 1718. Die Raumwirkung der frühbarocken Kirche wird durch ihre Höhe und Weite bestimmt, Gold-, Braun- und Blautöne herrschen vor.

Im ehemaligen gotischen Chor befindet sich der prunkvolle Hochaltar von Hermann Schmidt (1639). Das Chorgestühl mit reichem Intarsienschmuck schuf 1766 Friedrich Staudinger. Die Seitenaltäre aus dem Rokoko (mit Altarblättern von Tobias Pock, Johann Spillenberger und Michael Christian Gromberger sowie Franz Wagenschön und Kremser Schmidt) wurden von 1768 bis 1783 gefertigt und zeigen jeweils zwei Statuen als Altarbegleiter.

In der Altmanni-Krypta befindet sich das Hochgrab Bischof Altmanns mit einer überlebensgroßen Liegefigur von Konrad Osterer (1540), der prächtige Reliquienschrein ist eine Augsburger Goldschmiedearbeit von 1689. Das Fresko vom Kremser Schmidt stellt die Vision des Propheten Ezechiel dar. 1965 wurden zum Gedächtnis an die Bischofswahl des Gründers 15 Kupfertafeln von Ernst Grandegger mit Szenen aus dem Leben Altmanns angebracht.

Den Nordtrakt schließt im Westen die schräggestellte gewaltige Anlage der Kaiserstiege ab. Die durch drei Stockwerke reichende monumentale Prunktreppe ist eine der faszinierendsten Lösungen der barocken Treppenbaukunst (1739 nach Plänen von Johann Lukas von Hildebrandt vollendet). Die Balustraden schmücken Laternen und Ziervasen (Monatsvasen von Johann Schmidt), Figuren der vier Jahreszeiten sowie sechs imaginäre Künstlerbüsten (Rubens, Rembrandt, Dürer bzw. Michelangelo, Leonardo und Raffael darstellend). Die letzte Krönung des Riesenraumes bildet das außergewöhnlich locker und luftig und gleichzeitig überaus triumphal wirkende Deckenfresko von Paul Troger (1739), ein Meisterwerk, auf dessen Gestaltung Abt Bessel besonderen Einfluß nahm. Es stellt die Apotheose Kaiser Karls VI. als Gott der Musen dar, auf zartem Gewölk im Sonnenwagen entschwebend.

Die Treppe führt zu den Kaiserzimmern mit reichem Innendekor. Im Altmann-Saal mit schlichter Dekoration sehen wir ein weiteres hervorragendes Deckenfresko, die Hochzeit zu Kanaa von Johann Rudolf Byß. Die diffizil ausgeklügelte Scheinarchitektur stammt von Johann Baptist Byß. Vom Balkon dieses Saales aus genießt man einen unvergeßlichen Rundblick.

Aus der Flucht der Kaiserzimmer ist der Gobelinsaal besonders zu erwähnen, mit Gobelins, die angeblich aus dem Nachlaß des Prinzen Eugen stammen. Im Wasserkabinett neben dem Benediktus-Zimmer bezaubernde Leinwandtapeten mit Wassermotiven und Arabesken von Johann Baptist Byß sowie ein Ölgemälde mit dem Hochzeitsmahl Neptuns.

Die Schauräume „Museum im Kaisertrakt“ sind mit und ohne Führung zugänglich, Sonderausstellungen mit Exponaten aus den umfangreichen Sammlungen des Stiftes ergänzen das kulturelle Angebot. Das graphische Kabinett, das Stiftsarchiv sowie das Musikarchiv mit großer Autographen- und Instrumentensammlung haben internationale Bedeutung. Die Gemäldesammlung umfaßt insgesamt an die 350 Exponate: repräsentative Tafelbilder aus der Donauschule, österreichische Barockgemälde vom Kremser Schmidt und der Familie Altomonte sowie niederländische Meister. Die nicht öffentlich zugängliche Stiftsbibliothek mit umlaufender Balustrade und intarsierter Möblierung besitzt an die 70.000 Bände zu den Hauptthemen Geschichte, Kunstgeschichte und Theologie sowie mehr als 1000 Handschriften und über 1000 Wiegendrucke.

Information

Anreise: S 33 von Krems in südlicher Richtung ca. 5 km, von St. Pölten 20 km in nördlicher Richtung. Auf dem Donauradweg Passau-Wien ist ein Besuch im Stift Göttweig ein lohnenswerter Abstecher. Stift Göttweig, A-3511 Furth bei Göttweig

Öffnungszeiten: von 21. März bis 15. November täglich von 10 bis 18 Uhr geöffnet, Führungen (ab 8 Personen) um 10, 11, 14, 15, 16 und 17 Uhr, Gruppen nach Voranmeldung

Veranstaltungen: Das Stift veranstaltet Konzerte, Sonderausstellungen sowie die Göttweiger Begegnungen im Sommer.

Einkaufen: Prämierte Weine aus dem Stiftsweingut, Liköre, Marillenprodukte, Souvenirs, Ansichtskarten und Bücher im Klosterladen

Restauranttip: Das Stiftsrestaurant sollten Sie schon wegen des herrlichen Ausblicks, den man von der Terrasse über die Donau und die östliche Wachau hat, besuchen. Wiener Schmankerl und Wachauer Weine können Sie im Restaurant Schickh in Klein-Wien unterhalb von Göttweig verkosten. Weitere Gasthöfe in Furth.

Kultur und Freizeit: Der Hellerhof am Fuß des Waxenberges, der ehemalige Meierhof des Stiftes, ist ein dreigeschossiger Rechteckbau aus dem Jahr 1648. Der Hof wurde 1669 in seine heutige Form umgewandelt, mit zahlreichen Wirtschaftsgebäuden und hübscher Hofanlage. Hier befindet sich die nach Plänen des Architekten Friedrich Göbl errichtete moderne Kirche der Pfarre Paudorf-Göttweig (1990–1993), die dem heiligen Altmann, dem Klostergründer, geweiht ist. Die künstlerische Innenausstattung stammt vom Kremser Künstler Günter Wolfsberger. Der einschiffige, barocke Bau früheren, heue noch bestehenden kleinen Kirche im Hellerhof wurde von großen Künstlern ausgestaltet, von Matthias Schwanthaler und vom Kremser Schmidt sowie von den im Stift beschäftigten italienischen Meistern. Am gegenüberliegenden Donauufer lohnt sich ein Abstecher nach Krems mit Besuch der Gozzoburg, der spätgotischen Piaristenkirche, des Klosters, der Kunsthalle Krems und des neuen Weinstadt Museums.

Tip: Verkosten Sie die Weine des mit internationalen Auszeichnungen prämierten Stiftsweingutes in Furth bei Göttweig, das von der Familie Unger betrieben wird. Es werden auch Kellerführungen mit kommentierter Weinverkostung angeboten.

Griffen

Das ehemalige Prämonstratenserstift Griffen liegt am Fuße des südlichen Ausläufers der Saualpe, westlich der Kärntner Marktgemeinde Griffen. Die ehemalige Stiftskirche Mariä Himmelfahrt ist eine große spätromanische Pfeilerbasilika. Trotz entscheidender Veränderungen im Barock dominiert immer noch die Struktur der romanischen Architektur.

Geschichte

Bischof Ekbert von Bamberg gründet 1236 das Kloster. Die ersten Mönche kommen aus dem Stift Vessra in Thüringen, und sie errichten zuerst eine kleine Marienkirche. 1272 erbauen sie die größere Stiftskirche unweit der alten Marienkirche. Um 1500 – in der Zeit der Türkennot – bilden der Kirchhof und das Stift eine gemeinsame Befestigung. 1786 wird das Stift aufgehoben, die Stiftskirche zur Pfarrkirche, und die ursprüngliche Marienkirche heißt seither Alte Pfarrkirche.

Sehenswürdigkeiten

Die barocke Westfassade der ehemaligen Stiftskirche wurde im ersten Viertel des 18. Jahrhunderts dem romanischen Bau vorgelegt. Über dem Portal in einer Nische eine Madonna, die den Teufel bekämpft, seitlich Augustinus und Hermann Joseph, im Giebel der Gründer des Prämonstratenserordens, der heilige Norbert. In der Mitte des barocken Hochaltars von 1776 befindet sich eine spätgotische Steinmadonna von 1520. Die alte romanische Pfarrkirche Unsere Liebe Frau von 1235 wurde in der Gotik verändert. Der Hochaltar aus dem 17. Jahrhundert trägt die Figuren der Madonna, Norbert, Ruprecht, Wolfgang und Erzengel Michael sowie Reliefs mit Darstellungen der sechs Passionsszenen von einem ehemaligen Flügelaltar um 1520. Im Erdgeschoß des Kreuzganges rotes Sandsteinrelief mit den Heiligen Drei Königen aus dem 13. Jahrhundert. Im Stiftsgebäude befindet sich auch das ehemalige Refektorium mit einer reich stuckierten Flachdecke aus dem Spätbarock.

Information

Anreise: A 2, Abfahrt Griffen; Pfarramt Markt Griffen, A-9112 Griffen

Öffnungszeiten: täglich und ganzjährig geöffnet

Restauranttip: Das Gasthaus Alter Schacht in St. Stefan bei Wolfsberg liegt zwar gerade nicht „ums Eck“, hat dafür aber einen guten Ruf Lavanttaler Spezialiäten.

Kultur und Freizeit: Das ca. 10 km entfernte Völkermarkt besitzt noch einen Großteil seiner mittelalterlichen Stadtbefestigung, die Kirche der heiligen Maria Magdalena im Osten der Stadt ist wegen ihrer schönen gotischen Wandmalereien einen Besuch wert. Das Benediktinerstift St. Paul im Lavanttal (siehe Seite 188) sollten Sie nicht versäumen.

GURK

Im nordöstlichen Kärnten, im einstmals einsamen Tal der Gurk, liegt das heutige Salvatorianerkloster Gurk. Wie das steirische Kloster Admont und viele andere Kärntner Kirchen ist es eine Stiftung der Gräfin Hemma (um 980 bis 1045). Vom Volk hoch verehrt, erscheint Hemma in der Folge in vielen Sagen und Legenden als fromme Wohltäterin des Landes und seiner Menschen. Die Gräfin lebte in ihrer Stiftung Gurk bis zu ihrem Tod, und ihr Grab, an dem sich zahllose Wunder ereigneten, wurde das Ziel vieler Pilger. Heute bekannt als eine der bedeutendsten romanischen Kirchen Österreichs, war der Gurker Dom vor etwas mehr als hundert Jahren fast vergessen.

Geschichte

Im Jahr 864 erhält das Bistum in Salzburg von König Ludwig dem Deutschen einen Besitz im Gurktal. 898 schenkt Kaiser Arnulf dem Schwaben Zwentibolch, einem Vorfahren der Gräfin Hemma, den Gurkhof, unweit der Salzburger Besitzungen. Auf dem Gurkhof erbaut dann die fromme Gräfin eine Marienkirche und ein Kloster und übergibt diesen Besitz 1043 den Benediktinerinnen, die sie aus dem Kloster Nonnberg in Salzburg berief.
Nach der Auflösung des Nonnenstiftes knapp 27 nach dessen Gründung errichtet der Salzburger Erzbischof Gebhard in Gurk ein kleines Hilfsbistum mit einem Hilfsbischof als Stützpunkt für seine ausgedehnten Reisen durch sein weitläufiges Bistumsgebiet. Gurk ist in jeder Hinsicht von Salzburg abhängig, deshalb trachten die Gurker Bischöfe nach Selbständigkeit. Bischof Hiltepold führt unter seinem Klerus die Augustiner-Chorherren-Regel ein und entnimmt 1124 daraus ein eigenes Domkapitel. Damit ist ein wesentlicher Schritt zur Verselbständigung getan.
1131 kommt mit Bischof Roman I., einem Freund Kaiser Friedrichs I. Barbarossa, eine der einflußreichsten Persönlichkeiten auf den Gurker Bischofsthron. Er demonstriert seine Machtfülle durch den Bau einer eigenen Kathedrale (Beginn ca. 1140), die unter Bischof Ekkehard ca. 1200 fertiggestellt und konsekriert wird. Die Bischöfe wohnen in der nahegelegenen Straßburg und betrauen Dompröpste mit der Verwaltung und künstlerischen Ausgestaltung ihrer Bischofskirche.
1786 übersiedelt der Bischof samt Domkapitel nach Klagenfurt und der Dom verliert an Bedeutung. Beim letzten großen Dombrand 1808 wird der Dom arg beschädigt und es dauert sehr lange, bis die Schäden einigermaßen behoben werden können. Das bauliche Juwel in dem stillen, herben Alpental gerät dann so gut wie völlig in Vergessen-

heit bis der preußische Kunstfreund Ferdinand von Quast es 1850 zufällig entdeckt und sich seiner annimmt. 1890 ziehen Benediktinerinnen vom Salzburger Nonnberg in Gurk ein. Doch das Stift hat keine finanziellen Grundlagen mehr, und so müssen die Schwestern das Haus wieder aufgeben.
1923 übernehmen die Redemptoristen das Stift. Zwischen 1924 und 1933 wird der Dom völlig renoviert. 1932 ziehen die Salvatorianer ins Stift ein.

Sehenswürdigkeiten

Nach außen hin eher schmucklos, birgt der Dom innen jedoch Kunstwerke von Weltrang. Der dreischiffige Kirchenraum ist verwirrend in seiner Fülle an ständig wechselnden Stilelementen von der Romanik bis ins Barock. In der äußeren Vorhalle blieb ein Freskenzyklus des Alten und Neuen Testaments aus der Zeit um 1340 erhalten. Dieser diente dazu, dem einfachen, lese- und schreibunkundigen Volk die Bibel auszulegen, eine „Biblia Pauperum“. Über der Vorhalle befindet sich die Bischofskapelle mit ihren aus dem 13. Jahrhundert stammenden Fresken des Meisters Heinrich. Die Farben veränderten sich im Laufe der Zeit, das einst strahlend leuchtende Blau verblaßte, sodaß heute Grün dominiert. Auch das Gold ist so gut wie verschwunden. Dennoch faszinieren die fremdartigen Kompositionen den Betrachter. Der Freskenschmuck dieses Raumes gehört mit Recht zu den schönsten und besterhaltenen Malereien der späten Romanik in Europa.
Der Kreuzaltar, die Pietà in der Mitte der Kirche, eine von einem Holzkreuz überragte, überlebensgroße und tiefbewegte Bleigußgruppe, wurde 1740/41 von Raphael Donner als sein letztes und ausdrucksvollstes Werk geschaffen. Die weit ausladende Kanzel, entworfen von den Brüdern Bibiena zeigt in eindrucksvoller Weise den Sieg des Glaubens über die Mächte des Bösen. Der Kontrast zwischen den strengen Linien der romanischen Fresken der Westempore und dem prunkvollen, frühbarocken Hochaltar des Sachsen Michael Hönel könnte größer nicht sein. Sein Aufbau ist 17 Meter hoch und fast neun Meter breit. Er zeigt in seinem reihenmäßigen Aufbau das Konzept des Glaubens. Das Fundament die vier Evangelisten, über ihnen die vier Kirchenväter mit Kaiser Heinrich II. und Graf Wilhelm (Gemahl der Hemma) in den Nischen. In der Mitte die Apostel vor dem leeren Grab Mariens, die umgeben von musizierenden Engeln gegen den Himmel entschwebt, wo die Dreifaltigkeit sie mit der Krone erwartet. Über den Kirchenlehrern stehen die Blutzeugen des Glaubens und über ihnen heilige Frauen. Den Abschluß des gewaltigen Werkes bilden die drei Erzengel, wovon Michael in der Mitte den Teufel mit seiner Lanze zur Hölle sticht.
Unter dem erhöhten von Stufen abgegrenzten Priesterchor betritt man die Krypta des Domes, zugleich das Mausoleum der heiligen Hemma. 1174 vollendet ziert die halb in die

Erde versenkte quadratische Halle ein „Wald“ von hundert schlanken, weißen Marmorsäulen, die eine einzigartige mystische Atmosphäre erzeugen. Den Steinsarg der heiligen Hemma tragen drei antike Marmorköpfe, ein Männerkopf und zwei Frauenköpfe mit mit Tiergestalten gezierten Basen. Den Altar bildet eine Marmorgruppe, die sehr eindrucksvoll Glaube, Hoffnung und Liebe darstellt. Besonders der verschleierte Glaube ist ein Meisterwerk seines Schöpfers Antonio Corradini (1720/21).

Zu den großen Kunstschätzen des Domes gehört das 1458 von Meister Konrad von Friesach gemalte Fastentuch, ebenfalls eine „Biblia pauperum“. Mit seinen Maßen 9,78 Meter x 8,87 Meter und seinen 99 Bildern aus dem Alten und Neuen Testament zählt es zu den größten und imposantesten Zeugnissen gotischer Malkunst in Europa. Es steht noch immer in liturgischem Gebrauch und wird zwischen Aschermittwoch und Karsamstag vor dem Hochaltar aufgezogen.

INFORMATION

Anreise: von Klagenfurt über B 83, Abfahrt Pöckstein B 93 nach Gurk; Stift Gurk, Domplatz 11, A-9342 Gurk

Öffnungszeiten: täglich geöffnet und täglich Führungen

Veranstaltungen: Zu den zahlreichen Veranstaltungen zählen Domkonzerte und Choraufführungen ebenso wie Literaturlesungen, die Veranstaltungsreihe Musikalischer Spätsommer, die Jubiläumshochzeiten und die Trachtenwallfahrt mit Kräutersegnung.

Einkaufen: Im Klosterladen finden Sie Fachliteratur, Geschenkartikel und eine reiche Auswahl an Andenken.

Restauranttip: In Gurk laden die Gastwirte Erian, „Hemmastub'n“ und Kronenwirt zur Stärkung nach der Domführung ein. Für Reisegruppen gibt es auch die Möglichkeit, sich nach Voranmeldung im Gästehaus St. Hemma kulinarisch verwöhnen zu lassen.

Kultur und Freizeit: Museum „Kulturstätte der Heimat“, Zwergenpark Gurktal (Mai bis Oktober), Waldgarten und Wanderwege, Museumsdampfeisenbahn – Station Pöckstein/Zwischenwässern.

HEILIGENKREUZ

Im idyllischen Sattelbachtal bei Baden liegt in einer Mulde eines der wichtigsten Klöster Niederösterreichs, Stift Heiligenkreuz. Auch wenn an manchen Tagen Bustouristen für Hektik sorgen, bewahrt das Zisterzienserstift dennoch seine ruhige Würde.

Geschichte

Der Babenberger Markgraf Leopold III. der Heilige beruft im Jahr 1133 eine Gründungsgemeinschaft von zwölf Mönchen aus dem burgundischen Morimond, wo sein Sohn Otto Abt ist. Mit ausreichenden Schenkungen bedacht, errichten sie im damaligen sumpfigen Gebiet beim Zusammenfluß des Sattelbachs, Buchbachs und Dornbachs das Zisterzienserkloster Heiligenkreuz.

Die neue Abtei entwickelt sich gleich unter dem ersten Abt Gottschalk (1133–1147) auf überraschende Weise. Schon bald sind 300 Mönche und Laienbrüder hier tätig, und obwohl die unmittelbar um das Kloster gelegenen Gebiete damals bereits besiedelt waren, werden die zahlreichen Wirtschaftshöfe von Heiligenkreuz bis ins heutige burgenländische und westungarische Gebiet hinein zu Kolonisationszentren.

Von Heiligenkreuz aus werden in kurzer Abfolge sieben Tochterklöster gegründet: 1138 Zwettl, 1142 Baumgartenberg im oberösterreichischen Machland, 1142 Czikádor auf Einladung des ungarischen Königs, 1194 Marienberg im heutigen Burgenland, 1202 Lilienfeld, 1263 Goldenkron in Böhmen und 1327 Neuberg an der Mürz.

Gebet, Lesung und Arbeit sind in dieser frühen Zeit einziger Lebensinhalt der Mönche, Seelsorge ist ihnen ursprünglich verboten. Mit Hilfe von Konversen (Laienbrüdern) arbeiten sie in den als Eigenbetrieben geführten Stiftungen und Gründungen, die alle nach einem gleichen Schema ausgerichtet sind: Kirche, Klausur (das ist der Wohn- und Lebensbereich der Mönche), Wirtschaftstrakt, Spital und Herberge für durchreisende Pilger. In Heiligenkreuz hat sich die mittelalterliche Klosteranlage nahezu völlig unverändert erhalten.

In den Ungarn- und Türkenkriegen des 15. und 16. Jahrhunderts, vor allem im Gefolge der ersten Wiener Türkenbelagerung 1529, aber auch 1532 wird das Kloster Opfer schwerer Verwüstungen und Plünderungen, vor allem die umliegenden Wirtschaftshöfe werden zum Teil völlig zerstört. Die verwaisten Pfarren der Umgebung führen dazu, daß die Heiligenkreuzer Patres die Seel-

sorge für viele umliegende Gemeinden übernehmen müssen. Schon vor der Barockzeit erwirbt sich Heiligenkreuz als Pflegestätte polyphoner Musik einen guten Ruf, ein Sängerknabenkonvikt und ein Schultheater werden eingerichtet.
Die zweite Türkenbelagerung Wiens 1683 führt in Heiligenkreuz zu einer Katastrophe: das Stift brennt zum Großteil aus. Die in einer ersten Phase barocker Bautätigkeit unter Abt Klemens Schäffer errichteten Bauten werden durch die Verheerungen schwer beschädigt, die meisten Stiftsuntertanen verschleppt oder getötet. Bald wird der Wiederaufbau energisch in Angriff genommen. Unter Joseph II. übernimmt das Stift viele weitere Pfarreien.
Heute ist das Kloster eine Stätte der Einkehr und Besinnung, die auch Außenstehenden zugänglich ist. Die ehemalige philosophisch-theologische Lehranstalt wird als Hochschule mit Öffentlichkeitsrecht geführt. Für Einkehrtage steht ein Gästehaus zur Verfügung.

Sehenswürdigkeiten

Die weitläufige Klosteranlage mit ihren zahlreichen Höfen wird von einer festen, mit Ecktürmen gesicherten Mauer umschlossen. Durch den Hornturm betritt man den stimmungsvollen inneren Stiftshof mit Arkadenbauten, einer bewegten Dreifaltigkeitssäule und dem Josefsbrunnen, umrahmt von fünf Platanen. Die größte Wirkung erzielt aber die romanische, asymmetrische Kirchenfassade. Der ältere Teil der Kirche, das romanische Langhaus, entstammt der ersten Bauphase der Kirche aus den Jahren 1133 bis 1187. Hier befinden sich auch die ältesten Kreuzrippengewölbe Österreichs. Der jüngere gotische Hallenchor wurde nach ca. 25jähriger Bautätigkeit 1295 geweiht. Eine besondere Kostbarkeit sind die in die hohen Maßwerkfenster eingefügten Glasmalereien in Grissailletechnik.
Im Barock wurde der Chor unter Mitarbeit von Giovanni Giuliani, Johann Michael Rottmayr und Martino Altomonte umgestaltet, die wiederum in der Zeit des Historismus durch eine neugotische Einrichtung ersetzt wurde. Erhalten haben sich an der Südseite des Chores das Hochaltarbild Maria Himmelfahrt von Johann Michael Rottmayr und im Langhaus das Chorgestühl von Giovanni Giuliani von 1707. Für die große Orgel, 1804 von Ignaz Kober gebaut, komponierte Franz Schubert im Jahr 1828 eigens eine Fuge in e-Moll.
An die Kirche schließt der Kreuzgang an, das zweite bauliche Juwel von Heiligenkreuz. Er wurde von ca. 1220 bis 1240 im romanisch-gotischen Übergangsstil erbaut. Die Armutsvorstellungen des Zisterzienserordens bedingten ursprünglich ein Verbot, die Kirche mit einem Turm – mit Ausnahme eines Dachreiters – zu schmücken (in Heiligenkreuz wurde erst 1674 der Nordturm mit dem Zwiebelhelm errichtet), aber auch eine Art Bilderverbot, das bunte Malereien und be-

sonderen Schmuck verhinderte. Im Lesegang genannten Abschnitt des Kreuzganges von Heiligenkreuz findet man noch die folgerichtig rein ornamentalen, schwarz-weiß gehaltenen Grisaillescheiben aus der ersten Hälfte des 13. Jahrhunderts. Aber schon Ende des 13. Jahrhunderts wurden Buntglasscheiben verwendet wie die farbig-strahlenden Babenbergerbilder (darunter Markgraf Leopold III. und Otto von Freising) auf den Scheiben im Brunnenhaus des Kreuzganges beweisen.

Das Brunnenhaus selbst ist neuneckig und wurde Ende des 13. Jahrhunderts errichtet. Der aus dem Jahre 1584 stammende typische Renaissance-Bleibrunnen wurde 1688 restauriert. Das von der oberen in die jeweils darunterliegende Schale strömende Wasser führte zu Sinterablagerungen, die aus dem Brunnen auch ein Naturdenkmal machen. Obwohl reiner Zweckraum, der der Reinigung der Mönche nach der Arbeit und zu den Mahlzeiten diente, ist dieser später als der Kreuzgang und etwa gleichzeitig mit dem Hallenchor errichtete Bau in ausgereiftem hochgotischen Stil von großer Eleganz und Schönheit (um 1290).

Anschließend führen offene Bogen vom Kreuzgang in den Kapitelsaal. Der Versammlungsraum des Kapitels, in dem noch heute die Abtwahl stattfindet, wurde Anfang des 13. Jahrhunderts gebaut, zusammen mit dem Kreuzgang. Als Grablege der Babenberger-Dynastie konzipiert, sind hier auch tatsächlich 13 Familienmitglieder des Klostergründers (so Leopold IV., Friedrich I. und Leopold V.) beigesetzt. Besonders auffallend aber ist das prunkvolle Hochgrab von Herzog Friedrich II. dem Streitbaren, des letzten Babenbergers (gestorben 1246) in der Saalmitte.

In der Gemäldegalerie des Klosters befinden sich Werke deutscher Maler des 15. Jahrhunderts und österreichischer Barockmeister. Im Klostermuseum ist vor allem eine einzigartige Sammlung von etwa 150 Tonmodellen Giulianis hervorzuheben.

Innerhalb der Klausur und daher nicht zugänglich liegen das mit üppigem Stuck gezierte Refektorium und die Bibliothek, der einzige rein barocke Bauteil des Stiftes. Die Bibliothek enthält Schätze aus dem Skriptorium, der Schreibstube des 12. und 13. Jahrhunderts. Der älteste erhaltene Bücherkatalog von Heiligenkreuz von 1133 bis 1147 zählt bereits 54 Codices auf, heute besitzt die Bibliothek an die 90.000 Bände und über 300 Handschriften, darunter besondere Kostbarkeiten, sowie 216 Inkunabeln.

Zu den in Heiligenkreuz gehüteten Devotionalien zählt eine Kreuzreliquie, die Leopold V. der Tugendhafte 1188 dem Kloster übergab, und die alljährlich am Fest der Kreuzerhöhung Wallfahrer nach Heiligenkreuz bringt.

Durch das im Norden liegende Wiener Tor gelangt man zu dem reizvollen Kalvarienberg, einer nahe dem Stift errichteten Anlage mit Plastiken von Giuliani-Schülern und Kapellen aus dem 18. Jahrhundert.

INFORMATION

Anreise: A 21, Allander Autobahn, Abfahrt Heiligenkreuz; Stift Heiligenkreuz, A-2532 Heiligenkreuz

Öffnungszeiten: ganzjährig geöffnet, mehrere Führungen pro Tag

Einkaufen: Im Klostershop können Sie neben Literatur und Ansichtskarten auch Wein des klostereigenen Weinbaus erstehen.

Restauranttip: Bodenständige regionale Küche bietet der dem Haubenlokal Kronprinz in Mayerling angeschlossene Landgasthof Marienhof bei Mayerling. In der Stiftsgaststätte wird bodenständige Kost serviert. In der Meierei Füllenberg bei Heiligenkreuz können Sie bei hausgemachten Mehlspeisen und Häferlkaffee entspannen.

Kultur und Freizeit: Rund 6 km südlich von Heiligenkreuz steht das Jagdschloß Mayerling, bekannt geworden als Schauplatz des Doppelselbstmords von Kronprinz Rudolf von Österreich und seiner Geliebten Mary Vetsera am 30.1.1889. Ein Teil des Gebäudes wurde, um Sühne für den Toten zu leisten, in ein Karmeliterinnenkloster umgewandelt. Das ehemalige Sterbezimmer ist Teil einer kleinen Gedächtniskapelle und kann besichtigt werden. In süd-östlicher Richtung lohnt ein Abstecher nach Hinterbrühl in das Schaubergwerk, dessen unterirdischer See mit Booten befahren werden kann. Romantikern sei ein Spaziergang durch das wildromantische Helenental empfohlen.

Tip: Das Grab der Mary Vetsera kann auf dem Friedhof außerhalb des Ortes Mayerling besichtigt werden. Kronprinz Rudolf liegt in der Kapuzinergruft in Wien begraben.

Stift Geras – Prälatur

Stift Geras

Stift Geras – Flugbildaufnahme

Dom in Gurk

Stift Heiligenkreuz – Brunnenhaus

Stift Göttweig

Stift Göttweig – Kaiserstiege

Stift Herzogenburg

Stift Herzogenburg – Kirchturm

Stift Klosterneuburg – Dachlandschaft

Stift Klosterneuburg – Verduner Altar

HERZOGENBURG

Das Augustiner-Chorherrenstift, an der niederösterreichischen Barockstraße bei St. Pölten gelegen, diente in der josephinischen Zeit als Auffangkloster für die Kunstschätze der aufgelösten Klöster. So kommt es, daß das an und für sich nicht so reiche Kloster heute neben Kremsmünster, Klosterneuburg und St. Florian die bedeutendsten musealen Sammlungen in Klosterbesitz hat.

Geschichte

An der unteren Traisen gründet Bischof Ulrich von Passau im Jahre 1112 das Augustiner-Chorherrenstift St. Georgen. Wegen seiner ungünstigen Lage nahe der Donau ist es äußerst anfällig für Überschwemmungen. Daher wird der Konvent 1244 traisenaufwärts nach Herzogenburg verlegt.

Die Augustiner-Chorherren bringen das Stift bald zu einer bescheidenen Blüte und errichten eine romanische, später gotisierte, Kirche. Außerdem gründen sie eine Lateinschule, der im Hochmittelalter viele Studenten der 1365 gegründeten Alma Mater Rudolphina, der Wiener Universität, entstammen.

Doch so erfreulich sich das Hochmittelalter in kultureller Hinsicht anläßt, so schwierig sind die Zeiten politisch und daher auch wirtschaftlich. Die Hussiten und danach die ungarischen Truppen des Matthias Corvinus zerstören das Stift, ein vernichtender Großbrand macht im 16. Jahrhundert einen weitgehenden Wiederaufbau unter Propst Georg Eysner nötig. Die Reformation führt Herzogenburg in eine existenzbedrohende Krise, während der sich fast sämtliche Chorherren „verloffen" hatten, wie die Chronik berichtet.

1714 wird mit dem Stiftneubau begonnen; vor allem Propst Frigdianus Knecht drückt dem Bau seinen Stempel auf. Er ist auch um einen Ausbau der Stiftsbibliothek bemüht. Der Chorherr Quarin Holl legt damals auch den Grundstein zu dem noch heute bestehenden Numismatischen Kabinett.

Von der josephinischen Auflösung bedroht, kann Propst Michael Teufel den Kaiser im persönlichen Gespräch davon überzeugen, daß Herzogenburg schon als Auffangkloster für die Schätze und Besitztümer der aufgelösten Klöster Dürnstein, St. Andrä an der Traisen, Aggsbach etc. bestehen bleiben muß. Und als 1804 das Kloster Formbach, der bisherige Partner in der Grundherrschaft, säkularisiert wird, erwirbt Propst Teufel auch günstig Formbacher Grundbesitz, die gesamten Häuser des Unteren Marktes, der damit mit dem Oberen Markt zum Markt Herzogenburg (Stadt seit 1927) vereinigt werden kann.

Sehenswürdigkeiten

Der hohe Westturm, der Kirchenfassade vorgestellt, geht aus einem viereckigen Grundriß in ein durchaus ungewöhnliches, tempelartiges Rundgeschoß über, das nach vier Seiten geöffnet ist. Der 1767 von Matthäus Munggenast vollendete Turm ist das charakteristische Merkmal Herzogenburgs. Man betritt die Kirche durch ein reich profiliertes gotisches Stabportal aus dem 15. Jahrhundert.

Was vor allem an dem bewegt heiteren Innenraum der Stiftskirche auffällt, ist seine starke Farbigkeit. Der Grund dafür sind die Architekturmalereien an Decken und Wänden sowie die figuralen Fresken von Bartolomeo Altomonte. Der die ganze Chorapsis ausfüllende, mächtige, doch nicht überladene Hochaltar von Jakob Mösl und Johann Josef Rössler (1770) trägt ein Altarblatt von Daniel Gran, Muttergottes mit Georg und Stephanus. Darüber die Allegorien von Glaube, Hoffnung und Liebe. Im Chor zwei große Ölgemälde Bartolomeo Altomontes: Opfer des Abraham und des Melchisedech.

Das Glanzstück der Kirche ist die einmalige Orgel von Johann Henke (1752). Der prachtvolle Prospekt mit seinen Schnitzereien, die schon auf das Rokoko hinweisen, und der intensiven Grün- und Goldtönung will dem Fest für das Ohr auch eines für das Auge bieten.

In den alten Stiftsgebäuden sind ein gotischer Kreuzgangflügel und das Refektorium mit schönen spätgotische Fresken erhalten geblieben. Der dreigeschossige Neubau, von Joseph Munggenast nach dem Tod Jakob Prandtauers 1740 vollendet, liegt um zwei Höfe angeordnet und bindet die Kirche an der Nordseite ein. Der Hauptsaal des Stiftes liegt im Ostflügel, von Johann Bernhard Fischer von Erlach geplant. Den über zwei Stockwerke reichenden Raum schmückt ein Deckenfresko Bartolomeo Altomontes von 1772, das die Taten des Bistums Passau in Allegorien darstellt.

Die Bibliothek, ein spätbarocker, langgestreckter Raum genau gegenüber dem Hauptsaal, zeigt eine Stuck imitierende Architekturmalerei Domenico Francias, die figuralen Grisaillen (Malereien in verschiedenen Grauabstufungen) schuf Bartolomeo Altomonte. Die Bibliothek bewahrt in ihren spätbarocken Bücherschränken wertvolle Urkunden, aber auch bedeutende Handschriften und Architekturpläne. In einem kleinen Raum neben der Bibliothek sind kirchliche Geräte und Paramente untergebracht, darunter eine prachtvoll gearbeitete Wiener Monstranz, aus vergoldetem Silber getrieben und mit Halbedelsteinen besetzt (1722).

Die Herzogenburger Kunstsammlung ist eine der bedeutendsten Privatsammlungen Österreichs. Einer der Schwerpunkte liegt bei spätgotischen Werken der Donauschule. Besonders erwähnenswert die acht Tafeln des älteren Aggsbacher Altares mit Darstellungen des Marienlebens und des Leidens Christi, um 1450. Von Jörg Breu d.Ä. stammen vier

Tafeln des alten Aggsbacher Hochaltares, um 1501, in revolutionärer Komposition und Farbtechnik geschaffen. Daneben bedeutende Werke der Plastik, etwa die Schnitzgruppe Marientod (um 1490), Glasgemälde, zum Teil aus Gars, vom Anfang des 14. Jahrhunderts, Waffen aus den Türken-, Ungarn- und Franzosenkriegen sowie verschiedene Plastiken und Wunderdinge (Nautiluspokal, Elfenbeinarbeiten) aus dem Barock.

Der Bildersaal, einer der bezauberndsten Räume des Stiftes, hat den Charakter der barocken Bildergalerie vollkommen bewahrt. Die Bilder wurden dabei so aneinandergepaßt – und notfalls auch beschnitten und geteilt – , daß sie die Wände völlig bedecken. Unter den 144 Bildern befinden sich einige bemerkenswerte Kunstwerke, darunter ein Marienbild Paul Trogers.

Information

Anreise: S 33 Abfahrt Herzogenburg-Nord; Stift Herzogenburg, Stiftgasse 3, A-3130 Herzogenburg

Öffnungszeiten: täglich geöffnet von 1. April bis 31. Oktober, stündlich Führungen

Kultur und Freizeit: Herzogenburg liegt an der Niederösterreichischen Barockstraße. Die nächste Station ist Schloß Heiligenkreuz-Gutenbrunn 6 km östlich des Stadtkerns mit dem Niederösterreichischen Barockmuseum. Die sehenswerte Pfarrkirche von Herzogenburg besitzt Deckenmalereien und Altarblätter von F.A. Maulbertsch. In St. Andrä lohnt ein Besuch der Pfarrkirche mit Deckenfresko und Hochaltarbild von Paul Troger.

Kleinmariazell

Die Geschichte der ehemaligen Benediktinerabtei Kleinmariazell, im südlichen Wienerwald an der Via Sacra nach dem großen Gnadenort Mariazell gelegen, ist gezeichnet durch Not, Elend, Zank und Hader, die hier durch die Jahrhunderte wirksam waren, aber auch durch Marienverehrung, Pilgerwesen, Volksfrömmigkeit und Kunst aus acht Jahrhunderten.

Geschichte

Schon am Beginn steht der lange Zeit unversöhnliche Haß zweier Brüder, Heinrich und Rapoto von Schwarzenburg (heute Nöstach am Hafnerberg). Als sie sich endlich aussöhnen, planen sie zum Dank dafür die Errichtung eines Klosters im unwegsamen Urwald nahe dem Schöpfl. Ihr Vorhaben nimmt jedoch offenbar so lange Zeit in Anspruch, daß Markgraf Leopold III. der Heilige die Stiftung selbst in die Hand nimmt, wie sich dem Stiftungsbrief vom 2. Februar 1136 entnehmen läßt.

Da Mariazell in der Steiermark erst 1158, also 22 Jahre später, gegründet wird, trägt Kleinmariazell (der Name stammt erst aus dem 19. Jahrhundert) zuerst die Bezeichnung „Altzell" oder „Mariazell in Österreich". Bischof Konrad von Passau, ein Sohn Markgraf Leopolds III., erweitert den Klosterbesitz noch im 12. Jahrhundert maßgeblich.

1250 fallen die Kumanen ein, 1252 und 1446 die Ungarn, 1529 und erneut 1532 die Türken. Diese letzte Zerstörung ist so gründlich, daß die Klosterruine über ein halbes Jahrhundert lang als Binderwerkstätte dient. Nach einem fast hundert Jahre dauernden Aufschwung übernimmt 1795 Lilienfeld die Administration, 1798 der Religionsfonds. 1825 gelangen die Klostergüter und das Kloster zur Versteigerung. Die Klostergebäude werden in ein Schloß umgewandelt, das im Jahre 1964 wegen Baufälligkeit abgetragen wird. Nach jahrelangen Renovierungsarbeiten erstrahlt die Kirche seit 1998 wieder in neuem Glanz.

Sehenswürdigkeiten

Die Stiftskirche Mariä Himmelfahrt ist eine dreischiffige Pfeilerbasilika aus dem 12. Jahrhundert. Den ehemaligen Westturm über dem Hauptportal ließ Abt Jakobus Pach abtragen, der im Rahmen der Barockisierung 1752 bis 1782 wohl eine Zweiturmfassade plante.

Das wichtigste Element der Fassade ist jedoch das Hauptportal, eines der drei romanischen Portale der Kirche, vermutlich nach den Verheerungen von 1250 errichtet. Bemerkenswert ist das Nordportal mit Säulen und Knospenkapitellen, möglicherweise eine Arbeit der Regensburger Dombauhütte. Das halbkreisförmige Tympanon trägt eine Steinmalerei, Maria mit dem Kind und zwei Mönchen. Das dritte Portal legte man bei der Renovierung des Kreuzganges an der Südseite frei.

Das Kircheninnere ist von großer Einheitlichkeit und geprägt durch die hervorragenden Fresken von Johann Bergl (1765), das Hauptwerk des Künstlers, eines Schülers von Paul Troger. Die Einrichtung des Kircheninneren ist einheitlich barock, besonders bemerkenswert ist der Hochaltar mit dem von Putten umschwebten Gnadenbild im Strahlenkranz. Der südlich an die Kirche anschließende Kreuzgang ist in seiner bescheidenen und schlichten, bäuerlich wirkenden Gotik überaus stimmungsvoll.

Die Mönchshalle aus dem 12. Jahrhundert beherbergt ein Wallfahrtsmuseum. Das wiedergefundene Grab der Brüder Schwarzenberg, die romanische Apsis der Erstkirche und ein vermutlich vorchristliches Flurheiligtum sind einer neu errichteten Krypta (Unterkirche) zu besichtigen.

Information

Anreise: A 21 Abfahrt Mayerling, B 11 nach Altenmarkt, dann Abzweigung nach Kleinmariazell; Pfarramt Kleinmariazell, Kleinmariazell 1, A-2571 Altenmarkt-Thenneberg

Öffnungszeiten: täglich geöffnet, Führungen nach Voranmeldung nach dem Gottesdienst an Sonn- und Feiertagen um 9.30 Uhr, von Ostern bis Allerheiligen auch um 11.15 Uhr.

Kultur und Freizeit: Kleinmariazell liegt an der Niederösterreichischen Barockstraße mit den Zielen Heiligenkreuz (siehe Seite 69), Mayerling, Wallfahrtskirche Hafnerberg. Einen Besuch wert ist auch die Tropfsteinhöhle in Alland (geöffnet von Ostern bis Allerheiligen an Wochenenden, im Juli und August täglich) und die Seegrotte in der Hinterbrühl (ganzjährig geöffnet).

KLOSTERNEUBURG

Das Augustiner-Chorherrenstift thront auf einer steil zur Donau und zur Unterstadt von Klosterneuburg hin abfallenden Terrasse am Abhang des Kahlenbergmassivs. Von der Donau her, aber auch vom Kahlenberg und Leopoldsberg aus, bietet das Stift einen eindrucksvollen Anblick, der vor allem durch das weithin leuchtende Grün der Kuppeln unterstrichen wird.

Geschichte

Am Beginn von Klosterneuburg steht Leopold III., der Heilige. Er ist eine der erstaunlichsten Persönlichkeiten der politischen wie der kulturellen Geschichte des Hochmittelalters. Die Gründungslegende des Stiftes Klosterneuburg, dem Hauskloster des Hauses Babenberg, rankt sich um die Gestalt der Markgräfin Agnes, der Gemahlin Leopolds. Am Tage ihrer Hochzeit soll ein plötzlicher Windstoß den kostbaren Schleier der Gräfin erfaßt und von der Kuppe des heutigen Leopoldsberges ins Tal davongetragen haben. Ein Gelübde, ein Kloster an der Stelle zu errichten, an der der Schleier aufgefunden wird, bleibt neun Jahre ohne Folge, bis schließlich der unbeschädigte Schleier in einem Holunderbusch aufgefunden wird. Der Markgraf löst nun sein Versprechen ein – Klosterneuburg wird gebaut.

Die geschichtlichen Tatsachen sehen etwas anders aus. Klosterneuburg ist uraltes Siedlungsgebiet, und zumindest seit keltischer Zeit dürfte die Siedlungskontinuität niemals völlig unterbrochen gewesen sein. Jedenfalls dürfte sich aber nach der bayerischen Landnahme bald ein Kloster auf den Trümmern des alten römischen Castells in Klosterneuburg installiert haben, spätestens um 1100, vermutlich eine Gründung mehrerer Stifter, unter denen auch Leopold III. war. 1106 errichtet er neben dem Stift eine Pfalz (Wohn-, Verwaltungs- und Repräsentationsbau deutscher Fürsten im Früh- und Hochmittelalter).

Im Jahr 1113 gelangt Leopold, wohl durch Erbschaft, in den Besitz des Stiftes bei der „niwenburc“ und legt nun durch überaus reiche Schenkungen den Grundstock für die spätere Blüte. 1136 wird das Stift geweiht – kurz vor dem Tod Leopolds, der hier beigesetzt wird. Schon bald entwickelt sich eine Heiligenverehrung um sein Grab, kirchlich erfolgt seine Heiligsprechung erst im Jahre 1485. Sein Todestag ist heute noch ein halböffentlicher Feiertag in Niederösterreich, dessen Landespatron Leopold III. ist.

Die Reformationszeit bringt auch für Klosterneuburg große Probleme.

Erst mit einsetzender Gegenreformation kommt es zu einem neuen Aufschwung. Allerdings bedeutet die zweite Wiener Türkenbelagerung erneut eine existentielle Bedrohung für das Kloster wie auch für die Stadt.
Nach der endgültigen Abwehr der türkischen Bedrohung greift Kaiser Karl VI. den alten Gedanken eines Residenzklosters bzw. einer Klosterresidenz auf, wie er im spanischen Escorial von Philipp II. verwirklicht worden war. Ein gigantisches Bauprojekt wird in Angriff genommen: eine kaiserliche Residenz, dem Kloster angeschlossen und von nicht weniger als neun prunkvollen Kuppeln gekrönt.
Der Plan von Donato Felice d'Allio sieht eine symmetrische Vierhofanlage mit der Kirche als Zentralachse vor, von zu Gartenanlagen umgestalteten Basteien umgeben. Der Tod Karls VI. im Jahr 1740 führt allerdings zu einem abrupten Abbruch der Bautätigkeiten: Höchstens ein Achtel des geplanten Projektes kann verwirklicht werden, nur zwei mit dem österreichischen Herzogshut und der deutschen Kaiserkrone geschmückte Kuppeln werden ausgeführt.
Unter der nationalsozialistischen Herrschaft wird das Stift im Jahr 1941 aufgelöst, der Chorherr Roman Scholz wird als Widerstandskämpfer hingerichtet. 1945 kann der Konvent wieder zurückkehren, die reichen Besitzungen in Ungarn werden jedoch ohne Ablöse eingezogen. Heute ist Klosterneuburg der größte Weinproduzent Österreichs und besitzt weitläufige Kellereien. Seine Hauptaufgabe sieht das Stift jedoch auf spirituellem Gebiet.

Sehenswürdigkeiten

Die von 1114 bis 1136 erbaute Stiftskirche Zu unserer Lieben Frau, eine dreischiffige Basilika, ist weitgehend in ihrem romanischen Charakter erhalten geblieben. Der Kircheninnenraum erzielt durch seine Dominanz barocker Formen in der weiträumigen romanischen Basilika eine überraschende Wirkung, die nichts von der sonstigen barocken Heiterkeit und Leichtigkeit süddeutscher und österreichischer Kirchen ausstrahlt, sondern an die Schwere und den Ernst römischer frühbarocker Kirchen erinnert.
Die Orgelempore, von stehenden Putten bekrönt, ist die beste Leistung der ersten Barockisierungsphase. Die große Festorgel wurde unter Verwendung des Reifenwerks zweier Orgeln des 15. Jahrhunderts erbaut. Sie zählt zu den bedeutendsten Monumenten abendländischer Musikgeschichte, da das barocke Spielwerk noch intakt ist.
Der Hochaltar ist eine großartige Arbeit des genialen Matthias Steinl, 1728. Das Altarblatt (Mariä Geburt) von Johann Georg Schmidt befand sich bis 1953 in der Meidlinger Pfarrkirche in Wien, ehe es wieder an seinen angestammten Platz zurückgebracht wurde. Im Presbyterium erfährt der Kirchenraum seine schönste Steigerung mit einem überaus reich geschnitzten und mit 24 Wappen des Hauses Habsburg

gezierten Chorgestühl sowie dem darüberliegenden Hoforatorium. Beide Entwürfe stammen ebenfalls von Matthias Steinl.

Die alten Teile des Stiftes liegen nordwestlich der Kirche, gegen den Strom zu. An das Nordschiff angrenzend der Kreuzgang, im 13. und 14. Jahrhundert erbaut. In der südwestlichen Ecke des Kreuzganges die Freisinger- oder Wehinger-Kapelle, 1394 geweiht, mit Kreuzrippengewölbe. Im Norden des Kreuzganges das neuneckige Brunnenhaus (heute Agnes-Kapelle) mit einem prunkvollen Maßwerkportal und einem der berühmtesten Kunstwerke des Stiftes, einem über vier Meter hohen siebenarmigen Bronzeleuchter mit durchbrochenem Ornamentwerk aus dem frühen 12. Jahrhundert.

An den nördlichen Querschiffarm der Kirche und den Osten des Kreuzganges schließt der ehemalige Kapitelsaal an. Die heutige Leopoldskapelle, eine zweischiffige romanische Halle aus dem 12. Jahrhundert, wurde 1677 erweitert und barockisiert. Bei den leuchtstarken Fenstern, ein letzter Rest der ehemaligen Kreuzgangfenster, handelt es sich um die schönsten Arbeiten der Glasmalerei in Österreich nach 1330.

Leopold III. wurde 1136 hier bestattet, und bald nach seiner Heiligsprechung im 15. Jahrhundert entwickelte sich der Raum zum Wallfahrtsort. Die Gebeine des Heiligen ruhen heute in einem neuen silbernen, vergoldeten und mit Emailarbeiten geschmückten Reliquienschrein oberhalb des Verduner Altares, der hinter einem prunkvollen Schmiedeeisengitter aufgestellt ist. Der Verduner Altar (1181), das wichtigste Emailkunstwerk des Mittelalters, ist die Arbeit des lothringischen Goldschmiedes und Emailmalers Nikolaus von Verdun. Die 51 Emailtafeln sind in drei Reihen angeordnet, die die drei Epochen der Heilsgeschichte darstellen: oben „vor dem Gesetz“ (ante legem, vor Moses), unten „unter dem Gesetz“ (sub lege, zwischen Moses und Christus) und in der Mitte die Epoche „unter der Gnade“ (sub gratia, das christliche Zeitalter).

Die Steinsammlung des Klosters zeigt neben römischen Funden und verschiedenen Architekturteilen die beiden Marienstatuen, die Klosterneuburger Madonna (um 1305) und die Schöne Madonna vom Turm der Stiftskirche (um 1405). Im Nordwesten des Kreuzganges der malerische Leopoldihof, reizvoll unregelmäßig und mit dem Leopolds-Brunnen von 1592. Hier liegen die ältesten gotischen Bauteile des Stiftes, darunter das Stiftsarchiv (um 1500). Einen völlig anderen Charakter hat der prunkvolle, von den beiden Kuppeln überragte Residenztrakt Karls VI., von Donato Felice d'Allio unter starker Einflußnahme Josef Emanuel Fischer von Erlachs gestaltet. Die großartig konzipierte Kaiserstiege mit vier musizierenden Engeln am oberen Treppenabsatz blieb unvollendet. Eindrucksvoll ist der monumentale ovale Marmorsaal, als Mittelstück der Ostfassade gedacht. An den Marmorsaal schließen die Kaiserzimmer an. Der weit-

Stift Klosterneuburg – Detail des Verduner Altar

Stift Kremsmünster

Stift Kremsmünster – Fischkalter

Stift Kremsmünster – Sternwarte

Kremsmünster – Tassilo-Kelch

Stift Lambach – romanische Fresken

Stift Lilienfeld – Ostansicht

Stift Lilienfeld – Kirchenportal

Stift Lilienfeld – Kircheninneres

Stift Lilienfeld – Kreuzgang, Lesegang

läufige Gobelinsaal ist besonders prächtig.
Die Bibliothek (der geplante barocke Prunkbibliothekssaal kam nicht mehr zur Ausführung) ist mit etwa 250.000 Bänden, 1250 Handschriften und 850 Inkunabeln die größte private Bibliothek Österreichs. Leider ist die Schatzkammer des Stiftes nicht öffentlich zugänglich. Hier werden u. a. der österreichische Herzogshut von 1616 und die kostbare Schleiermonstranz nach einem Entwurf von Matthias Steinl aufbewahrt.
Die Kunstwerke, die im Stiftsmuseum zu besichtigen sind, reichen von der Hochgotik bis zur Moderne. Besonders sehenswert sind die „Rückseiten des Verduner Altars", Elfenbeinreliefe, die Merkur-Statuette von Georg Raphael Donner (um 1730) sowie Ansichten von Klosterneuburg von Rudolf von Alt und Egon Schiele.
Der Getreidekasten von 1670 beherbergt heute das Restaurant Stiftskeller. In der nahen Leopoldstraße 31 befindet sich das ehemalige Stiftshospital (gleichzeitig mit dem Stift errichtet) und das kleine romanische Sankt-Gertruds-Kirchlein, nach 1133 erbaut.

INFORMATION

Anreise: von Wien auf der B 14 nach Klosterneuburg; Stift Klosterneuburg, A-3400 Klosterneuburg

Öffnungszeiten: ganzjährig geöffnet, Führungen täglich. Das Stiftsmuseum mit wechselnden Sonderausstellungen ist von 1. Mai bis 15. November täglich außer montags 10–17 Uhr geöffnet.

Veranstaltungen: Stift Klosterneuburg ist ein Kulturzentrum mit Konzerten, Tanztheater, Sonderausstellungen und diversen anderen Veranstaltungen.

Einkaufen: Wein in der Vinothek, Kunsthandwerk und Bücher im Pfortenhof

Restauranttip: Restaurant Stiftskeller

Tip: Das Stiftsweingut Klosterneuburg ist das älteste Weingut Österreichs. Kellerführungen mit Weinverkostung für Gruppen ab 10 Personen nach Voranmeldung.

KREMSMÜNSTER

Das Benediktinerstift Kremsmünster liegt etwa 30 Kilometer südlich von Linz am linken Ufer der Krems. Auf einer Terrasse über dem Kremstal erhebt sich ein ganzer Klosterdistrikt mit sechs Höfen und weitläufigen Gartenanlagen. Alles begann mit einem Jagdunfall …

Geschichte

Wir schreiben das Jahr 777. Der junge Gunther, Sohn des Bayernherzogs Tassilo, geht mit seinen Freunden auf die Jagd. Plötzlich rennt ein wilder Eber aus dem Dickicht und tötet den Herzogssohn. Dessen Vater läßt genau an diesem Platz ein Benediktinerstift errichten. Die Geschichte weiß von diesem Vorfall nichts, erst im Jahr 1300 wird diese Gründungslegende schriftlich belegt. Aus dieser Zeit stammt auch das Gunthergrab in der Stiftskirche.
Um die Jahrtausendwende wird die bisherige Königsabtei Eigenkloster der Bischöfe von Passau.
Im 11. und 12. Jahrhundert floriert die Schreibschule, und die romanisch-gotische Stiftskirche wird mit Ausnahme der Türme fertiggestellt. Von 1669 bis 1703 wird die Stiftskirche barockisiert und der Prälatenhof erbaut. Mitte des 18. Jahrhunderts entsteht das erste Hochhaus Europas als Sternwarte und Universalmuseum.
1891 baut man das Klostergymnasium neu, zu dessen berühmtesten Schülern der Dichter Adalbert Stifter gehört. Die Nationalsozialisten heben das Stift auf, doch nach dem Krieg lebt das Kloster wieder auf. Anläßlich der 1200-Jahr-Feier 1977 wird Kremsmünster gründlich renoviert.

Sehenswürdigkeiten

Stiftskirche: Schon seit 777 steht hier eine Abfolge von Kirchenbauten. Die heutige Kirche besitzt unter der barocken Ummantelung noch ihren romanisch-frühgotischen Kern. Davon zeugt zum Beispiel das 1937 freigelegte schlichte spätromanische Stufenportal aus der Mitte des 13. Jahrhunderts, das einst vom ehemaligen Kreuzgang (heute Mönchsfriedhof) in das südliche Kirchenschiff führte. Weiters hat sich die Stifterkapelle im Erdgeschoß des Südturmes erhalten sowie zwei 1954 freigelegte Bündelpfeiler auf der Orgelempore.
Die einfache, ansprechende Westfassade in der Südostecke des Prälatenhofes wurde 1681 fertiggestellt, die Glockenstuben wie auch die

Zwiebelhelme der Türme wurden 1702/03 errichtet. Die auf zwei Säulen ruhende Altane über dem Haupteingang basiert – wie der ganze Umbau – auf Entwürfen von Carlo Antonio Carlone. Das Wappen von Abt Erenbert II. über dem Tor schuf Michael Zürn der Jüngere 1687.

Unter dem Südturm liegt in der Gunther-Kapelle, das Hochgrab von Tassilos sagenhaftem Sohn: Gunther, als vollplastische Figur aus Nagelfluh gearbeitet, zusammen mit seinem Hund und dem Eber, der ihn getötet haben soll. 1948 wurde das Grab aus der Gruft vor dem Hochaltar gehoben und hier aufgestellt. Dieses etwas archaisch anmutende, hervorragende Werk der Grabmalplastik ist kurz vor 1304 entstanden, der Unterbau ist neu.

Der überraschend schlichte Hochaltar der Kirche trägt das Altargemälde Verklärung Christi von Johann Andreas Wolf. Der vergoldete Kupfertabernakel wurde nach einem Entwurf von Jakob Prandtauer gestaltet, das getriebene Bild der Immaculata an der Tabernakeltür stammt von Johann Urban Remele. Die zwei überlebensgroßen Marmorengel sind Arbeiten Josef Anton Pfaffingers, die vier Leuchterengel aus vergoldeter Bronze stammen von Johann Prezer.

Die Stiftsanlage: Die gewaltige Klosteranlage mit sechs Höfen hat keine einheitliche Orientierung zur Kirche hin und ist in zwei Teile gegliedert. Die Wirtschaftsgebäude gruppieren sich um den äußeren Stiftshof, ein Wassergraben trennt sie vom eigentlichen Stift. Die Hauptgebäude liegen um den Prälatenhof, wo sich auch der Eingang zur Stiftskirche befindet.

Östlich des Eichentors befinden sich die unvergleichlichen, von Arkadengängen mit toskanischen Säulen umgebenen Fischbehälter, von denen die drei westlichen von Carlo Antonio Carlone und die zwei anschließenden von Jakob Prandtauer erbaut wurden. In der Mitte der Becken stehen Brunnenfiguren, die vier westlichen Samson, David, Neptun und Triton von Andreas Götzinger, die beiden östlichen Figuren des Petrus und Tobias schuf Johann Baptist Spaz. Fischkalter waren in allen Klöstern nötig, um den Fastengeboten zu genügen, doch nirgends wurden diese Anlagen in so aufwendiger Form gestaltet wie in Kremsmünster.

Der Brückenturm, durch den man in den Prälatenhof gelangt, wurde von 1741 bis 1750 von Johann Blasius Frank anstelle eines Vorgängerbaues errichtet. Das Marmortor mit den Nischenstatuen Herzog Tassilos III. mit Kirchenmodell, links Karls des Großen und rechts Kaiser Heinrichs II., schuf Johann Peter Spaz. Es stammt noch aus dem Vorgängerbau.

Der Prälatentrakt ist das Herzstück der Anlage, von hier aus kommt man in die Kirche, den Abteitrakt mit den Kunstsammlungen und den Gasttrakt.

Die Kunstsammlungen: Der wertvollste Schatz ist der Tassilokelch, der wohl zwischen 769 und 788 entstand. Aus Tassilos Schatz stammen angeblich auch die zwei aus Rot-

kupfer gearbeiten Leuchter, vielleicht vom Ende des 10. Jahrhunderts. Bemerkenswert ist ein sogenanntes Flabellum, ein Scheibenkreuz aus der zweiten Hälfte des 12. Jahrhunderts.
Die beiden „Codices Millenarii" sind Evangelienhandschriften aus der Zeit um 800, die Metalleinbände kommen aus der Welser Goldschmiedewerkstatt Heinrich Voraths, Ende des 16. Jahrhunderts. Daneben bewahrt Kremsmünster noch eine überaus ansprechend präsentierte Fülle von weiteren Schätzen auf. Einblicke in die Geschichte des Stiftes geben auch die Gemäldegalerie (mit Werken von Jan Brueghel d. Ä.), die Wunderkammer sowie die Rüstkammer.
Mit dem Bau des Gasttraktes begann man 1666. In diesem Trakt befindet sich im ersten Stock der Wintersaal, im zweiten Stock das Kaiser- oder Gobelinzimmer mit schönen Wandteppichen und der über zwei Stockwerke reichende Kaisersaal mit dem riesigen Deckenfresko von Melchior Steidl. An den Abteitrakt schließt ein langgezogenes Gebäude von Carlo Carlone an mit Refektorium, Sommerabtei und Bibliothek. Die Bibliothek erstreckt sich über vier Säle, geschmückt mit bemerkenswerten Fresken und geschnitzten Bücherschränken. Sie enthält an die 100.000 Bände, darunter 400 Handschriften und 792 Wiegendrucke.
Die Sternwarte: Östlich des Klerikatstraktes befindet sich die Sternwarte mit einer Fülle bemerkenswerter Sammlungen. An der Dachbrüstung des siebenstöckigen Wissenschaftssturmes – des ersten Hochhauses in Europa – stehen vier Zwergenfiguren von Franz Josef Feichtmayr (1697). Dieser Turm setzt ein weltliches Gegengewicht zu den Kirchtürmen und soll – geistesgeschichtlich am Ende der Zeit der Kunst- und Wunderkammern und am Beginn moderner Wissenschaftlichkeit entstanden – hierarchisch die Ordnung der geschaffenen Dinge klassifizieren. Im untersten Stock sind Geologie und Paläontologie untergebracht, es folgen nach oben hin die Sammlungen zum Thema Mineralogie und Physik, dann Zoologie und Kulturschaffen, Astronomie und schließlich die durch eine kleine Kapelle manifestierte Theologie als Krönung und Überhöhung geistigen Strebens.
Östlich der Sternwarte ein Gartenhaus, die sogenannte Moschee, erbaut von Domenico d'Allio: Der orientalisch anmutende, höchst originelle Pavillon hat einen achteckigen, kuppelgewölbten Mittelraum, der von einem Arkadengang umgeben ist und seitlich zwei rechteckige Flügel besitzt.

Information

Anreise: A 1 Abfahrt Sattledt, B 122 nach Kremsmünster; Stift Kremsmünster, A-4550 Kremsmünster

Öffnungzeiten: Führungen in den Kunstsammlungen (Kaisersaal, Schatzkammer mit Tassilokelch, Bildergalerie, Bibliothek, Waffenkammer und Paramentenraum) täglich von Ostern bis 31. Oktober; Führungen in der Sternwarte täglich von 1. Mai bis 31. Oktober

Veranstaltungen: Stiftskonzerte von Mai bis Juli, Sonderführungen zu bestimmten Themen von Mai bis September samstags und sonntags

Restauranttip: Stiftschank Kremsmünster. Oberösterreichische Spezialitäten sowie Most- und Fischgerichte gibt es im Restaurant Schröck in Bad Hall.

Einkaufen: In der Stiftskellerei gibt es Eigenbauweine aus der Wachau und dem Burgenland sowie Schnäpse.

Kultur und Freizeit: Die spätgotische Kirche St. Jakob in Weigersdorf hat ein außergewöhnlich schönes Netzrippengewölbe. Ein Werk Carlo Carlones ist die Pilgerkirche Heiligenkreuz zwischen Kremsmünster und Sippbachzell. Kirchdorf an der Krems: Der kleine Ort etwa 20 Kilometer südlich von Kremsmünster besitzt eine der ältesten und gleichzeitig modernsten Pfarrkirchen des Landes. In näherer Umgebung: Stift Lambach (siehe Seite 102), Stift Schlierbach (siehe Seite 201)

Tip: Für den Besuch von Stift Admont und Stift Kremsmünster gibt es eine Kombikarte, sie inkludiert auch ein Mittagessen in Admont oder in Kremsmünster.

LAMBACH

Auf einer Anhöhe über der Traun zwischen Attnang-Puchheim und Wels liegt eines der einflußreichsten und ältesten Stifte Oberösterreichs. Zusätzliche kunsthistorische Bedeutung hat das Benediktinerstift Lambach durch die Freilegung und Restaurierung romanischer Fresken erhalten.

Geschichte

Die Geschichte Lambachs beginnt im Jahr 1040. Zu dieser Zeit bestimmen Graf Arnold II. von Wels-Lambach und seine Gemahlin Regilinde ihr Stammschloß als Kollegiat für zwölf Weltpriester. 1056 wandelt der letzte dieses Geschlechtes, Adalbero, Bischof von Würzburg, die Stiftung seiner Eltern in eine Benediktinerabtei um.

Stift Lambach prosperiert, sodaß es den Mönchen möglich ist, schon 1089 das Kloster Melk an der Donau zu besiedeln; bald darauf stirbt Adalbero fast achtzigjährig und wird 1090 in der Stiftskirche beigesetzt. Unter Abt Otto (1213–1241) erlischt die Schutzherrschaft der Würzburger Bischöfe über das Kloster von Lambach. 1233 wird die Abtei beim Einfall des Bayernherzogs Otto fast völlig zerstört, und es beginnt ein mühsamer Wiederaufbau.

1433 wird die romanische Kirche in eine zweischiffige gotische Hallenkirche umgebaut. 1459 erhält Abt Thomas Messerer von Papst Pius II. das Recht der Pontifikalien für sich und seine Nachfolger (Stab und Mitra in den Kirchen des eigenen Bereiches – wie Bischöfe – tragen zu dürfen).

Eine religiöse und geistige Hochblüte erlebt das Kloster im Barock: Es erhält seine heutige Form, und die gotische Kirche wird in eine einschiffige Frühbarockkirche umgebaut. In der josephinischen Zeit entgeht das Kloster der Auflösung. 1800, 1805 und 1809 muß das Kloster unter dem französischen Heer leiden, dabei bezieht Napoleon zweimal im Stift Quartier und wird sogar vom Lithographen und Kupferstecher Pater Kolomann Felner vor einem Anschlag gerettet.

Unter dem nationalsozialistischen Regime wird 1941 die Abtei aufgelöst, zwei Patres fallen dem NS-Regime zum Opfer. 1945 kann das Klosterleben wieder beginnen. Das Stift unterhält heute eine Landwirtschaftsschule, ein Realgymnasium, eine Handelsschule und Handelsakademie und besitzt Ländereien.

Sehenswürdigkeiten

Der Westtrakt des Stiftes, die Schauseite, beherrscht mit dem hervorragenden Portal den Marktplatz von Lambach (mit einer Reihe bemerkenswerter Bürgerhäuser und dem Rathaus). Das reich geschmückte, von vier Säulen flankierte Portal trägt eine barocke Wappenkartusche; den Scheitelstein bildet die Halbfigur des Türken Ali, eines Gefangenen aus den Türkenkriegen, der in Lambach blieb und hier getauft wurde. Auf dem Gesimse die Statuen Mariens, Kilians und Adalberos.

Die Besichtigung des Klosters ist nur im Rahmen einer Führung möglich. Der Rundgang führt durch das Sommerrefektorium, die Bibliothek, das Ambulatorium, den Konventsgarten, die Sakristei, die Stiftskirche sowie das Klostertheater.

Die Stiftskirche ist, außer an der Südseite, durch die Klostergebäude großteils verbaut. Die beiden romanischen Westtürme entstanden im Barock, 1678 zog man Verstärkungsmauern im Läuthaus, dem Raum unter den Türmen, ein und übertünchte die dortigen Kuppeln. 1868 wurden Gewölbefresken unter der Tünche entdeckt, und man vermutete hinter den Verstärkungsmauern die Fortsetzung der Fresken an den Wänden. 1956 restaurierte man die Fresken, und nach Sicherung der Türme wurden auch die Verstärkungsmauern entfernt und die Wandfresken freigelegt. Im Verborgenen überstanden die Fresken die Jahrhunderte. Sie sind das wichtigste Denkmal der Romanik in Oberösterreich und gehören zu den bedeutendsten Kunstwerken Europas aus dem 11. Jahrhundert.

Die heutige frühbarocke Stiftskirche wurde von 1652 bis 1656 vermutlich nach dem Entwurf von Hofingenieur Philiberto Lucchese gebaut. Die schönen Deckenfresken stammen vorwiegend von Melchior Steidl. Den Säulenhochaltar entwarf Antonio Beduzzi in Anlehnung an den Mariazeller-Hochaltar von Fischer von Erlach. Das Altarbild Mariä Himmelfahrt stammt von Joachim von Sandrart und wurde vom alten Altar übernommen. Die lebensgroßen Statuen der heiligen Kilian und Maximilian (unten zwischen den Säulen) wie der heiligen Katharina und Barbara (oben) schuf Lorenzo Mattielli. Die restlichen Figuren im Aufsatz stammen von Paolo d'Allio und Diego Francesco Carlone. Der kunstvolle, mit reichen Einlagen versehene Tabernakel wurde, wahrscheinlich nach Entwurf von Paolo d'Allio, durch den Steinmetz Niclas Wendlinger ausgeführt.

An die Sakristei schließen die vier Räume der Schatzkammer an. Unter den Kunstschätzen befinden sich unter anderem ein spätgotischer Abtstab, Paramente aus dem 17. und 18. Jahrhundert, barocke Büstenreliquiare, ein Ziborium und Kelche vom Anfang des 18. Jahrhunderts. Das wertvollste Stück ist der Adalberokelch: Leider stammt nur mehr die Cuppa aus romanischer Zeit, um 1200. Der Fuß und der Knauf mußten 1810 bei einer

Silberablieferung abgegeben werden und wurden erst 1862 von einem Kölner Meister ersetzt.
Im Nordtrakt gelangt man durch ein schönes Marmorportal von 1707 in das eindrucksvolle, über zwei Stockwerke reichende Sommerrefektorium. Die großartigen Stuckarbeiten stammen alle von Diego Francesco Carlone, die Fresken schuf Wolfgang Andreas Heindl.
Im umfangreichen Klosterarchiv befinden sich an die 2800 wertvolle Urkunden, zahlreiche Schuberbände, Handschriften und Inkunabeln; besonders beachtenswert sind die Handschriften aus der Lambacher Schreibschule. Auch im Musikarchiv befinden sich wertvolle Schätze, darunter die einzige vorhandene Abschrift der Lambacher Symphonie von W. A. Mozart (KV 45 a). Im 18. Jahrhundert legte Pater Kolman Felner, ein Schüler des Kremser Schmidt und ein bedeutender Kupferstecher und Lithograph, den Grundstein der Kupferstichsammlung und Gemäldegalerie im Kloster.
Das Klostertheater von Stift Lambach ist das einzige erhaltene barocke Klostertheater Österreichs. Der Mathematische Turm, eine Sternwarte, wurde 1773 im Anschluß an den Südflügel errichtet. Er kann sich nicht mit dem entsprechenden vielstöckigen Riesenbau in Kremsmünster messen.

INFORMATION

Anreise: A 1 Abfahrt Knoten Wels nach Wels West, B 1 nach Lambach; Stift Lambach, Klosterplatz 1, A-4650 Lambach

Öffnungszeiten: Führungen täglich um 14 Uhr von Ostern bis Allerheiligen; Gruppenführungen jederzeit gegen Voranmeldung

Kultur und Freizeit: Dreifaltigkeitskirche in Stadl-Paura (siehe Seite 214), Zisterzienserstift Schlierbach (siehe Seite 198), Benediktinerstift Kremsmünster (siehe Seite 98)

Lilienfeld

In Lilienfeld, etwa 25 Kilometer südlich der niederösterreichischen Hauptstadt St. Pölten gelegen, hat eines der ältesten Zisterzienserklöster Österreichs. Die zum Teil noch befestigte Anlage des Stiftes mit ihren sieben Höfen und der dreischiffigen Pfeilerbasilika zählt zu den bedeutendsten Kunstdenkmälern Österreichs im deutlich ausgeprägtem Zisterzienserstil, wo man den Übergang von der Romanik zur Gotik besonders schön sehen kann.

Geschichte

An der Grenze zwischen Niederösterreich und der Steiermark gründet der Babenberger Leopold VI. 1202 das Kloster Lilienfeld. 1206 beginnen Zisterziensermönche aus Heiligenkreuz mit dem monastischen Leben im unwegsamen Tal der oberen Traisen. 1230 erfolgt die Weihe des Klosters und des Ostteils der Kirche. Der im selben Jahr in Italien verstorbene Gründer Leopold der Glorreiche wird seinem Wunsch gemäß beim Hochaltar beigesetzt. 1267 wird Margarete von Böhmen, die Gemahlin Ottokar Przemisls und Tochter Leopolds, neben ihrem Vater beigesetzt.

Die Arbeit von etwa hundert Mönchen bringt dem ganzen Gebiet großen Aufschwung, auch eine Schreibstube nimmt die Tätigkeit auf. Doch Not und Plünderungen erschweren vor allem im 15. Jahrhundert das Leben der Klostergemeinschaft, später sind es Türkennot und Reformation. Im 17. und 18. Jahrhundert kommt es zu einer neuen Blütezeit. Abt Chrysostomus Wieser (1716–1747) führt die Barockisierung der Stiftskirche durch.

Im März 1789 verfügt Kaiser Joseph II. die Aufhebung des Stiftes. Obwohl es schon ein Jahr später unter Kaiser Leopold II. wiedererrichtet wird, hat die kurze Zeitspanne der Aufhebung doch zu einem großen Verlust an Kunstschätzen, vor allem an Handschriften und sakralem Gerät, geführt. Im Zuge der Franzosenkriege ergeben sich für das Stift neue, wenn auch nicht wirklich bedrohliche Belastungen. Verheerender wirkt sich hingegen ein Großbrand 1810 aus.

1837 bis 1847 baut das Stift die Via Sacra von Türnitz über Annaberg und Josefsberg zu einer befestigten Straße aus. Auf diesem alten Wallfahrtsweg nach Mariazell ziehen jahrhundertelang jährlich tausende Pilger nach dem großen österreichischen Marienheiligtum (noch um 1900 sind es etwa 150.000 pro Jahr).

Sehenswürdigkeiten

Die Kirche Mariä Himmelfahrt wurde 1202 bis 1263 erbaut. An der Außenfront überwiegen die romanischen Elemente: kreuzförmiger Grundriß, schlichte Rundbogenfenster und Rundbogenfries. Mit einem

82 Meter langen und 21 Meter breiten Innenraum ist die Kirche die größte Niederösterreichs. Der Hochaltar aus schwarzem Türnitzer Marmor mit sechs Riesensäulen, Statuen und Reliefs erhebt sich über einem prunkvollen Rokoko-Tabernakel. Das Altarblatt mit der Darstellung Mariä Himmelfahrt entwarf Daniel Gran (1746). Der prachtvolle Altaraufbau stammt von Ludwig Kögel. Wie der imposante Hochaltar ist auch die Tumba Leopolds VI. aus schwarzem Marmor.

Den Kreuzgang betritt man durch ein romanisches Rundbogenportal. Mit 41,5 m² ist er der größte Zisterzienserkreuzgang Österreichs, (1230–1260). Auf 478 Marmorsäulen ruhen je neun Kreuzrippengewölbe pro Seite. Im Nordflügel sind hervorragende Glasmalereien eingesetzt, die aus dem Chor der Annaberger Kirche stammen (vor 1350). Beeindruckend ist auch das Brunnenhaus, das das geografische Zentrum des alten Zisterzienserklosters bildet.

Das Kapitelhaus entstammt ebenfalls der frühesten Bauphase, wie auch die an der Westseite des Kreuzganges die wieder aufgedeckte Pforte aus dem 13. Jahrhundert, das „Cellarium maius", der große Vorratsraum, und der darüber liegende Schlafsaal der Laienbrüder (13. bis 15. Jahrhundert). Der mittelalterliche Teil des Stiftes wird von den beiden langgestreckten Barocktrakten mit Ecktürmen aus dem 17. Jahrhundert umschlossen.

Die Bibliothek im Südtrakt enthält 39.000 Neudrucke, 119 Inkunabeln und 226 Handschriften, darunter die „Concordantiae caritatis" des Abtes Ulrich (um 1355), eine „Biblia pauperum" mit Text und Bild für alle Festtage und Sonntage des Jahres. Die Bildergalerie der Abtei enthält 240 Gemälde, das Kupferstichkabinett über 200 Stiche, darunter einzelne von Dürer und Rembrandt.

Als wertvollster Besitz des Klosters gilt eine Kreuzreliquie, vom Gründer Leopold VI. im Jahr 1219 nach Lilienfeld gebracht. Daneben bewahrt Lilienfeld auch das erste offizielle Siegel mit dem österreichischen Staatswappen aus dem Jahr 1230 auf. Ein Lilienfelder Unikum ist die sogenannte Holzbücherei, buchförmige Schachteln aus dem Holz heimischer Bäume, die die jeweiligen Blätter, Früchte und spezifischen Insekten enthalten. Für Botaniker interessant ist der Stiftspark mit exotischen Bäumen.

Information

Anreise: A 1 Abfahrt St. Pölten Süd, B 20 Richtung Lilienfeld; Stift Lilienfeld, A-3180 Lilienfeld

Öffnungszeiten: ganzjährig geöffnet, Führungen wochentags ganztags, am Wochenende nur am Nachmittag

Restauranttip: Stiftsrestaurant Kellerstüberl

Tip: Lilienfeld ist die Wiege des Alpinschilaufs. Es gibt einen schönen Rundweg auf den Spuren Mathias Zdarskys (Wohnhaus, Grabstätte).

Maria Schmolln

Der Wallfahrtsort Maria Schmolln liegt auf dem Schmollner Berg östlich von Mattighofen im oberösterreichischen Kobernaußerwald. Der relativ junge Wallfahrtsort wird vom Franziskanerorden betreut.

Geschichte

Die Mutter von vier Kindern war gestorben. Nach der Wiederheirat des Vaters 1735 war der zwölfjährige Sohn von zu Hause weggelaufen. In seiner Not befestigte der Vater an einer Fichte ein Mariahilf-Bild und bat die umwohnenden Familien, dort für die Rückkehr seines Kindes zu beten. Überraschenderweise kamen zu diesem Bild viele Menschen aus der Umgebung zum Gebet. Nachdem auffallend viele Gebete erhört wurden, errichtete man 1784 eine Holzkapelle für das Gnadenbild und die Votivgaben.
1810 verfügt das Mattighofener Pfleggericht die Abtragung dieser Kapelle, da die Bauern zur Kapelle pilgern, statt in ihre Pfarrkirchen zu gehen. Das alte, zerbrochene Gnadenbild wird weggeworfen. Bei der Waldarbeit im Frühjahr wird das zerbrochene Bild gefunden und behelfsmäßig zusammengefügt abermals an der Fichte angebracht.
1850 baut man neuerlich eine Holzkapelle, und bald darauf beginnt man mit dem Bau einer Kirche aus Stein, samt einem Kloster für die Seelsorger. Da auf dem Schmollner Berg außer Holz nichts vorhanden ist, müssen Baumaterial samt Wasser mühsam von den Bauern mit Ochsenschlitten heraufgebracht werden. 1864 ziehen die ersten zwei Franziskaner im Auftrag des Diözesanbischofs von Linz in die Klosterräume ein. Die Gnadenkapelle wird 1880, nach einem Plan von Pater Johannes Reiter neugebaut und durch einen Wandeinbruch von der Kirche aus zugänglich gemacht.

Sehenswürdigkeiten

Die Kirche im Rundbogenstil wurde von Baumeister Jakob Kasinger erbaut. Die Orgel ist ein Werk von Max Geiger aus Salzburg. Die Altäre sind moderne Zirbenholzschnitzwerke des Tiroler Bildhauers Rudolf Millonig, 1993. Der Hochaltar zeigt im Strahlenkranz des Schöpfergottes das Erlösungswerk: Verkündigung des Herrn durch den Engel vor Maria, die Weisen dem Stern folgend, in der Mitte das

Kreuz Christi mit Maria und Johannes, die Frauen vor dem leeren Grab und Maria inmitten der Apostel. Die Seitenaltäre zeigen Jesus bei seiner Taufe und Franziskus im Reigen der Schöpfung (Sonnengesang). An der Wand links über dem Beichtstuhl befindet sich die Kreuzigungsguppe des einstigen Hochaltars, ringsum die 14 Stationen des Kreuzweges um 1900.

In der Gnadenkapelle prangt im Strahlenkranz das Gnadenbild (nach dem Original von Lucas Cranach dem Älteren um 1516 aus dem Dom zu Innsbruck). Der Tabernakel ist von Sakramentssymbolen umgeben. Am Boden ist eine Glasplatte eingelegt, die den Baumstumpf jener Fichte abdeckt, von der die Wallfahrt ihren Anfang nahm.

INFORMATION

Anreise: vom Süden: B 1 bis Straßwalchen, B 147 bis Mattighofen; von Bayern: B 12 Ausfahrt Braunau B147; Kloster Maria Schmolln, A-5241 Maria Schmolln 2

Öffnungszeiten: täglich von 6.30 Uhr bis Dunkelheitsbeginn

Restauranttip: Im Kirchenwirt in Lohnsburg an den Ausläufern des Kobernaußer Waldes können Sie Innviertler Spezialitäten sowie frischen Fisch aus den Bächen der Umgebung genießen.

Kultur und Freizeit: Um Maria Schmolln gibt es viele Wanderwege, Hundebesitzer finden im „Huntel" adäquate Aufnahme. Stift Reichersberg (siehe Seite 170), Ranshofen (siehe Seite 160) und Braunau mit seiner gotischen Altstadt und der von Hans Krumenauer erbauten Pfarrkirche St. Stephan sind lohnende Ziele in der Umgebung.

MARIA WÖRTH

Auf dem höchsten Punkt der felsigen Halbinsel am Südufer des Wörther Sees in Kärnten steht die heutige Pfarr- und ehemalige Stiftskirche zu den heiligen Primus und Felician in Maria Wörth. Genauso wie in der nahen Winterkirche haben sich hier romanische Freskenzyklen erhalten.

Geschichte

859 gründet Bischof Waldo von Freising hier ein Missionszentrum mit Kirche zur Christianisierung der Karantanen. Unter Bischof Otto von Freising wird um 1146 hier ein Kollegiatstift gegründet, 1529 wird die Propstei dem St.-Georg-Ritterorden in Millstatt inkorporiert, und 1598 erfolgt die Übernahme der Ordensgüter durch die Jesuiten. Nach Auflösung des Jesuitenordens 1773 wird Maria Wörth zur Pfarre.

Sehenswürdigkeiten

Die Kirche ist ein quadratisches Langhaus. Die zweischiffige Kirchenhalle ist durch Rundpfeiler in zwei ungleich breite Teile getrennt. Unter dem Hauptchor liegt die romanische Krypta, die im 14. und 15. Jahrhundert erneuert wurde mit Freskenresten aus dem 15. Jahrhundert und Gewölberankenmalerei aus dem 17. Jahrhundert. In der Mitte des Hochaltares von 1658 eine Thronende Madonna, die um 1460 entstanden ist. Sie wird von den Figuren von Primus und Felician aus dem 17. Jahrhundert flankiert. Die schöne Kanzel von 1761 ist mit den Figuren der vier Evangelisten an der Brüstung, mit Reliefs aus dem Leben Christi und mit der Statue von Papst Gregor auf dem Schalldeckel geschmückt. Das Marmortaufbecken in der südlichen Seitenapsis trägt einen beachtenswerten Holzaufsatz von 1682 (aus Millstatt) mit Vergänglichkeitssymbolen. An der Sakristeiwand zwei Tafelbilder mit den Darstellungen der heiligen Hieronymus und Gregorius. Östlich der Pfarrkirche der 1279 geweihte Karner, der als Kapelle der Katharina, Elisabeth und Maria Magdalena dient. Westlich der Pfarrkirche steht die Winter- oder Rosenkranzkirche aus dem 12. Jahrhundert. Hier haben sich ein romanischer Freskenzyklus und das schöne Glasgemälde Maria mit Kind (um 1420) erhalten.

INFORMATION

Anreise: A 2, Abfahrt Klagenfurt West; Pfarramt Maria Wörth, Pfarrplatz 1, A-9082 Maria Wörth

Öffnungszeiten: Die Pfarrkirche ist täglich geöffnet, die Winterkirche von Ostern bis Allerheiligen und nach Voranmeldung.

Einkaufen: Ein Kirchenführer ist in der Pfarrkirche erhältlich.

Restauranttip: Das Restaurant im Hotel Astoria bietet regionale Küche mit Seeblick und in gepflegter Atmosphäre.

Kultur und Freizeit: Südöstlich von Klagenfurt befindet sich Stift Viktring (siehe Seite 231), rund um den Wörthersee finden Sie ein breites Freizeitangebot zum Baden, Wandern und Golfen. In Minimundus können Sie zwischen mehr als 150 Modellen berühmter Gebäude aus aller Welt spazieren.

MARIAZELL

Mariazell ist seit Jahrhunderten der bedeutendste Wallfahrtsort Österreichs. Abgesehen von der unendlichen Fülle an menschlichem Leid und menschlicher Hoffnung, die der Magna Mater Austriae von Gläubigen unterbreitet wurde, sind die Wallfahrten für die kleine Gemeinde an der Grenze zwischen Niederösterreich und der Steiermark ein wichtiger Wirtschaftsfaktor.

Geschichte

Um 1103 werden die Eisenbergwerke und die waldreiche Gegend um Mariazell dem Stift St. Lambrecht geschenkt. Mönche kommen hierher, um die Bergarbeiter zu betreuen und Mönchszellen zu gründen, daher der Name Zell. Das Datum der Kirchengründung ist ungewiß, da urkundlich nicht nachweisbar, jedoch dürfte es lange vor der Weihe des Marienaltares im Jahr 1266 gelegen sein. Die Legende aber kennt das genaue Datum der Gründung: Am 21. Dezember 1157 versperrt dem gottesfürchtigen Mönch Magnus, der eine hölzerne Marienstatue mit sich führt, ein großer Fels den Weg. Der Mönch betet zur Gottesmutter, und ein Wunder geschieht: der Fels öffnet sich. Nachdem Magnus sein Ziel erreicht hat, stellt er die wundersame Marienstatue auf einen Baumstrunk, der sich noch heute im Inneren des Gnadenaltares befindet, und baute darüber die erste Kapelle. Einer weiteren Gründungslegende nach unternahmen der mährische Markgraf Heinrich I. Wladislaw und seine Gemahlin, da von der Gicht geplagt, unter der Führung des Wenzel eine Wallfahrt nach Mariazell, wo sie mit dem Kirchenbau begannen. Andererseits hatte sich – dritte Ursprungslegende – zugetragen, daß der ungarische König Ludwig I. von Anjou eine Schlacht gegen die vierfache Übermacht der Türken gewann. Aus Dankbarkeit für diesen Sieg läßt er in Mariazell eine Kapelle erbauen, für die er das Marienbild stiftete.

Das gotische Langhaus mit Turm entsteht Ende des 14. Jahrhunderts; die Gnadenkapelle errichtet um 1369 König Ludwig von Ungarn. 1420 und 1474 wird die gotische Kirche durch Brände beschädigt, und von 1644 bis 1683 erfolgt der Umbau in die heutige Barockkirche durch den Graubündener Domenico Sciassia.

Die Wallfahrtskirche wird durch viele Wunder bald über die österreichischen Grenzen bekannt. Das weltliche Gericht benutzt vielerorts die „Zellfahrt" als Sühneleistung für verschiedene Verbrechen, und unter Kaiser Leopold I. (1658–1705) wird

Mariazell zum Reichsheiligtum erhoben. Unter Kaiser Joseph II. werden 1783 alle Bruderschaften, die sich in Mariazell gebildet hatten, aufgelöst, und 1787 wird die Wallfahrt überhaupt untersagt. Im Zweiten Weltkrieg geht die Wallfahrtsaktivität stark zurück, und 1945 wird die Kirche von russischen Truppen besetzt. Im 20. Jahrhundert wird Mariazell immer wieder renoviert. Die Generalsanierung soll bis zum 840. Jubiläum des Gründungstages im Jahr 2007 abgeschlossen sein.

Sehenswürdigkeiten

Die ungewöhnliche dreitürmige Kirchenfassade von Mariazell beherrscht der (mittlere) 90 Meter hohe gotische Turm. Die zwei wohlproportionierten seitlichen Barocktürme von Domenico Sciassia passen sich dem mittleren Turm durch die hohen Fenster und die Pilastergliederung soweit wie möglich an. Vor dem Hauptportal stehen zwei bemerkenswerte lebensgroße Bleistatuen, links König Ludwig I. von Ungarn mit dem Schatzkammerbild und rechts Markgraf Heinrich von Mähren, die Balthasar Moll (1757) zugeschrieben werden.

Das gotische Spitzbogenportal vom Ende des 14. Jahrhunderts hat zwei übereinander liegende Tympanonreliefs. Das obere zeigt die Kreuzigung, das untere bezieht sich auf die Gründungslegenden. Die Schutzmantelmadonna mit Kind segnet das mährische Marktgrafenpaar. Rechts außen kniet der Stifter Abt Heinrich von St. Lambrecht mit dem Kirchenmodell. Rechts von der Madonna birgt König Ludwig von Ungarn das Wunderbild (Schatzkammerbild), das ihm zum Sieg verholfen hat. Rechts außen sehen wir eine Teufelsaustreibung, als Zeichen für die geistigen Kräfte der Wallfahrt.

Die vordere Hälfte der Kirche bis zur Gnadenkapelle ist die barockisierte ursprüngliche gotische Kirche, die hintere Hälfte ist die barocke Erweiterung von Domenico Sciassia. Ein Besuch der Gnadenkapelle ist der religiöse Höhepunkt jeder Wallfahrt nach Mariazell. Sie wurde 1690 aus rotem Marmor errichtet und birgt das spätromanische Gnadenbild aus dem 13. Jahrhundert. Der Tabernakel mit zwölf Säulen wurde nach einem Entwurf von Josef Emanuel Fischer von Erlach ausgeführt. Die Gnadenstatue ist eine nur 48 cm hohe aus Lindenholz geschnitze Skulptur der sitzenden Madonna mit Kind. Der Apfel in der Hand des Jesuskindes symbolisiert die Erlösung von der Erbsünde.

Den Säulenhochaltar entwarf Johann Bernhard Fischer von Erlach, der silberne Christus am Ebenholzkreuz und Gott Vater wurden nach einem Entwurf von Lorenzo Mattielli gefertigt. In Mariazell gibt es zwölf seitlichen Kapellen mit barocken Altarbildern, die von verschiedenen Adeligen der Habsburgermonarchie und den Ständen gestiftet wurden

Die geschwungene Orgelempore von 1688 bildet einen großartigen Langhausabschluß. Das prunkvolle Orgelgehäuse, geschmückt mit acht Reliefs mit Darstellungen aus dem

Stift Melk mit Donauarm

Stift Melk – Stiftskirche

Stift Melk – Bibliothek

Stift Melk – Marmorsaal

Stift Melk – Altartafel d. Melker Altars v. Jörg Breu, 1503

Mauer bei Melk – Detail gotischer Flügelaltar

Basilika Mariazell

Türme der Wallfahrtskirche Mariazell

Alten Testament, ist eine Arbeit von Johann Wagner von 1737, desgleichen das Bild der Gründungslegende an der Emporenunterseite.

Vom Kuppelraum führen zwei Portale über Stiegenaufgänge zu den Emporen und zu den zwei Schatzkammern. Die nördliche Sakristei wurde zu einer Pilgerkapelle umfunktioniert, die thronende Holzmadonna mit Kind aus der zweiten Hälfte des 14. Jahrhunderts stammt aus Siegmundsberg.

In der nordseitigen alten Schatzkammer steht in der Mitte ein kostbarer Altar in Zeltform mit dem sogenannten Schatzkammerbild. Der klassizistische Altartabernakel ist ein Ersatz für den 1794 eingeschmolzenen Silbertabernakel. Die wunderschöne silberne Frontverkleidung des Altares zeigt den Stammbaum der Kaiserin Maria Theresia und ihres Gemahls. Es wurde von der Königin Carolina von Neapel gestiftet, als Ersatz für das eingeschmolzene Antependium der Kaiserin Maria Theresia, das sie zum Dank für den ihr zuteil gewordenen Kindersegen gestiftet hatte. Das Schatzkammerbild ist eine Stiftung König Ludwigs I. von Ungarn (1342–1382), zu dem es die oben erwähnte Ursprungslegende gibt. Es zeigt eine Maria mit Kind (um 1365) mit einem Goldrahmen aus der gleichen Zeit. Der prunkvolle äußere Rokoko-Silberrahmen stammt von 1764. In den Schränken befinden sich viele bedeutende Votivgaben. In der neuen Schatzkammer gibt es viele kostbare kirchliche Geräte und Weihegaben. Besonders sehenswert sind ein zartes gotisches Elfenbeindiptychon aus dem 14. Jahrhundert, eine Elfenbeinfigur des Christus an der Geißelsäule (1662), von einem Topas bekrönt, eine Heiligengruppe aus Elfenbein mit einer Marienfigur aus Koralle (1672) und viele wertvolle Kelche mit Edelsteinen und Emailarbeiten. Sehenswert ist auch die Heiligbrunnkapelle, die 1711 erbaut wurde, da man dort heilkräftiges Wasser fand. Die gänzlich mit Fresken bedeckte Decke zeigt Darstellungen zum Thema Wasser.

Information

Anreise: S 6, Abfahrt Mürzzuschlag Ost, B 23 bis Lahnsattel, B 21 bis Mariazell; Basilika Mariazell, A-8630 Mariazell

Öffnungszeiten: von 1. Mai bis 26. Oktober sind die Schatzkammern täglich außer Montag geöffnet, Führungen nur nach Voranmeldung

Einkaufen: An den Ständen rund um die Kirche werden Devotionalien aller Art verkauft, außerdem Liköre, Kräuterbitter und die Mariazeller Lebkuchen.

Restauranttip: Im Schwarzen Adler speisen Sie mit Blick auf die Basilika. Probieren Sie die Fischspezialitäten des Hauses.

Kultur und Freizeit: Rund um Mariazell bieten sich Wanderungen zu den Ötschergräben und zum landschaftlich reizvollen Erlaufsee an. Auch zu Stift Neuberg (siehe Seite 146) und zur Kartause Gaming (siehe Seite 49) ist es nicht weit.

Marienberg

Im Vinschgau, nahe der Dorf Burgeis, liegt hoch über dem Tal der Etsch auf steilem Berghang die durch ihre Geschlossenheit imponierende Klosteranlage Marienberg. Der weiße Klosterbau beherrscht die Tallandschaft weithin. Das Zentrum der mit Stützmauern im steilen Gelände gesicherten Anlage bildet die Klosterkirche mit drei Klostertrakten.

Geschichte

Um 1090 gründen die Edelfreien von Tarasp nahe ihrer im Graubündnerischen gelegenen Burg Schuls ein Benediktinerstift, das im Jahr 1150 an die heutige Stelle transferiert wird. Vögte sind die Herren von Matsch, die mit den Taraspern verwandt sind. 1421 fällt die Vogtei an die Habsburger. Die ursprünglich romanische Anlage wurde im 16. und 17. Jahrhundert bedeutend erweitert und umgestaltet und in einen barocken Mantel aus Weiß und Gold gehüllt. Unter der bayerischen Herrschaft wird Marienberg säkularisiert (1807), aber unter österreichischer wieder eingerichtet (1816). Haupttätigkeiten neben der alltäglichen Pflege von Liturgie und Offizium waren die Schule in Meran (1724–1939), im Kloster (1946–1986) und die Seelsorge in den inkorporierten Pfarreien.

Sehenswürdigkeiten

Die romanische Pfeilerbasilika wurde 1150 begonnen. Die mit drei Apsiden angelegte Krypta, 1156 geweiht, wurde im 17. Jahrhundert zum Teil verbaut, 1980 wieder zurückgeführt in den Originalzustand. Die mittlere Apsis und das Gewölbe sind berühmt für hervorragende romanische Fresken, die die Jahrhunderte unverändert überdauert haben. Neben der Krypta erinnert noch das Westportal an die in dem heutigen Barockbau aufgegangene romanische Basilika. Im Tympanon wurde später eine qualitätvolle kleine Madonnenstatue aus Steinguß hinzugefügt. Es ist ein besonders schönes Beispiel für die gotische Freiplastik Tirols um 1400. Das durch den einschneidenden barocken Umbau (1642–1647) geprägte Kircheninnere läßt den Einfluß der Innsbrucker Jesuitenkirche erkennen.

Information

Anreise: B 315 von Landeck, Grenzübergang Reschenpaß, B 40; Kloster Marienberg, Schlinig 1, I-39024 Mals

Öffnungszeiten: Samstag nachmittags, Sonn- u. Feiertage: keine Führungen! Gruppen (über 10 Personen) immer mit Voranmeldung. 0473 / 831 306

Restauranttip: Im Gasthaus Zum Mohren in Burgeis können Sie die traditionelle, deftige Tiroler Küche bei Südtiroler Gastfreundlichkeit genießen.

Kultur und Freizeit: In der Nähe des Klosters Marienberg, auf einem Felsen unterhalb der Klosteranlage, liegt die Burg Fürstenberg (Burgeis).

Mattsee

Prähistorische und römerzeitliche Funde belegen, daß die Landzunge zwischen Obertrumer und Niedertrumer See schon vor mehr als 2000 Jahren besiedelt war. Bereits 777 errichtete man hier ein Kloster, dessen Kirche und Stiftsmuseum im idyllischen Mattsee auch heute noch einen Besuch wert sind.

Geschichte

Als Gründungsdatum gilt das Jahr 777, nach neueren Forschungen vielleicht schon 770. 817 ist „Mathaseo" königliche Abtei, später wird es dem bayerischen Kloster Altötting unterstellt. 907 kommt es zusammen mit Altötting als Eigenkloster unter die Oberhoheit des Bistums Passau (bis 1807).

Die vorkarolingische Holzkirche fällt vermutlich einer Zerstörung des Stiftes durch die Ungarn zum Opfer. Nach der Schlacht auf dem Lechfeld 955 wird sie durch einen Steinbau ersetzt. Zuerst sind die Mönche Benediktiner, doch wird das Kloster im Zuge der allgemeinen Klosterreform der Jahrtausendwende in ein weltpriesterliches Kollegiatstift umgewandelt.

Die ottonische Saalkirche wird wohl im 12. Jahrhundert mit einem romanischen Kirchenbau ummantelt. Nach einem verheerenden Brand von 1276 errichten die Kanoniker einen Neubau auf den alten Mauern. In der Spätgotik, im gesamten Salzburger Bereich eine besonders fruchtbare künstlerische Zeit, bekommt auch das bescheidene Stift Mattsee einige Kunstwerke, darunter Fresken und ein heute verlorengegangener Flügelaltar. Auch im bauwütigen Barock muß Mattsee sparsam bleiben. Die Kirche wird zwischen 1700 und 1720 umgebaut und erhält den 60 Meter hohen Westturm.

1940 wird das Stift beschlagnahmt, doch 1945 können die Kanoniker ihre Arbeit wieder aufnehmen. Ungarische Flüchtlinge verstecken hier den ungarischen Kronschatz mit der Stephanskrone, übergeben ihn aber dann der einrückenden US-Armee. Erst die Regierung Carter stellt die Reichsinsignien wieder an Ungarn zurück (1978).

1967/68 wird das neue Kapitelhaus für die pensionierten Kanoniker gebaut. Die Propstei wird anläßlich des 1200-Jahr-Jubiläums 1977 in ein Stiftsmuseum, einen Stiftskeller und in ein Kulturzentrum umgebaut, die Kirche restauriert.

Sehenswürdigkeiten

Die Stiftskirche betritt man nicht durch das Erdgeschoß des Turmes von Westen, sondern durch eine an das südliche Seitenschiff und den Turm angebaute Vorhalle. Der Raumeindruck der Mischung aus romanischen, gotischen und barocken Stilelementen ist äußerst überzeugend.

Der Stuck ist eine hervorragende Arbeit aus der Zeit um 1700 von Joseph Schmid, die meisten Deckenbilder in stuckierten Rahmen stammen von Josef Rattensperger, auch die Deckenbilder im Mittelschiff wurden von ihm übermalt.

Der baldachingekrönte Hochaltar aus Marmor folgt dem von Lukas von Hildebrandt entworfenen Hochaltar der Schloßkapelle von Mirabell. Das Altarblatt stammt von Jacopo Zanussi.

Das Stiegenhaus vom Ende des 18. Jahrhunderts führt zum Kulturzentrum und zum Stiftsmuseum. Das Kulturzentrum besteht aus dem kleinen und dem großen Kapitelsaal, dessen Stuckdecke den Schutzpatron des Stiftes, den Erzengel Michael, darstellt. Den großen Kapitelsaal schmückt eine Stuckdecke mit ovalen Medaillons mit den Darstellungen der vier Jahreszeiten, in der Mitte ein Gemälde der Herodestafel (um 1700). In den zehn Räumen des Museums finden sich sakrale Objekte von Gotik bis Barock, eine Gemäldegalerie, ein historische Bibliothek sowie ein Biedermeierraum im Gedenken an den in Mattsee geborenen Komponisten und Musikverleger Anton Diabelli.

In der 1766/68 entstandenen, an den Turm angebauten Stiftsbibliothek werden unter 3800 Bänden etwa 100 Inkunabeln, an die 60 Handschriften und die Mattseer Annalen des Christian Gold aus dem 14. Jahrhundert aufbewahrt, eine Art Weltgeschichte mit habsburgfeindlicher Aussage.

INFORMATION

Anreise: A 1 Abfahrt Salzburg-Nord, Bundesstraße Richtung Mattsee; Stiftspfarramt Mattsee, Stiftsplatz 36, A-5163 Mattsee

Öffnungszeiten: Führungen durch das Stiftsmuseum und die Stiftskirche vom letzten Samstag im Juni bis letzten Samstag im September, Gruppenführungen das ganze Jahr über nach Voranmeldung möglich

Veranstaltungen: Jedes Jahr im Juli: Konzerte „Töne und Texte" im Kapitelsaal und weitere Konzerte im Rahmen des Mattseer Diabelli-Sommers.

Einkaufen: Im historischen Weinkeller gibt es Wein aus den stiftseigenen Weingütern in Mautern und Stein/Krems, wo auch Weinverkostungen und Feste durchgeführt werden können.

Restauranttip: Stiftskeller mit Galerie und Heurigen, direkt an der Seepromenade liegt das Schloß-Bräu Iglhauser mit großem Gastgarten.

Kultur und Freizeit: Weyerbucht mit Bajuwarendorf; Segeln, Surfen und Bootsfahrten auf den Seen; im nahegelegenen Zellhof des Stiftes großes Ferienlager der Pfadfinder, für alle Gruppen offen.

Mauerbach

Von einem Habsburger, nämlich Friedrich dem Schönen, im Jahr 1313 gegründet und von einem anderen Habsburger, nämlich Joseph II. aufgelöst, war die Kartause Mauerbach immer sehr eng mit dem Hause Habsburg verbunden. Unter den letzten Jahrhunderten hat sie allerdings schwer gelitten, und erst seit kurzer Zeit leben die alten Gemäuer wieder auf.

Geschichte

Zusammen mit seinen vier Brüdern Leopold, Albrecht, Heinrich und Otto stiftet Herzog Friedrich der Schöne im Jahr 1313 ein Kartäuser-Kloster in Mauerbach bei Wien. Mauerbach wird das Lieblingskloster Friedrichs. Der starken Stimmungsschwankungen unterworfene Habsburger hält sich oft im Stift auf und läßt sich auch hier beisetzen, auf eigene Anweisung ohne Kennzeichnung des Grabes. Kaiser Maximilian I. läßt Friedrichs Gebeine und die seiner Tochter Elisabeth suchen und in der Sakristei des Stiftes beisetzen. Nach der Aufhebung des Stiftes gelangen sie in die Gruft des Stephansdoms.

Unter dem ersten Prior Gottfried (1313–1338) werden von Mauerbach aus die Kartausen Gaming und Schnals in Südtirol besiedelt, Aggsbach folgt um 1380. Durch seine reichhaltige Bibliothek und die hervorragenden wissenschaftlichen Leistungen des Priors ist die Kartause für die Universität Wien in ihren Anfängen von Bedeutung und wirkt im 14. Jahrhundert bis nach Böhmen. 1529 wird die Kartause von den Türken völlig verwüstet, und nach dem Wiederaufbau der Kirche und der Zellen ist das Kloster offenbar am Ende seiner Mittel. Nur durch eine Stiftung einer bekehrten Protestantin, Margarete von Neudegg, kann der Weiterbestand gesichert werden.

Mauerbach spielt in der Geschichte der Klösteraufhebung durch Joseph II. eine Schlüsselrolle. 1781 fliehen zwei Mönche aus Mauerbach, sie gehören der Opposition gegen den Prälaten im Konvent an. In Wien wenden sie sich mit einer Beschwerdeschrift an den Kaiser, in der sie schwere Anschuldigungen gegen Prälat Franz Xaver Bertram erheben. Diese Beschwerde bietet Joseph II. den gesuchten Anlaß, die bereits geplante Klosterauflösung in Angriff zu nehmen.

Nach der Aufhebung beginnt die damit betraute Kommission sofort mit der Veräußerung der Klostervorräte, die alte Pfarrkirche wird abgerissen, die Klostergebäude dienen als Armenhaus der Stadt Wien und nach 1945 als Obdachlosenasyl für mehr als hundert Familien.

1979 übernimmt die Bundesgebäudeverwaltung die bauliche Betreuung und Verwaltung, nun sind die Restaurierwerkstätten des Bundesdenkmalamtes in Mauerbauch untergebracht.

Sehenswürdigkeiten

Die Stiftsanlage besteht aus dem eigentlichen Klosterkomplex, der sich um den quadratischen Hof, den Kreuzgarten, und den an der südwestlichen Ecke angeschlossenen Prälaten- bzw. Kaisertrakt orientiert. Der Kreuzgarten wird von dem großen Kreuzgang umschlossen, an dessen südlichem Arm Bibliothek, Klosterkirche und Refektorium liegen. Von den drei anderen Armen des Kreuzganges führen die Eingänge in die nach außen angebauten Zellenhäuschen der Priestermönche. Dort anschließend lagen die ummauerten Gärten der Mönche, die jeder für sich allein betreute. Bei manchen Zellen ist noch die Durchreiche zu sehen, durch welche die Laienbrüder die Speisen in die Eremitage gereicht haben.

Die nach Kartäuserart einschiffige lange Saalkirche erhebt sich über den gotischen Grundmauern der in den Türkenwirren zerstörten Kirche. Die elegant und sparsam gestaltete Fassade springt weit aus dem Südflügel der Klosteranlage vor. Wie alle Kartäuserkirchen ist die Kirche turmlos – sie trägt nur einen Dachreiter – und hat weder Orgel noch Kanzel. Der Hochaltar ist ein schwerer, statuengezierter Aufbau (um 1700), mit dem Doppeladler geschmückt, das Altarblatt von Andrea Celesti stellt Mariä Himmelfahrt dar. In der Sakristei hat sich ein weiterer Altar mit der Darstellung des heiligen Bruno erhalten, die weiteren elf, in den Aufhebungsprotokollen genannten Altäre, sind heute spurlos verschwunden.

In den Kaisertrakt kommt man durch zwei reich gezierte Portale, die durch flankierende Adler die Verbundenheit des Klosters mit dem Kaiserhaus aufzeigen. Die Räume im ersten Stock beeindrucken durch qualitätsvolle Stuckdecken. Die Fresken des großen Kaisersaales stellen Szenen aus dem Leben Rudolf von Habsburg und die Gründung der Kartause durch Friedrich den Schönen dar. Das große Mittelbild zeigt Joseph I. im Kreise der antiken Götter.

Information

Anreise: Abfahrt B 1 bzw. A 1 Wien-Auhof, Mauerbach liegt im Wienerwald, etwa 8 km westlich von Auhof; Kartause Mauerbach, Kartäuserplatz 2, A-3001 Mauerbach

Öffnungszeiten: Führungen nur nach Voranmeldung

Veranstaltungen: in den Sommermonaten Meisterkurse und Cartusiana-Konzerte

Kultur und Freizeit: Unmittelbar nach der westlichen Stadtgrenze von Wien liegt in einem Park das ehemalige Sanatorium Purkersdorf, ein Gesamtkunstwerk, erbaut vom Jugendstilarchitekten Josef Hoffmann.

Melk

Stift Melk ist in unvergleichlicher Weise in die Landschaft eingefügt, gleich, von welcher Richtung aus man es betrachtet; den gewaltigsten Eindruck erweckt es jedoch vom Fluß her. Dieses niederösterreichische Stift ist ein Musterbeispiel des Hochbarock, ein Gesamtkunstwerk, das seinesgleichen sucht, geprägt von der überragenden Künstlerpersönlichkeit Jakob Prandtauers, der hier die Möglichkeit vorfand, einen einheitlichen Plan fast völlig ohne Berücksichtigung bereits bestehender Bauteile durchzuführen.

Geschichte

Im Jahre 976 errichtet Leopold I. seine Residenz in Melk. Er wählt dazu eine markante Terrasse an der Donau, die schon in prähistorischer Zeit bewohnt war und nach dem Ende der Awarenkriege festungsmäßig ausgebaut wurde. Die Babenberger residieren hundert Jahre in Melk.

Mit der Ansiedlung von Benediktinern anstelle der früher nach Melk berufenen Weltpriester wird die Residenz zur Klosterburg (1089). Zu den bedeutendsten Leistungen der mittelalterlichen Ordensgemeinschaft zählt die Geschichtsschreibung, in erster Linie die Melker Annalen. Dazu kommen noch andere bedeutende Schriften, so das Melker Marienlied aus dem 12. Jahrhundert und das „Leben Jesu" der Frau Ava, der ersten namentlich bekannten österreichischen Dichterin (1127).

Zwar übersteht das Kloster das Interregnum unbeschadet, fällt jedoch 1297 einem verheerenden Großbrand zum Opfer, der Burg, Kloster und Kirche sowie sämtliche Nebengebäude zerstört. Die Wiederherstellung ist nur durch massive Hilfe von außen, durch Steuernachlässe und Schenkungen möglich. Zu Beginn des 15. Jahrhunderts kommt es zur sogenannten Melker Reform. Auf dem Konzil in Konstanz sollte die Ordnung in der Kirche wiederhergestellt werden, die die 6.000 Benediktinerklöster des Reiches betrifft.

Abt Berthold Josef Dietmayr (1700–1739) kommt zu dem Entschluß, den vielfach um-, neu- und angebauten, über vierhundert Jahre alten Komplex von Kirche und Kloster niederzureißen und das Material zu einem gewaltigen Neubau zu verwenden, bei dem insgesamt ohne Höfe 17.500 Quadratmeter Fläche verbaut werden.

Die Regierungszeit Josephs II. bedeutet für Melk zwar nicht die Aufhebung, doch viele Veränderungen. Die Napoleonischen Kriege bringen Truppeneinquartierungen, Silberablieferung und Inflation mit sich, sodaß erst wieder unter den Äbten Marian Zwinger (1819–1837) und Wilhelm Eder (1838–1866) eine wirtschaftliche Sanierung erfolgen kann.

Das Kloster wird in der nationalsozialistischen Ära nicht aufgehoben, doch bedingen die politischen Verhältnisse eine weitgehende Zurückziehung der Stiftsherren in diesen Jahren von allen nicht-klösterlichen Aktivitäten. Seit dem Zweiten Vatikanum widmen sich die Patres neben der Aufgabe der Seelsorge in den heute 23 Stiftspfarren verstärkt der sogenannten kategorialen Seelsorge im Stift selbst: Jugendmessen, Jugendvespern, Orientierungstage, Familienwochen, Exerzitien, Einkehrtage, etc. Eine zweite traditionelle Aufgabe des Klosters ist die Arbeit in Erziehung und Unterricht. Die alte Lateinschule (seit dem 11. Jahrhundert belegbar) ist längst dem modernen Stiftsgymnasium mit vier Schulzweigen für rund 750 Schülerinnen und Schüler gewichen, dem ein kleines Konvikt (Internat) angeschlossen ist.

Sehenswürdigkeiten

Entlang einer 320 Meter langen Ost-West-Achse entwickelt sich der ungeheure Baukomplex, sieben Höfe umfassend und von der Toranlage im Osten bis zur faszinierenden Aussichtsterrasse vor der Kirchenfassade führend, vor der ein Steilabfall direkt zur Donau hinabreicht.

Man erreicht das Hauptportal von der Stadt her über eine Treppe. Links und rechts zwei Bastionen, dazwischen der Torbau. Das Tor ist von ionischen Pilastern eingefaßt, darüber die Figuren von Liebe und Hoffnung auf dem Giebel, die ebenso wie der heilige Leopold und der heilige Koloman von Lorenzo Mattielli stammen (1718). Die Durchfahrt führt durch einen achteckigen Mittelraum mit einer Kuppel und offener Laterne in den Vorhof.

Der anschließende große Prälaturhof hat eine eindrucksvolle, geschlossene Wirkung. In der Hofmitte befindet sich ein Wasserbecken mit von Figuren getragenen Schalen, das aus dem ehemaligen Chorherrenstift Waldhausen hierher übertragen wurde (aus der Mitte des 17. Jahrhunderts). Im Süden des Prälaturhofes, dem sogenannten Gästetrakt, liegen die Kaiserzimmer, im Westen die Prälatur und dahinter der Grufthof, von Sommer- und Wintersakristei eingefaßt.

In der Mitte des Südflügels, auf der Höhe der Prälatur, das durch zwei Stockwerke führende Stiegenhaus mit dreiteiliger Stiege auf Pilastern und Säulen, reich stuckiert und mit Putten geschmückt von Lorenzo Mattielli. Im ersten Stock der die gesamte Länge der Südfront durchlaufende Gang mit Stukkatur und Kaiserbildern.

Die Kaiser- und Gastzimmer mit stuckierten Decken und spätbarocken Kachelöfen dienen als Museumsräume. Die Ausstellung zeigt viel Interessantes über die Geschichte Melks und des Benediktinerordens sowie besonders sehenswerte Stücke aus den Sammlungen.

Die Schatzkammer von Melk bewahrt u.a. das sogenannte Tragaltärchen der Markgräfin Swanhilde auf, eine Kölner Arbeit mit Reliefs aus Walroßzahn (letztes Drittel des 11. Jahrhunderts). Das Melker Kreuz, ein kunstvoller Reliquienbehälter aus vergoldetem Silber, mit Goldfiligran und Edelsteinen, Perlen und einer römischen Kamee besetzt, dürfte eine Wiener Arbeit aus der ersten Hälfte des 13. Jahrhunderts sein. Es ist im Museum nur auf Dia zu sehen.

Der Marmorsaal reicht durch zwei Stockwerke. Als Rahmen für prunkvolle Feste konzipiert, stellt er in seiner großzügigen Dimensionierung die Verbindung von Kloster- und Palastarchitektur schlechthin dar, die Prandtauer in Melk in so unvergleichlicher Weise verwirklicht hat. Das Grau des Stuckmarmors der Wände, das helle Fleischrot der Pilaster und die reiche Akzentuierung mit Gold bereitet den Blick vor auf Paul Trogers monumentales Deckenfresko Triumph der Mäßigung – Herkules als Überwinder. Durch den Marmorsaal gelangt man auf die Altane, hoch über der Donau gelegen und mit prachtvollem Weitblick gegen Westen. Die Terrasse umschließt den Kolomani-Hof mit fein gearbeiteter Steinfigur des Heiligen.

Der Bibliothekssaal, das geistige Zentrum der Klosteranlage, hat kostbar intarsierte Bücherschränke, die den zweigeschossigen Raum bis zur Decke füllen. Sechs Tischler arbeiteten an der Innenausstattung, 1736 wurden die einheitlich gebundenen Bücher aufgestellt. Das gewaltige Deckenfresko von Paul Troger führt das Programm des Marmorsaales fort und stellt den Triumph der göttlichen Weisheit und die vier Kardinaltugenden dar.

Die eigentliche geistige Schatzkammer des Klosters, die Handschriftenkammer mit 2000 Codices, größtenteils in eigener Schreibstube entstanden, befindet sich, gut gesichert, im Anschluß bzw. in der Nähe der Prunkbibliothek. Einige Prachtexemplare daraus sind in den Schaukästen des Bibliothekssaales zu bewundern, neben illuminierten mittelalterlichen Handschriften u.a. auch ein Fragment einer sehr frühen Abschrift des Nibelungenliedes.

Die Stiftskirche St. Peter und Paul gilt als einer der bedeutendsten Kirchenbauten des Barock, 1702 als erster Bau der Neugestaltung von Jakob Prandtauer in Angriff genommen. Die kraftvollen quadratischen Türme mit abgeschrägten Ecken tragen nach dem Brand von 1738 durch Joseph Munggenast erneuerte Turmabschlüsse, die an Dürnstein erinnern.

Der Innenraum gilt als eine der wichtigsten Raumschöpfungen des Barock überhaupt. Er stellt eine vollendete Einheit von Architektur und Malerei dar, von unnachahmlicher kostbarer und erhabener Wirkung, eine Meisterleistung der farblichen Abstimmung Rotbraun – Gelb – Gold – gebrochenes Weiß. Das Langhaus wird von je drei Kapellen eingefaßt, darüber Emporen. Die monumentale Kuppel (64 Meter hoch) ist ebenfalls – wie auch der

Kuppelraum – reich mit architektonischer und figuraler Malerei geschmückt, nach einem Programm von Theateringenieur Antonio Beduzzi von Johann Michael Rottmayr und Ippolito Sconzani ausgeführt: Kirchenväter, Evangelisten, Gott Vater und Christus, im Tambour schwebende Engel. Antonio Beduzzi entwarf auch die Altäre und die Oratorien. Daß man gerade einen Maler und Theateringenieur für diese Aufgabe verpflichtete, beweist, wie sehr sich das Barock der Möglichkeiten der Theaterillusion bediente, um Glaubensinhalte dem Beschauer näher bringen zu können.

Information

Anreise: A 1 Abfahrt Melk; Stift Melk, Abt-Berthold-Dietmayr-Str. 1, A-3390 Melk

Öffnungszeiten: April bis Oktober täglich mit und ohne Führung zu besichtigen, Führungen für Individualreisende zwischen 10 und 16 Uhr zur vollen Stunde sowie für Gruppen nach Vereinbarung; November bis März Besichtigung nur im Rahmen einer Führung um 11 und 14 Uhr sowie nach Vereinbarung.

Veranstaltungen: zahlreiche Konzerte und kulturelle Veranstaltungen während des Jahres, Internationale Barocktage zu Pfingsten

Einkaufen: Souvenirs, Bücher und Weine gibt es in zwei Shops.

Restauranttip: Stiftsrestaurant Melk, in der ehemaligen Orangerie im Stiftspark am Weg vom großen Parkplatz zum Stift, mit großem Gastgarten und Platz für ca. 600 Personen. Der historische Gasthof zum Goldenen Stern in Melk wurde von Munggenast erbaut. Sehr gediegen speist man auch im Restaurant Stadt Melk am Hauptplatz.

Kultur und Freizeit: Ein Spaziergang durch die Stadt Melk ist nach dem Stiftsbesuch entspannend: Rathausplatz mit Kolomanibrunnen und Lebzelterhaus aus dem späten 17. Jahrhundert; Sterngasse mit dem Alten Brotladen und der von Franz Munggenast erbauten ehemaligen Stiftstaverne (Gasthof zum Goldenen Stern); Altes Posthaus mit Heimatmuseum. Selbst nach einer langen Besichtigung von Stift Melk sollte man noch einen Abstecher in das Dorf Mauer machen, das einen der schönsten gotischen Flügelaltäre des Landes besitzt.

Michaelbeuern

Die Abtei Michaelbeuern, etwa 30 Kilometer nordöstlich der Stadt Salzburg, ist neben St. Peter die einzige Benediktinerabtei in Salzburg und die einzige mittelalterliche Klostergründung außerhalb der Stadt. Im Barock hatte Michaelbeuern nicht genügend Mittel, um wie alle anderen Klöster Neubauten oder bedeutende Umbauten vorzunehmen. So sehen wir in Michaelbeuern heute eine Klostersiedlung, deren mittelalterliche Anordnung erhalten geblieben ist.

Geschichte

Bereits um 736 existiert hier eine Mönchszelle, die 817 im Aachener Klosterverzeichnis als „Buria" aufscheint. Die Ungarn zerstören das Kloster, aber 955, nach dem Sieg über die Ungarn auf dem Lechfeld, beginnt der Wiederaufbau. Im Jahr 977 beschenkt Kaiser Otto II. das Kloster mit Ländereien, und auch Pfalzgraf Hartwig vom Chiemgau erscheint als großer Wohltäter in jener Zeit. Dann schenken die Sighardinger Grafen im Chiemgau und Salzburggau der Abtei diverse Besitztümer in und um Wien. Ein Teil des 18. Bezirkes trägt noch immer den Namen Michelbeuern, und auch die Michaelerkirche erinnert an die Abtei. Graf Sighard von Burghausen, Patriarch von Aquilea, weiht die Abteikirche 1072. 1268 wird das Kloster geplündert und zerstört. 1364, im Kampf Ludwigs von Bayern mit Friedrich von Österreich, wird die Abtei von bayerischen Truppen vernichtet. Der Wiederaufbau zieht sich bis über die Mitte des 15. Jahrhunderts hin.
Im Zuge der Reformation sinkt die Zahl der Mitglieder bedrohlich, 1530 kauft der Salzburger Erzbischof die Vogtei, doch erst 1590 beginnt der langsame Wiederaufstieg. Das Kloster wird erweitert, und Fürstenzimmer werden durch Zusammenlegung gotischer Bauteile für den Landesherrn Erzbischof Wolf Dietrich geschaffen.
Da Salzburg damals noch nicht zu Österreich gehört, bleibt der Abtei die josephinische Aufhebung erspart. Nach einer Aufhebung des Klosters im Jahr 1942 beginnen die Mönche 1945 mit dem Wiederaufbau. Von 1946 bis 1950 wird die Kirche durch den Stuttgarter Architekten Otto Lindner renoviert, eine so umfangreiche Arbeit, daß sie praktisch einem gelungenen Neubau in romanisierender Form gleichkommt. 1997 wird die Kirche unter Abt Nicolaus Wagner neuerlich renoviert und eine Orgel errichtet. Chorgestühl, Ambo und Volksaltar werden neu gestaltet.

Sehenswürdigkeiten

Die Kirche ist im wesentlichen eine dreischiffige, romanische Pfeilerbasilika nach altbayerischer Art. Das lombardische Portal von 1250 zeigte nach der Renovierung an der der Wand zugekehrten Seite der Säulen römische Reliefs und Inschriften der Römersteine, die der lombardische Steinmetz wiederverwendet hatte. Das moderne Tympanonrelief mit Ostermotiv stammt von Hilde Heger.

Der nüchtern wirkende Innenraum hat eine dem alten Original nachgebaute flache Holzdecke. Um 1450 wurde die einstige Hauptapsis in einen gotischen Chor umgebaut, der aber 1622 barockisiert und mit Stukkatur versehen wurde. Er blieb bei der Sanierung nach 1945 als einziger Teil der Kirche unangetastet.

Der prunkvolle Säulen-Hochaltar entstammt der Zusammenarbeit zweier kongenialer Künstler: Das Altarbild des über Tod und Hölle triumphierenden Salvators und das Rundbild des Erzengels Michael mit der Waage malte Johann Michael Rottmayr. Die Plastiken und den Schrein schuf der Bildhauer Meinrad Guggenbichler von Mondsee. Zwischen den Säulen schweben die Bischöfe Rupert von Salzburg und Ulrich von Augsburg und unter dem Gewölbe Benedikt und Scholastika.

Der älteste Teil des Klosters, das mit seinen drei Höfen noch die alte Doppelklosteranlage erkennen läßt, liegt nördlich der Kirche um den alten Kreuzhof; in seinem Keller, nur teilweise erhalten, der Kreuzgang sowie der Speisesaal aus dem 8. bis 10. Jahrhundert mit schweren Säulen und altertümlichen Kapitellen. Der im Rokoko-Stil gestaltete Abteisaal, als Verbindung zwischen Gehöft und Konventtrakt, ist der einzige Prunkraum der Abtei. Das Hauptbild an der Decke zeigt Abraham als Gastgeber unter der Eiche von Mamre.

Die schlichte, sich über zwei Stockwerke erstreckende Bibliothek (1669–1679) im Konventgebäude enthält an die 40.000 Bände, 280 Inkunabeln und 300 Handschriften. Unter den kostbaren Codices ist auch die Salzburger Walther-Bibel aus der Mitte des 12. Jahrhunderts.

Information

Anreise: von der Stadt Salzburg über die B 156, nach Lamprechtshausen Abfahrt nach Michaelbeuern; Abtei Michaelbeuern, A-5152 Michaelbeuern

Öffnungszeiten: Führungen von Ostermontag bis Allerheiligen, Freitag, Samstag, Sonntag um 14 Uhr. Die Besichtigung der Abtei ist nur im Rahmen der Führung möglich. Sonderausstellung sonntags 15–16 Uhr.

Veranstaltungen: Michaelbeuern hat ein eigenes Exerzitien- und Bildungshaus, in dem das ganze Jahr über Kurse und Exerzitien stattfinden. Orgelkonzerte zur Osterzeit und im Sommer

Einkaufen: Ab-Hof-Verkauf von Eiern, Fleisch und Schnaps

Kultur und Freizeit: Fahrt mit dem Dorfzug durch Dorfbeuern; Lehrpfad durch das Ibmer Moor (OÖ); Stift Mattsee (siehe Seite 123); Stille-Nacht-Gedenkstätte in Oberndorf

Millstatt

Am Nordufer des Millstätter Sees liegt die ehemalige Benediktinerabtei Millstatt. Der freundliche Stiftshof, die Stiftskirche mit ihren schönen Fresken sowie die Orgelmusikwochen sind es wert, auch einen schönen Sommertag der Kultur zu widmen.

Geschichte

Der Name Millstatt geht der Legende nach auf einen sagenhaften Karantanenherzog Domitian zurück, der sich nach dem Ertrinkungstod seines Sohnes zum Christentum bekehrt und einen am See gelegenen heidnischen Tempel mit tausend Götterbildern (mille statuae) zerstört. Schon im 9. Jahrhundert gibt es hier eine Kirche. Das Kloster wird um 1060 von den Brüdern Aribo und Poppo aus dem Geschlecht der Aribonen gestiftet. Das von Aribos Gemahlin Liutgard parallel dazu gegründete Frauenkloster sollte bis zum Jahre 1455 bestehen.

Der erste Abt Gaudentius kommt 1109 aus dem Reformkloster Hirsau. 1122 wird das Kloster in päpstlichen Schutz übernommen, und 1245 erhalten die Millstätter Äbte bischöflichen Rang. In der Blütezeit des Klosters im 12. und 13. Jahrhundert ist hier eine bedeutende Schreibschule tätig: Die „Millstätter Genesis" und eine wegen ihrer Tierdarstellungen berühmte Physiologushandschrift befinden sich heute im Klagenfurter Landesmuseum.

1469 erwirkt Kaiser Friedrich III. von Papst Paul II. die Aufhebung des Benediktinerklosters wegen völligen Sittenverfalls sowie die Errichtung eines geistlichen St. Georgs-Ritterordens gegen die Türken. Der erste Hochmeister läßt 1499 neben dem Stift ein Schloß mit Wehrmauern errichten, das sein Nachfolger noch vergrößert. Die Georgsritter, überaus knapp an Finanzen, können die wiederholten Einfälle der Türken in Kärnten nicht verhindern, und so verfällt der Orden nach dem Tod des dritten Hochmeisters.

1598 übergibt Erzherzog Ferdinand das Stift dem Grazer Jesuitenkollegium. Die Jesuiten renovieren die Kirche und statten sie mit prunkvollen Barockaltären aus. Das Stift wird 1773 vom Papst aufgehoben, die Stiftskirche zu einer Pfarrkirche umgewandelt. Heute gehört die Herrschaft den Österreichischen Bundesforsten.

Sehenswürdigkeiten

Die ehemalige Stiftskirche Christus Salvator und Allerheiligen ist eine bemerkenswerte dreischiffige Pfeilerbasilika. Außen an der Westwand befinden sich zwischen den Fenstern Reste eines Ölbergfreskos. Die Vorhalle, die ursprünglich die gesamte Breite des Westbaues einnahm, wurde 1290 nach dem Brand in drei Räume geteilt, wobei der linke Raum als Taufkapelle dient. Am Pfeiler rechts neben dem Mittelportal befindet sich das Fresko Madonna mit Kind und Heiligen unter einer Baldachinarchitektur, um 1400 (stark restauriert). An der Ostwand fünf Szenen aus der Passionsgeschichte, links oben die heilige Margaretha mit der Stifterin Luitgard von Meister Friedrich von Villach (1428). Das Relief zweier einander umarmender Frauen an der Nordwand stammt aus dem 12. Jahrhundert.

Das bemerkenswerte Westportal aus dem 12. Jahrhundert besitzt ein Tympanon mit der Darstellung Abt Heinrich II. mit Kirchenmodell und segnender Heiland mit Sonne, Mond und Sternen. Im Bogen die Nennung des Künstlers: Rudger. Dieser Rudger gilt auch als einer der Schöpfer der bemerkenswerten Säulenkapitelle und -basen in Kirche und Kreuzgang mit ihren grauenvollen Ungeheuern und fratzenhaften Köpfen.

Die schönen spätgotischen Schnitzstatuen in flachen Nischen an den vorgezogenen Chorwänden, Johannes der Täufer und Muttergottes mit Kind, wurden um 1490 geschaffen. Aus der gleichen Zeit stammt die Statue des segnenden Erlösers am ersten nördlichen Pfeiler; die Konsolfigur des heiligen Josef gegenüber wurde um 1660 geschaffen.

Am Ostende des nördlichen Seitenschiffes eine schöne romanische Sakristeitruhe einer Salzburger Schule aus der Mitte des 12. Jahrhunderts. An den Schmalseiten sind Reste gemalter Brustbilder von Petrus und Paulus erkennbar, und der Rest der Truhe ist reich mit geschmiedeten Eisenbeschlägen geschmückt. Die hübsche Rokoko-Kanzel stammt von 1773, an der Ostseite des Kanzelpfeilers ein kleines Relief mit der Darstellung einer geflügelten Gestalt auf einem Löwen aus dem 12. Jahrhundert.

An der Südwand des rechten Nebenchores befindet sich das Weltgerichtsfresko. Das sechs Meter breite und vier Meter hohe spätgotische Bild wurde zwischen 1513 und 1519 von Urban Görtschacher gemalt.

In der Sakristei sehen wir ein bemerkenswertes Tafelbild, ursprünglich ein Altarflügel, mit der Darstellung der heiligen Katharina, um 1420, das dem Meister Friedrich von Villach zugeschrieben wird. Die Domitiankapelle ist ein dreijochiger großer Raum mit Netzrippengewölbe. In der Mitte des Altars befindet sich der ehemals versenkbare gläserne Schrein mit den Gebeinen des sagenhaften Herzogs Domitian und seiner Gemahlin.

Seit dem 13. Jahrhundert gibt es in Millstatt die Reliquienverehrung und Wallfahrtsstätte des Karantanenherzogs Domitian. 1423 wird urkundlich eine Domitianbruderschaft erwähnt, und unter den Jesuiten erreichte dieser Kult seinen Höhepunkt. Die vier Ovalbilder in Öl mit

Darstellungen der Wundertaten Domitians stammen von 1720, die drei Darstellungen der Domitianslegende im Eingangsjoch aus dem 18. Jahrhundert.
Am nördlichen Seitenschiff wurde um 1500 die Siebenhirterkapelle angebaut. Der Grabstein des Hochmeisters des St.-Georgs-Ritterordens Johann Siebenhirter stammt von Hans Bäurlein (um 1500). Im Fußboden befindet sich die Grabplatte der Gräfin Chmiza aus dem 12. Jahrhundert. Die Geumannkapelle im südlichen Seitenschiff, 1505 erbaut, enthält den Johannes-Altar von 1650 mit einer spätgotischen Johannesschüssel (um 1500) im Altaraufsatz. Die schöne Hochzeitstruhe gehörte zum Brautschatz der Paola Gonzaga, die 1447 den Grafen Leonhard von Görz-Tirol heiratete (zwei weitere Truhen aus dem Brautschatz werden im Grazer Dom aufbewahrt).

Die ehemalige Klosteranlage gruppiert sich um den Kreuzganghof und einen weiteren Hof. In der Nordostecke des Kreuzganges befindet sich das Südportal der Kirche mit Rundstabprofil, das um 1500 neu gestaltet und aus verschiedenen Teilen zusammengesetzt wurde. Im östlichen Flügel des Kreuzganges ein Fresko Madonna und Kind in der Wiese mit musizierenden Engeln, das Meister Friedrich von Villach zugeschrieben wird (um 1430). Im Durchgang zum Hof mit der schönen alten Hoflinde zwei karolingische Flechtwerksteine aus dem 9. Jahrhundert. Die Gebäude um den Stiftshof stammen durchwegs aus dem 15. und 16. Jahrhundert. Der Lindenhof, das ehemalige Hochmeisterschloß, ist heute ein Hotel mit Museum im Erdgeschoß.

Information

Anreise: A 10 Abfahrt Millstättersee-Millstatt; A 2 Abfahrt Villach, B 100 Millstättersee-Millstatt; Stiftspfarramt Millstatt, Stiftsgasse 3, A-9872 Millstatt

Öffnungszeiten: Die Kirche ist ganzjährig und ganztägig geöffnet, Führungen nur nach Voranmeldung in der Pfarre oder im Gemeindeamt

Veranstaltungen: Kurse für Malerei, Vorträge, Konzerte im Stiftshof

Restauranttip: Gediegen speisen läßt es sich in der See-Villa direkt am See. Kärntner bodenständige Küche gibt es im Restaurant Metzgerwirt in Radenthein.

Kultur und Freizeit: Der Millstätter See lockt mit einem umfassenden Freizeitangebot. Wer höher hinaus will macht eine Wanderung (Klangwanderweg) auf die Millstätter Alm. Ein großes Wander- und Kletterparadies ist auch der Nationalpark Nockberge.

Mondsee

Nach St. Peter und Nonnberg ist Mondsee mit dem Gründungsdatum 748 das älteste österreichische Kloster. Es wurde auf einem Platz errichtet, der nachweislich schon in römischer Zeit besiedelt war. Der Mondsee selbst war bereits in prähistorischen Zeiten von Pfahlbauern bewohnt, die hier ihre Bauten im Flachwasser errichteten.

Geschichte

748 stiftet Herzog Odilo II. aus dem Hause der Agilolfinger das Kloster „Manseo“. Mit reichem Besitz um den Mondsee, den Mattsee und den Attersee ausgestattet, entwickelt sich das Kloster bald zu einem der mächtigsten im bayerischen Land. Um 800 nimmt der Konvent die Regula Benedicti an. Karls des Großen Hofkaplan Hildebald, später Erzbischof von Köln, regiert 804 bis 814 als Abt in Mondsee. Er führt das Stift zu einer frühen kulturellen Blüte, der wir u. a. die Mondseer Handschrift des Matthäusevangeliums (um 800) verdanken.

Ein weiterer bedeutender Mann, der sich in Mondsee aufhält, ist Bischof Wolfgang von Regensburg. Der Legende nach soll er als Einsiedler am später nach ihm benannten Wolfgangsee, der damals noch Abersee hieß, gelebt haben. Immerhin dürfte er die Kirche im späteren St. Wolfgang gegründet haben, die jedoch urkundlich erst nach 1180 nachweisbar ist.

Im 12. Jahrhundert erlebt Mondsee unter Abt Chunrad eine neue Blütezeit. Die freie Abtwahl wird eingeführt, und die unklaren Besitzverhältnisse werden geordnet. In der Schreibschule entstehen prachtvolle Werke der Buchmalerei. Die sich langsam formende Legende um den heiligen Wolfgang hat sich inzwischen verselbständigt, sodaß sich eine vielbesuchte Wallfahrtsstätte am Abersee – bald ein unschätzbarer Besitz des Klosters Mondsee – entwickelt. Auch Chunrad, der von Mißgünstigen erschlagen wurde, wird bald als Heiliger verehrt, und die Konradskirche in Oberwang, ebenfalls in Stiftsbesitz, wird gleichfalls eine vielbesuchte und einträgliche Wallfahrtsstätte.

Nach schweren Zeiten im 14. Jahrhundert kommt es zu einer Aufwärtsentwicklung im 15. Jahrhundert. Abt Simon Reuchlin reorganisiert unter dem Einfluß der Melker Reform das Klosterleben und nimmt ein Bauprogramm in ihrem Sinne in Angriff (1414 der Kapitelsaal, 1448 der Kreuzgang). Sein Nachfolger läßt die heutige gotische Basilika errichten.

Im 18. Jahrhundert ist die 1000-Jahr-Jubiläum ein letzter Höhepunkt:

Ehem. Kloster Mondsee – Pfarrkirche

Kloster Marienberg

Kloster Marienberg – romanische Fresken

Abtei Michaelbeuern – Kirche

Neustift bei Brixen

Stift Rein

Ehemalige Stiftskirche Ossiach

80.000 Menschen kommen zu den Feiern nach Mondsee. 1791 wird das Stift aufgehoben, die Stiftskirche wird Pfarrkirche, das Klostergebäude ist heute in Privatbesitz.

Sehenswürdigkeiten

Der schöne weiträumige Platz, der durch seine lockere, niedrige Umbauung fast den ganzen Tag im strahlenden Licht liegt, lenkt den Blick auf die leuchtend hell gefärbte Kirche und damit auf das altehrwürdige Herzstück des gesamten Mondseer Landes. Die Türme der St. Michaelskirche, heute 52 Meter hoch, waren vor dem Brand von 1774 20 Meter höher, dann erhielten sie ihre jetzige Form. Den einsturzgefährdeten Nordturm erneuerte man in den 60er Jahren.

Hinter der Barockfassade und unter dem barocken Dach hat sich die spätgotische Basilika mit 70 Metern Länge und 22 Metern Höhe fast unverändert erhalten. Der Renaissance gehört der Hochaltar an. Er birgt die Gebeine des ermordeten Abt Chunrad II. und ist wie die Seitenaltäre hauptsächlich in Schwarz-Weiß gehalten. Meinrad Guggenbichler, der „Bildhauer von Mansee“, gestaltete die Seitenaltäre mit hellen und gewundenen schwarzen Säulen, bevölkert von dramatisch agierenden Heiligenfiguren. Putten, oft nur die geflügelten Köpfchen, sind in großer Zahl leichthändig über die Altäre ausgeschüttet wie Schnee aus goldenen Wolken.

Eine besondere Kostbarkeit ist die Sakristeitür im südlichen Chor: ein spätgotisches Portal mit sieben Holzplastiken von Heiligen auf kleinen Konsolen zeigt unter dem leeren Tympanonfeld eine ungewöhnlich schöne Türe (1784) mit meisterlicher Schmiedeeisenarbeit.

Im Gewölbe des Langhauses reiche gotische Fresken: vegetabile Ornamentik, an den Langhauswänden Freskenreste figuraler und ornamentaler Art. Im Nordwesten des Kirchenschiffes die Benediktuskapelle, der älteste Teil der Kirche. Hier befindet sich heute der Eingang zum Heimatmuseum.

Information

Anreise: A 1 Abfahrt Mondsee; Pfarramt Mondsee, Kirchengasse 1, A-5310 Mondsee

Öffnungszeiten: Die Kirche ist täglich geöffnet, das Heimatmuseum von Anfang Mai bis Ende Oktober täglich außer Montag; bis 26. Oktober nur Sonn- und Feiertag.

Kultur und Freizeit: Eine der größten Sehenswürdigkeit Oberösterreichs ist die Pfarrkirche St. Wolfgang am Wolfgangsee, die zum Kloster Mondsee gehörte: spätgotischen Schnitzaltar von Michael Pacher, Doppelaltar von Thomas Schwanthaler, Christusfigur und Kanzel von Meinrad Guggenbichler. Gleich neben dem Kirchenportal befindet sich der Eingang zum Heimat- und Pfahlbaumuseum mit einer Ausstellung über Brauchtum und örtliche Geschichte. Sehr interessant sind die Kopien der Handschriften, die im Skriptorium des Klosters entstanden sind. Das Rauchhaus etwas oberhalb der Kirche gibt einen Einblick in das bäuerliche Leben.

Neuberg an der Mürz

Die ehemalige Abtei in Neuberg hat sich über die Jahrhunderte den Charakter einer typischen Zisterzienserabtei des Spätmittelalters bewahrt. Das Stift nördlich von Mürzzuschlag in der Steiermark wurde für das Schicksal des Hauses Habsburg bedeutend durch die Neuberger Erb- und Teilungsverträge, nach denen die Teilung in eine albertinische und eine leopoldinische Linie erfolgte (1379). Immer wieder zog es die Habsburger hierher. Kaiser Franz Joseph I. schätzte das Neuberger Jagdgebiet besonders. Friedrich III. ließ die Kirche in ihrer heutigen Gestalt vollenden (1461–1496) und mit seinem Motto A E I O U versehen. Nichtsdestotrotz ließ es Joseph II. aufheben.

Geschichte

Herzog Otto der Fröhliche, der Enkel Rudolfs von Habsburg, stellt 1327 in Krems den Stiftungsbrief für das Kloster Neuberg an der Mürz aus. Zisterziensermönche aus Heiligenkreuz besiedelten es. 1471 wird die Kirche geweiht. Während des Hussitensturmes im 15. Jahrhundert ist Neuberg Zufluchtstätte für vertriebene Ordensbrüder aus Böhmen und Mähren. Während der Reformationszeit sinkt das Stift in tiefste Verschuldung und in eine geistige Krise, die den Bestand schwer gefährdet. Sogar der Abt ist in jenen Tagen verheiratet. Er wird in einer bewaffneten Großaktion abgesetzt und nach Bayern verbannt. Erzherzog Ferdinand nimmt energisch die Gegenreformation in Angriff, und unter Abt Thomas Schmoll nimmt Neuberg einen kurzen Aufschwung. Ab 1700 beteiligt es sich an der traditionellen Eisenerzeugung des Mürztales und besitzt sogar ein Hammerwerk. 1786 verfügt Joseph II. die Auflösung.

Sehenswürdigkeiten

Die Klosteranlage mit ihren vielen Höfen schließt an den mittelalterlichen Kern an. Südlich befindet sich der Kreuzgang mit Kapitelhaus und Refektorium. Die an drei Seiten unverbaute blockförmige Hallenkirche hat der Zisterziensertradition entsprechend keinen Turm sondern nur einen Dachreiter.

Die dreigeschossige Westfassade hat ein gestuftes Spitzbogenportal mit leerem Tympanon. Im darüber liegenden Geschoß eine Fensterrose, in der Giebelzone reiche Blendarkaden. Über der Rose eine kleine Konsole mit Baldachin, auf der einst die Neuberger Madonna stand (heute im Kircheninneren).

Die lichtdurchflutete Hallenkirche überrascht durch ihre räumliche und farbliche Wirkung. Im Gewölbe sehen wir das Heilige-Geist-Loch mit der Devise A E I O U und der Jahreszahl 1470. Die großen Maßwerkfenster sind hervorragende Steinmetzarbeiten der Hochgotik.

Der Hochaltar ist eine ungewöhnliche Arbeit aus der Zeit der Gegenreformation. In Gemeinschaftsarbeit mit anderen Künstlern von Stiftsbildhauer Hans Georg Mader errichtet, ist er der erste Renaissancealtar der Steiermark. Im Mittelteil sehen wir die Madonna, über die Gott Vater und Gott Sohn die Krone halten. Darüber schwebt die Taube.

In den seitlichen Nischen Bernhard von Clairvaux und Benedikt, die Ordensheiligen. Darüber der Pelikan, der mit seinem Blut die Jungen nährt, und der Phönix, der aus der Asche ersteht.

Die Neuberger Madonna ist eine lebensgroße Steinstatue (um 1330), die im 17. Jahrhundert durch einen Orkan von ihrer Konsole geweht, aber nicht zerstört wurde.

Der bemerkenswerte Dachstuhl der Kirche, kunstvoll aus gewaltigen Stämmen gefügt und seit dem Brand des Dachstuhles im Stephansdom ohne vergleichbares Gegenstück in Österreich, ist vom ehemaligen Dormitorium über dem Ostgang des Kreuzganges her zugänglich (Modell des Dachstuhls in der Kirche).

Der Kreuzgang ist fast völlig identisch mit jenem des Mutterklosters Heiligenkreuz. Beim Bau begann man an der Kirchenwand, um dann im Uhrzeigersinn weiterzuarbeiten. Der erste Abschnitt war 1344 beendet, der Süd- und Westflügel wurden in der zweiten Hälfte des 14. Jahrhunderts erbaut, die Verglasung erneuerte man im 19. Jahrhundert.

INFORMATION

Anreise: S 6, Abfahrt Mürzzuschlag Ost, B 23; Pfarramt Neuberg an der Mürz, A-8692 Neuberg an der Mürz

Öffnungszeiten: täglich geöffnet, Führungen nur nach Voranmeldung

Veranstaltungen: Die Neuberger Schumann-Tage im Juni und die Neuberger Kulturtage rund um den Dom im Juli sind Treffpunkte für Musikinteressierte aus aller Welt.

Restauranttip: Kreative Küche im Haubengasthof Holzer in Neuberg

Kultur und Freizeit: Mariazell (siehe Seite 111), Wanderungen auf die Rax und Schneealpe und der geschichtsträchtige Kurort Semmering mit seinen schönen Jahrhundertwende-Villen

Tips: Das Museum Kaiser Franz Joseph und die Jagd ist im Ost-Trakt des Stiftes untergebracht. Für Eisenbahnfreunde von Interesse ist das Bahnhofsgebäude (1879) von Neuberg mit Holzfachwerkgiebeln und Gußeisensäulen. Im ehemaligen Hofwarteraum für Mitglieder des Kaiserhauses sind noch eine geschnitzte Kassettendecke und geätzte Scheiben zu besichtigen.

Neustift bei Brixen

Alljährlich besuchen tausende Touristen Neustift bei Brixen. Das Augustiner-Chorherrenstift ist bekannt für seine Kirche, die Engelsburg und die vielen Kunstschätze in Bibliothek, Archiv und Pinakothek.

Geschichte

Reginbert von Säben stellt zusammen mit seiner Gemahlin Christina im Jahr 1141 Ländereien für die Gründung eines Augustiner-Chorherrenstiftes zur Verfügung, einem Wunsch des Bischofs Hartmann von Brixen entsprechend, der bis zum Jahr 1140 Propst von Klosterneuburg ist und auch von dort Chorherren in das „Neustift" im Eisacktal beruft. Ende des 12. Jahrhunderts wird das Kloster nach einem Brand im romanischen Stil neu errichtet. Eine bedeutende Schreibtradition entwickelt sich hier, auch die gotische Tafelmalerei erreicht mit Künstlern wie Michael und Friedrich Pacher sowie Max Reinlich und Andreas Haller große Bedeutung.
Da das Kloster im 15. Jahrhundert in viele Streitigkeiten verwickelt ist, wird der einäugige kampferprobte Ritter und letzte Minnesänger Oswald von Wolkenstein dem Stift von Kaiser Sigismund als Beschützer anempfohlen. Er ist – neben anderen Mitgliedern seiner Familie – auch hier begraben. Das Stift wird immer wehrhafter ausgebaut, die Engelsburg und der Türkenturm mit Schießscharten und Zinnen erinnern noch an diese gefährlichen Zeiten. Statt den gefürchteten Türken bringt aber ein Bauernaufstand große Verwüstungen.
Erst im 17. Jahrhundert bricht eine neue Blütephase für Kunst und Wissenschaft in Neustift an. Im 18. Jahrhundert werden die Stiftsgebäude und die Kirche großzügig neu gestaltet und die Bibliothek errichtet. Doch die Zeit des Friedens ist mit dem Ausbruch der Napoleonischen Kriege auf lange zu Ende. Während der bayerischen Regierung wird das Stift aufgehoben (1807), die Güter übernimmt der Staat. 1816 wird unter österreichischer Herrschaft die Säkularisierung wieder rückgängig gemacht.
Seit einer Generalsanierung Anfang der achtziger Jahre erstrahlt Neustift, dieses Juwel des süddeutschen Barock und Rokoko südlich des Brenners, wieder in neuem Glanz.

Sehenswürdigkeiten

Die ursprünglich dreischiffige romanische Pfeilerbasilika Unserer Lieben Frau ist heute nur noch im Langhausmauerwerk und im Westturm erhalten. Betritt man das Innere der Kirche, so ist die Raumwirkung durch die starke Barockisierung geprägt. Der überaus reiche Stuck mit vollplastischen Figuren stammt von Anton Gigl aus Innsbruck. Die Fresken der Gewölbe sind ein Frühwerk des Augsburger Freskisten Matthäus Günther.

An das nördliche Langhaus anschließend wurde von Johann Baptist und Simon Delai die Marienkapelle errichtet, ein quadratischer Bau mit dominierender, achteckiger Kuppel und dem Gnadenaltar mit dem Gnadenbild der Madonna zwischen kraftvollen korinthischen Säulen.

Im Süden schließt der romanische Kreuzgang an die Kirche an. Die von Friedrich Pacher stammende Szene vom reichen Prasser und dem armen Lazarus, ein Meisterwerk der Freskenmalerei mit grotesken Fratzenteufeln, ist leider schwer beschädigt. (Friedrich Pacher war ein Schüler Michael Pachers, aber vermutlich nicht mit ihm verwandt.)

Die Bibliothek, ein eleganter Rokoko-Saal mit auf Konsolen ruhender umlaufender Galerie, ist geprägt durch das dunkle Braun der Buchrücken und des schön gemusterten Bodens im Gegensatz zu dem sonst ganz hell gehaltenen Interieur.

Im großen Stiftshof befindet sich der sogenannte Wunderbrunnen, ein alter Ziehbrunnen mit einer Fassung aus weißem Marmor (1508). Darüber ein zierliches, achteckiges, auf Säulen ruhendes offenes Brunnenhäuschen mit Darstellungen der sieben Weltwunder (daher der Name des Brunnens) und einer Ansicht von Neustift.

Im Südwesten der Stiftsanlage steht die wegen ihrer entfernten Ähnlichkeit mit der Engelsburg in Rom ebenfalls als Engelsburg bezeichnete Michaelskapelle. Dieser überaus originelle Rundbau, eine Nachbildung der Grabeskirche in Jerusalem, von der die Kreuzfahrer Nachricht brachten, entstand als Kapelle des Hospitals und wurde vermutlich im Jahre 1199 geweiht.

INFORMATION

Anreise: A 22, Abfahrt Brixen, B 12; Stift Neustift, Stiftsstraße 1, I-39040 Vahrn

Öffnungszeiten: Besichtigung des Klosters und der Klosterbibliothek montags bis freitags. Tel.: 0039 / 472 / 836 401 od. 836 189

Einkaufen: In der Stiftskellerei können Sie den ersten Wein, der südlich des Brenners gedeiht, verkosten und kaufen.

Restauranttip: Traditionelle Küche serviert der Brückenwirt neben dem Kloster. Internationale und Tiroler Küche bietet der Gasthof Goldenes Lamm unter denkmalgeschützten Holzdecken und Gewölben.

Kultur und Freizeit: In der Umgebung von Neustift sind zahlreiche Zeugnisse der Brixener Schule zu besichtigen, wie in Vahrn die Pfarrkirche zum Hl. Georg mit einem Außenfresko von Meister Leonhard von Brixen und die Bischöfliche Burg in Brixen mit Diözesan- und Krippenmuseum. Einen schönen Blick hat man von der Burgruine Salern über das Eisacktal.

NONNBERG

Auf dem südöstlichen Ausläufer des Mönchsberges über der Stadt Salzburg steht der Gebäudekomplex des uralten Frauenklosters Nonnberg, des ältesten diesseits der Alpen. Es kann – äußerst ungewöhnlich im gesamten deutschsprachigen Raum – auf eine ununterbrochene Geschichte seit seiner Gründung zurückblicken.

Geschichte

Gründer ist, wie bei St. Peter, der heilige Rupert, der um 700 das Kloster erbaut und seine Nichte Erentrudis aus dem Frankenland als erste Äbtissin einsetzt. Der Besitz des Klosters beruht auf Dotationen durch Herzog Theodo und seinen Sohn Theodebert. Das Kloster erlebt eine Hochblüte unter der Äbtissin Wiradis I. (998–1027). 1009 weiht Erzbischof Hartwich in Gegenwart des Kaisers Heinrich II. und seiner Gemahlin Kunigunde die neu erbaute romanische Heinrichsbasilika.

Im 13. Jahrhundert erhält Äbtissin Gertraud II., Edle von Stein, durch Papst Gregor IX. die Erlaubnis (für sich und ihre Nachfolgerinnen), sich des Faldistoriums (d. i. der Faltstuhl, der Bischöfen, Prälaten und Äbten bei Pontifikalhandlungen zusteht) und des Pastorales (des Bischofsstabes) zu bedienen.

Im 15. Jahrhundert brennen Kirche und Kloster ab und werden über dem alten Grundriß in spätgotischen Formen neu errichtet. 1624 läßt Äbtissin Magdalena I. die Seitenkapellen als Begräbnisstätte für die Nonnen bauen. Der Klosterbestand wird durch die Reformationszeit nicht wirklich bedroht; dennoch bedeutet sie einen Einbruch. Die Säkularisierung des Erzbistums Salzburg und die Not der Franzosenkriege (das Kloster wird seiner kostbaren Handschriften beraubt, die sich heute in der Münchener Staatsbibliothek befinden) bringen das Kloster in schwere Bedrängnis.

Das Kloster hat, allen Gefahren zum Trotz, beide Weltkriege überstanden. Die Pflege der Liturgie ist weiterhin die wichtigste Aufgabe der Ordensschwestern. Mit besonderer Liebe und Sorgfalt wird seit Jahrhunderten das feierliche Chorgebet gesungen, um dessen Schönheit willen viele Menschen zum Nonnberg hinaufsteigen.

Sehenswürdigkeiten

Die Kirche – eine dreischiffige Basilika mit Krypta – erhebt sich über dem romanischen Grundriß. Eine schlichte Vorhalle schützt das Kirchenportal, dessen romanische Formen im spätgotischen Stil umgearbeitet wurden. Der Türsturz mit Weinranken und dem lateinischen Portalspruch „Die Pforte des Lebens steht offen – Christus der wahre Weg – Kommet“ sowie der Kreuzblumenfries und das Tympanonrelief aus weißem Marmor haben sich unverändert romanisch erhalten.

Im dreischiffigen Langhaus mit Kreuzgewölbe ist das Mittelschiff bedeutend höher als die Seitenschiffe. Die weiten Arkaden heben die Trennung zu den Seitenschiffen fast auf; der im Westen eingebaute spätgotische Nonnenchor verkürzt das sparsam mit Maßwerk geschmückte Langhaus um ein Drittel, dadurch wirkt die Kirche ungemein breit. Über den Arkaden befinden sich die vergitterten Beträume der Nonnen.

Im Osten teilt sich der Chor in drei Apsiden, mit dem Hochaltar in der mittleren. Der Flügelaltar mit dreigeteiltem Schrein ist 1515 entstanden. In der Mitte stehen die Figuren der Muttergottes (vermutlich vom 1529 abgetragenen Liebfrauenaltar des alten Domes, um 1460/1470), des Rupertus und des Virgil, an der Innenseite der Flügel Passionsszenen in Reliefschnitzerei. Das mittlere der drei hohen Maßwerkfenster in der Apsis wurde 1480 in Straßburg geschaffen. Die beiden seitlichen Fenster, links das Leben Jesu und rechts das Leben Mariä, sowie die Fenster der Seitenapsiden sind aus neuerer Zeit.

Das bedeutendste Kunstwerk der Kirche sind die romanischen Fresken unter dem erhöhten Nonnenchor, im sogenannten Paradies. Sie entstanden um 1150 und sind die letzten Reste der alten Kirchendekoration. Sie gehören zu den bedeutendsten romanischen Fresken in Europa.

Im nördlichen Seitenschiff befindet sich das auf romanischen Säulen ruhende Oratorium. Entlang der Wand stehen Grabsteine der Äbtissinnen, die bis ins 13. Jahrhundert zurückreichen. In der Nähe des Kirchenportals die Benediktus-Kapelle mit einem Altarbild (Sterben des heiligen Benedikt und seiner Schwester Scholastika), 1729 von Lorenzoni geschaffen. Diese Kapelle dient seit dem 17. Jahrhundert als Grabstätte der Äbtissinnen. Die einstmals romanische Krypta ist die einzige nennenswerte des Landes Salzburg (1471). 18 freistehende Säulen tragen ein reiches Netzgewölbe. In der mittleren Apsis liegt das Felsengrab der Erentrudis, darüber ein Marmoraltar von 1882.

Erwähnenswert als Kuriosum ist der sogenannte Nonnberger Hund, ein romanischer Portallöwe aus weißem Marmor. Er befindet sich heute im Museum Carolino Augusteum; auf der Nonnbergmauer an der ehemaligen Grenze zwischen Stiftsgrund und Stadtgebiet steht ein Abguß.

INFORMATION

Anreise: Stift Nonnberg liegt im Stadtgebiet von Salzburg, unterhalb der Festung. Ein Fußweg führt von der Altstadt auf den Nonnberg. Abtei Nonnberg, Nonnberg 2, A-5020 Salzburg

Öffnungszeiten: Die Kirche ist täglich geöffnet.

Kultur und Freizeit: Auf dem Plainberg, einem der ersten Hügel nördlich der Stadt Salzburg, steht die Wallfahrtskirche Maria Plain. Sie verdankt ihre Gründung dem Gnadenbild Maria Trost, von einem unbekannten Meister gemalt. Stift St. Peter (siehe Seite 191)

Ossiach

Am Südufer des Ossiacher Sees liegt das ehemalige Benediktinerstift, das dem See den Namen gab. Im 18. Jahrhundert von Joseph II. aufgehoben, war es fast 200 Jahre lang sehr still um Stift Ossiach, bis es die Veranstaltungsreihe Carinthischer Sommer es wieder weltweit bekannt machte.

Geschichte

Vor dem Jahre 1028 gründen der bayerische Graf Ozi I. und seine sächsische Gemahlin Glismod das nach Ozi benannte Kloster. Ozis Sohn Ozi II. veräußert es 1028 an seinen Bruder Poppo, Patriarch von Aquilea.

Der Polenkönig Boleslav II. (1058–1080), ein wilder, ungezügelter Charakter, der während einer Messe Bischof Stanislaus von Krakau ermordet hat, muß wegen dieser und anderer Missetaten dem Thron entsagen und zieht der Legende nach nach Rom, bleibt aber in Ossiach, wo er als Laienbruder dient. Erst auf dem Sterbebett enthüllt der „Stumme Büßer" angeblich seine wahre Identität. Sein Grabmal befindet sich an der äußeren Nordwand der Kirche.

1279 kommt Ossiach an Salzburg. Im 14. und 15. Jahrhundert vermehrt sich der Stiftsbesitz bedeutend. 1484 brennen Kirche und Kloster völlig nieder. Während der Reformationszeit erlebt Ossiach eine kulturelle Blütezeit, der wir die bedeutenden Schriften „Annales Ossiacenses" und das Ossiacher Äbtebuch verdanken. Unter einer Reihe bedeutender Barockäbte erhält das Stift schließlich im wesentlichen seine heutige Gestalt.

1783 wird das Kloster aufgelöst; die Bibliotheksbestände, sofern sie nicht in den See geworfen werden, wandern nach Wien und Graz in die Universitätsbibliotheken. In der Folge benutzt man die Stiftsgebäude als Kaserne und als Armenhaus, von 1872 bis 1915 ist hier ein staatliches Gestüt und Hengstdepot untergebracht, heute wird das Kloster teilweise als Hotel und für Veranstaltungen des Carinthischen Sommers genutzt.

Sehenswürdigkeiten

Die ehemalige Stiftskirche, heute Pfarrkirche, ist von einer Wehrmauer mit Rundturm vom Ende des 15. Jahrhunderts gegen den See begrenzt. Urkundlich wird die Kirche Mariä Himmelfahrt schon 1028 erwähnt, und um 1215 war sie schon Pfarrkirche. Die heutige Kirche ist eine gotisierte romanische Basilika. Nördlich der Westempore befindet

sich die Taufkapelle aus dem 14. Jahrhundert. Sie ist mit Groteskenmalereien aus dem 17. Jahrhundert geschmückt. Hier steht auch ein bemerkenswerter spätgotischer Flügelaltar um 1505 aus der St. Veiter Schule.
Anläßlich der Barockisierung wurde das Kircheninnere mit Stuck nach Art der Wessobrunner Schule und mit Fresken von J. F. Fromiller und seiner Werkstatt ausgeschmückt (1744 vollendet). Im Chor malte W. Köberl die Vermählung Mariä und Heimsuchung (1963).
Am großen, streng wirkenden barocken Hochaltar vom Ende des 17. Jahrhunderts wird die Thronende Maria unter einem Baldachin von den überlebensgroßen Statuen von Benedikt und Scholastika flankiert.
In der Verlängerung des ehemaligen Querschiffs befindet sich die Südkapelle vom Ende des 15. Jahrhunderts mit vier Säulen aus der romanischen Zeit – es sind die ältesten Säulen Kärntens: drei Säulen stammen aus dem 11., eine aus dem 15. Jahrhundert. In der Südkapelle befindet sich auch der Sarkophag des Kirchengründers Ozi.
Im Westflügel des Klostergebäudes, des heutigen Stiftshotels, liegt der Fürstensaal mit Fresken von J. F. Fromiller, von dem auch die illusionistische Architekturmalerei im Benediktus-Saal (Südflügel) stammt.

INFORMATION

Anreise: A 2 und A 11, Abfahrt Knoten Villach-Ossiacher See; Pfarramt Ossiach, A-9570 Ossiach

Öffnungszeiten: geöffnet von Anfang Mai bis Ende September

Veranstaltungen: Im Rahmen des Carinthischen Sommers werden Veranstaltungen im Stift abgehalten.

Restauranttip: Stiftsrestaurant im Stift Ossiach

Kultur und Freizeit: Am Ossiacher See kommen Wassersportler zum Zug. Auf einem Bergvorsprung der Ossiacher Tauern liegt die Ruine Landskron, ehemals in khevenhüllerschen Besitz und 1812 durch einem Blitzschlag abgebrannt. Heute sind dort ein Aussichtsrestaurant und die Adlerwarte mit Greifvogelvorführungen.

PERNEGG

Etwas abseits des Marktes Pernegg liegt auf einem vorspringenden Bergkegel das ehemalige Chorfrauenstift Pernegg, von einer spätmittelalterlichen Wehranlage umschlossen. Heute betreiben hier die Geraser Chorherren ein bekanntes Seminar- und Fastenzentrum.

Geschichte

Graf Ulrich II. von Pernegg gründet das Kloster für die Prämonstratenser-Chorfrauen zusammen mit Geras um 1153. 1584 stirbt die letzte Chorfrau. In der Folge wird Pernegg in ein Chorherren-Stift umgewandelt, das unter Joseph II. im Jahr 1783 aufgehoben wird. Nach der Aufhebung wird die Pfarre Pernegg dem Stift Geras inkorporiert.

Sehenswürdigkeiten

Die Pfarrkirche, dem heiligen Andreas geweiht, ist ein außergewöhnliches Kunstwerk. Es handelt sich um die größte gotische Hallenkirche nördlich der Donau. Zum quadratischem Grundriß steht der Westturm übereck, ein auffälliges, einmaliges Charakteristikum.

Der Raumeindruck der hohen und weiten Saalkirche ist überwältigend. Den wertvollsten Bestandteil der Einrichtung stellt die Orgel von 1643 dar, daneben ist aber auch die bunt bemalte geschnitzte Kanzel von 1618 zu erwähnen. Die spätgotische Sakramentsnische hat eine interessante Ummalung; von unten nach oben: ein Engel, der ein Kreuz mit der Inschrift „Unschult“ trägt, dann zwei Engel mit Monstranz, darüber der blutende Christus unter der Taube, über allem der Pelikan, das Symbol opferbereiter Liebe, alles von reichem Rankenwerk umgeben. In den Jahren 1992 bis 1999 wurde die Innenrenovierung der ehemaligen Kloster-, der heutigen Pfarrkirche, unter Anleitung des Bundesdenkmalamtes durchgeführt. Dabei wurde versucht, den Zustand des Jahres 1735 festzuhalten, dem Höhepunkt der barocken Ausgestaltung. Den Altarraum samt Altar (Waldviertler Serpentin und Bronze), Vortragskreuz, Oster-, Ewiglicht- und andere Leuchter schuf Thomas O. Munz.

Der frühgotische Karner dient heute als Norbertikapelle. Das Taufbecken von 1648 befindet sich unter dem ehemaligen Chor der Chorfrauen, die Buntglasfenster schuf Lydia Roppolt 1969. Die Prälatenkapelle ist ein achteckiger Raum mit Seitennischen vom Ende des 17. Jahrhunderts. Erwähnenswert ist der Vorraum des ehemaligen Männerklosters (vom Chorfrauen-Stift haben sich bedeutende Reste erhalten) mit einem Kamin, der von der Statue des heiligen Norbert geschmückt wird, die Deckenfresken stellen Allegorien der christlichen Tugenden dar.

Information

Anreise: von Horn über B 4; Kloster Pernegg, A-3753 Pernegg

Öffnungszeiten: Besichtigung nach Voranmeldung im Gästehaus Pernegg.

Veranstaltungen: Jahresprogramm für Fasten- und Seminarzentrum Pernegg. Anfragen an Kunst- und Bildungszentrum Stift Geras.

Restauranttip: siehe Geras (Seite 56)

Kultur und Freizeit: Die Lage der Burg der Grafen von Pernegg im nahen Wald ist nur noch an Mauerresten erkenntlich, bemerkenswert die sogenannte Nikolai-Kapelle, ein teilweise erhaltener Bau mit romanischem Triumphbogen. In der näheren Umgebung: Stift Geras (siehe Seite 54) und die Wallfahrtskirche Maria Dreieichen bei Horn.

PÖLLAU UND MARIA PÖLLAUBERG

Der Markt Pöllau liegt mitten im idyllischen Saifental westlich von Hartberg in der Steiermark. Hier gibt es für Klösterreisende gleich zwei Ziele: Die Stiftskirche St. Veit im Ort Pöllau sowie die Wallfahrtskirche Maria Pöllauberg, die auf einem Hügel über dem Ort thront. Die Wallfahrtskirche gehört zu den originellsten gotischen Bauten der Steiermark.

Geschichte

1482 stiftet Hans von Neuberg als letzter seines Geschlechtes seine Burg, eine ehemalige Wasserburg, und die Herrschaft Pöllau für ein Augustiner-Chorherrenstift. Erst 1504 kann die Stiftung verwirklicht und von Vorau aus besiedelt werden. Propst Michael Maister läßt die Burg abreißen und von 1690 bis 1696 das Stift neu bauen. Joachim Carlone und den Pöllauer Remigius Horner errichten von 1701 bis 1712 die heutige Kreuzkuppelkirche. 1785 wird das Augustiner-Chorherrenstift aufgehoben, die Stiftsgebäude gelangen zunächst in Staatsbesitz, seit 1938 gehören sie der Gemeinde Pöllau.

Zwischen 1339 und 1374 wird auf dem auf dem Sabbatberg (der den Namen aufgrund der Tatsache erhielt, daß die Pilgerfahrten hauptsächlich am Samstag stattfanden), einem Ausläufer des Masenberges, eine Wallfahrtskirche errichtet. Nach einem Brand infolge eines Blitzschlages 1674 müssen sowohl der Turm und das Dach als auch die Einrichtung barock erneuert werden.

Sehenswürdigkeiten

Die Stiftskirche ist ein wichtiges Beispiel für den römischen Einfluß auf das steirische Hochbarock; als Vorbild diente St. Peter in Rom. Das Langhaus hat eine 42 Meter hohe Kuppel. Die beeindruckenden Fresken, die den Stuck weitgehend zurückdrängen, erhöhen noch die großartige Raumwirkung der Kirche. Über dem Orgelchor die Apotheose des Sängers David, in den gemalten Arkaden Kirchenväter und Augustinerheilige. Darüber die Gemälde Engelsturz, Verehrung des Kreuzes, Anbetung des Lammes durch Heilige des Alten und Neuen Bundes und Maria Immaculata mit den Auserwählten. In den Kapellen und Emporen Szenen aus dem Leben Christi, Mariä und verschiedener Heiliger. Der klassizistische Hochaltar von 1779 trägt das Bild Marter des heiligen Veit von Josef Adam Mölck. Die prachtvolle Barockkanzel (1775) wird Jakob Payer zugeschrieben. Über dem Schalldeckel Saulus und seine Begleiter auf dem Ritt nach Damaskus. Auf der Westempore eine bedeutende Orgel mit reich geschnitztem Gehäuse. Im Südturm die Loretokapelle mit der Schwarzen Madonna, einer Nachbildung des Gnadenbildes zu Loreto in Italien. Die illusionistischen Malereien stammen aus der Mitte des 18. Jahrhunderts.

Das gewaltige dreigeschossige, um zwei Höfe errichtete Stiftsgebäude hat schöne, teils offene, teils geschlossene Renaissancearkadengänge. Im Westen, Norden und Osten der imposanten Anlage sind noch Außenmauern und Gräben der mittelalterlichen Wasserburg erhalten. In dem die Höfe trennenden Mitteltrakt befindet sich die ehemalige Stiftsbibliothek (heute Festsaal) mit einem Deckenfresko der Allegorien geistlicher und weltlicher Wissenschaften. Der südliche Torpavillion öffnet sich gegen den überaus stimmungsvollen, langgezogenen Hauptplatz von Pöllau mit einer Mariensäule.

Die Wallfahrtskirche Maria Pöllauberg: Bedeutend sind die reichen Steinmetzarbeiten im Inneren: Schlußsteine und Figurenkonsolen in Form von Evangelistensymbolen, Blattmasken, vegetabilen Ornamenten und Tiergestalten. Die schön stuckierte Orgelempore zeigt Figuren der vier Evangelisten und zweier Propheten von Josef Serenio sowie drei Kartuschenfresken mit Marienszenen (Verkündigung, Vermählung und Geburt Christi) von Antonio Maderni, 1691.

Der für den eleganten Raum bei weitem zu wuchtige barocke Hochaltar entstand 1705 nach einem Entwurf von Remigius Horner. Das Gnadenbild im Zentrum ist eine gotische Madonna von 1480. Das Ölgemälde am Magdalenen-Altar wird Bartolomeo Altomonte zugeschrieben. Die wenig bedeutenden Seitenaltäre entstanden Anfang des 18. Jahrhunderts.

Die reiche Kanzel wurde nach dem Entwurf von Remigius Horner geschaffen, die Figuren werden Josef Schokotnigg zugeschrieben. In der Vorhalle liegt links die Johannes-Nepomuk-Kapelle und rechts die schlichte Taufkapelle. Die romanische Annakapelle nördlich der Kirche wurde 1532 gotisch erweitert und 1730 umgebaut. Der Altar mit der heiligen Anna selbdritt stammt aus dem 17. Jahrhundert.

INFORMATION

Anreise: A 2 Abfahrt Hartberg; Pfarramt Pöllau bzw. Wallfahrtskirche Pöllauberg, A-8225 Pöllauberg

Öffnungszeiten: täglich geöffnet, Führungen nur nach Vereinbarung

Veranstaltungen: Im Sommer finden in der Wallfahrtskirche Kirchenkonzerte statt.

Kultur und Freizeit: Der nahe Naturpark Pöllauer Tal ist mit 100 Kilometer markierten Wegen ein Paradies für Wanderer; Stift Vorau (siehe Seite 233); Schloß Herberstein mit See, Tierpark und Buschenschank

Pustritz

Auf einem kleinen Hügel am Südosthang der Saualpe in Kärnten steht die Pfarrkirche Maria Heimsuchung von Pustritz, vom Benediktinerstift St. Paul im Lavanttal gegründet. Noch heute befindet sich die Kirche in Stiftsbesitz.

Geschichte

Im 15. und 16. Jahrhundert, zur Zeit der Türkeneinfälle, werden alle Kirchen des Saualpengebietes als Wehrkirchen gebaut oder zumindest in wehrhaften Zustand versetzt. Die Pustritzer Kirche erhält eine Wehranlage mit Ringmauer. 1854 wird das Kirchenschiff des um 1430 begonnenen gotischen Baues mit einem Tonnengewölbe ausgestattet.

Sehenswürdigkeiten

Nur geringfügig überragt der Westturm das im Kern noch romanische Gotteshaus. Durch einen Triumphbogen blickt man in das eindrucksvolle Presbyterium, das merkwürdigerweise mit einem deutlichen Knick nach Süden an das Langhaus anschließt und nach einer Bauunterbrechung erst nach 1500 entstanden sein dürfte. Der prachtvolle Altarraum mit seinem Sternrippengewölbe und dem mächtigen Altaraufbau überrascht in diesem schlichten Bau. Der Hochaltar aus schwarz und golden gefaßtem Holz trägt in seinem zweistöckigen Aufbau reichen figuralen Schmuck mit gewundenen Säulen. Im Zentrum das Gnadenbild, die Madonna auf der Mondsichel (um 1500), das auch heute noch von zahlreichen Wallfahrern verehrt wird. Ihr zur Seite Benedikt und Johannes der Täufer.
Im Kirchenschiff ist noch die hervorragende spätgotische Schnitzfigur des heiligen Andreas zu erwähnen (Ende des 15. Jahrhunderts).

Information

Anreise: A 2 Abfahrt St. Andrä, B 70 Abfahrt Pustritz; Pfarramt Pustritz, A-9104 Pustritz

Öffnungszeiten: Eine Besichtigung der Kirche ist immer möglich, gegebenenfalls liegt der Schlüssel bei der Nachbarin zur Abholung.

Kultur und Freizeit: Stift St. Paul (siehe Seite 188), Griffen (siehe Seite 65)

Ranshofen

Etwa drei Kilometer südlich von Braunau am Inn liegt das ehemalige Augustiner-Chorherrenstift Ranshofen. Von den Stiftsanlagen ist so gut wie nichts erhalten, sehenswert sind die ursprünglich romanische, später barockisierte Kirche sowie der spätgotische Karner.

Geschichte

Bereits im 8. Jahrhundert entsteht zu „Rantesdorf" eine herzogliche und seit Ludwig dem Deutschen 831 eine kaiserliche Pfalz. 898 gründet Kaiser Arnulf die Pfalzkapelle zum heiligen Pankraz, der eine Art Kollegiatstift angeschlossen ist. 1125 begründet der bayerische Herzog Heinrich der Schwarze in Ranshofen ein reguliertes Augustiner-Chorherrenstift, das Passau unterstellt ist. Ein Frauenkloster und ein Armenhospiz werden dem Stift angeschlossen. Die Schreibschule des Stiftes bringt prachtvolle Handschriften hervor (Ranshofener Bibel; Evangeliar aus dem 12. Jahrhundert). Im 13. Jahrhundert brennt das Stift mehrfach nieder, im 14. Jahrhundert erhält es das Dorf Ranshofen samt Gerichtsbarkeit übertragen. Im 16. Jahrhundert wird die Kirche neu gebaut, im 17. Jahrhundert kommen die Stiftsanlagen dazu. Aufgrund des allgemeinen Niederganges durch die Kriegsereignisse der Napoleonischen Zeit befiehlt die Verwaltung des Innviertels schließlich die Aufhebung des Stiftes.

Sehenswürdigkeiten

Von der ursprünglichen Dreihofanlage der Klostergebäude hat sich praktisch nur der Prälaturflügel südlich der Kirche erhalten. Er wurde 1634 erbaut. Die ehemalige Bibliothek zieren reicher Stuck und Fresken.

Von außen erscheint die barockisierte gotische Staffelkirche St. Pankraz, heute Pfarrkirche, eher unscheinbar, der Innenraum jedoch erstrahlt in barocker Pracht. Der gesamte Chorschluß wird von dem überaus üppigen Hochaltar von 1698 ausgefüllt (Altarblatt von Johann Kaspar Sing). Die Altarblätter der sechs Seitenaltäre stammen von Johann Philipp Ruckerbauer. Sehenswert sind auch die Kanzel mit figuralem Schmuck und das hervorragende Chor- und Kirchengestühl.

An das nördliche Seitenschiff angebaut ist die Rosenkranzkapelle aus dem frühen 16. Jahrhundert, die später barockisiert wurde. Die Friedhofskapelle, der ehemalige Karner, ist ein gotischer polygonaler Bau von 1337 mit Spitzbogenportal und Sternrippengewölbe.

Wallfahrtskirche Pöllauberg

Stift Reichersberg am Inn

Stift St. Lambrecht

Benediktinerkloster St. Paul im Lavanttal

St. Paul im Lavanttal – Bibliothek

Friedhof St. Peter

St. Peter – Eingang zu den Katakomben

Stift St. Florian – Westfront

Stift St. Florian – Flugaufnahme

Stift St. Florian – Deckenfresko des Marmorsaals

INFORMATION

Anreise: von Salzburg: B 156 Richtung Braunau, Abfahrt Ranshofen; von Wien: A 8 Abfahrt Ort, B 148 Richtung Braunau, Abfahrt Ranshofen; Pfarramt Ranshofen, Wertheimerplatz 4, A-5282 Braunau am Inn

Öffnungszeiten: Die Kirche ist täglich geöffnet.

Restauranttip: Gasthof Alter Weinhans in einem gotischen Haus mit mittelalterlichen Gewölben in Braunau

Kultur und Freizeit: Braunau mit teilweise gotischem Stadtkern (Stadtplatz, Glockengießerhaus, Pfarrkirche und Bürgerspitalkirche).

Reichersberg am Inn

Auf einem Hügel über dem grünen Inntal erhebt sich das eindrucksvolle Augustiner-Chorherrenstift. Zwei große Landesausstellungen 1974 und 1984 brachten dem Stift neben umfangreichen Renovierungen auch einen Bekanntheitsgrad, wie wohl noch nie in seiner 900jährigen Geschichte.

Geschichte

Wernher von Reichersberg und seine Gemahlin Dietburga übergeben um 1084 auf den Rat des Salzburger Erzbischof Gebhard, des Bruders Dietburgas, den gesamten Besitz an Augustiner-Chorherren aus Salzburg, obwohl die Burg eigentlich im Einflußbereich des Bistums Passau liegt. Schwierig gestalten sich die Anfänge der Gründung: Dreimal vertrieben und wieder hierher zurückgekehrt, können die Konventualen erst nach geraumer Zeit ein ordentliches Gemeinschaftsleben aufbauen. 1126 weiht Erzbischof Konrad I. von Salzburg die Stiftskirche dem heiligen Michael. Reichersberg ist immer ein eher armes Kloster. Immerhin bringt der dritte Propst, Gerhoch von Reichersberg, im 12. Jahrhundert dem Stift eine wenn auch bescheidene wirtschaftliche Blüte. Gerhochs eigentliche Bedeutung liegt aber in seiner wissenschaftlichen Tätigkeit. Der Patristiker und Geschichtsschreiber ist auch Ratgeber mehrerer Päpste. Unter seinen Nachfolgern wird auch eine Brauerei eingerichtet. Die Reformationszeit übersteht Reichersberg erstaunlich gut, doch hat es unter den Bauernkriegen und unter Türkeneinfällen zu leiden. Dem Brand von 1624 fällt das ganze Stift zum Opfer, auch die gesamte Bibliothek mit Ausnahme des Archivs wird vernichtet. Der Neubau des Stifts erfolgt etappenweise im Lauf des 17. Jahrhunderts.
In den Tagen der Franzosenkriege erleidet das Stift abermals Verluste, mehrmals dient es als Lazarett. In der NS-Zeit wird Reichersberg zwar nicht aufgehoben, doch wird eine Fliegerschule hier untergebracht.

Sehenswürdigkeiten

Man betritt die Zweihofanlage des Stiftes von Westen durch einen von Wirtschaftsgebäuden umgebenen Torturm mit laternengeschmücktem Turmhelm. Diese Wirtschaftsgebäude bilden auch die Umrahmung etwa der Hälfte des erstaunlich weitläufigen, nahezu rechteckigen Hofes. Mit einem kleinen Runderker mit Zwiebelturm an beiden Seiten beginnen die eigentlichen Stiftsgebäude mit hofseitig doppelgeschossigen Arkaden, im Nordtrakt im Obergeschoß Säulen, im Südtrakt Pfeiler. Im Zentrum des Hofes steht ein eindrucksvoller Marmorbrunnen

(1694–1697). Gregor Götzinger führte die Steinmetzarbeit aus und Bernhard Michael Mandl die Ornamente und die heiter geschwungenen Delphinkörper. Die Metallplastik des heiligen Michael stammt von Thomas Schwanthaler. Der Zugang zur Stiftskirche befindet sich in der Nordostecke des Hofes. Der Neubau der heutigen Kirche erfolgte nach dem großen Brand, die Einrichtung stammt aus dem 18. Jahrhundert. Nach einem Einsturz 1774 wurde der Turm etwas nach Westen versetzt, wodurch sich die Möglichkeit zum Einbau einer Orgelempore ergab. Durch eine kleine Vorhalle mit prunkvollem Eingangsgitter gelangt man in das einschiffige Langhaus. Der Hochaltar fügt sich unaufdringlich in die Apsiswölbung, das Altarblatt (Engelssturz) ist eine Kopie nach Rubens.

Nach 1624 wurde zuerst mit dem Neubau der Konventgebäude um den Kreuzhof begonnen. In der Südecke zwischen großem und kleinem Hof das Sommerrefektorium mit polygonalem Vorraum, von Carlo Antonio Carlone 1691 erbaut und von Giovanni Battista Carlone mit Fruchtgirlanden, Putten und Propstwappen stuckiert. Der völlig ummauerte Kreuzgang mit der ehemaligen Prälatengruft ist vor allem wegen der zahlreichen Grabsteine und Epitaphe interessant. An der Südseite schließt sich die von Johannes Schöpf (1771) prächtig freskierte Bibliothek an. Im großen Stiftshof zwei besonders schöne festliche Räume, im Südtrakt der Festsaal (auch Augustinus- oder Sommersaal genannt) mit Freskenschmuck von Johann Abert (1695); der Bayerische Saal im Fürstentrakt, ein vor allem in der Farbgebung äußerst überzeugender, reich freskierter Saal. Die anschließenden Räume gehören heute zum Bildungshaus.

Information

Anreise: A 8 Innkreisautobahn Abfahrt Ort im Innkreis/Reichersberg; Stift Reichersberg am Inn, A-4981 Reichersberg am Inn 1

Öffnungszeiten: Führungen von Allerheiligen bis Ostern sonntags und mittwochs um 15 Uhr, von Ostern bis Allerheiligen täglich um 15 Uhr, sonst nur für Gruppen gegen Voranmeldung

Veranstaltungen: Kurse und Bildungsveranstaltungen, Ausstellungen und Konzerte

Einkaufen: Eine große Auswahl klösterlicher Produkte gibt es im Klosterladen und in der Vinothek.

Restauranttip: Von dem von uralten Linden überdachten Gastfarten des Bräustüberls genießt man einen weiten Ausblick über die Innauen ins bayerische Land.

Kultur und Freizeit: Stift Reichersberg veranstaltet u.a. eine fünftägige Kulturerlebnisreise zu Oberösterreichs Stiften mit Übernachtung im Stift Reichersberg und Führungen in den Stiften Lambach, Schlägl, Kremsmünster, Schlierbach, St. Florian sowie einer Schiffahrt auf dem Inn. Reichersberg bietet außerdem reichhaltiges Kursangebot und Gästezimmer.

Rein

Das Zisterzienserstift Rein-Hohenfurt, eine gewaltige Vierhofanlage, liegt nordwestlich von Graz am Fuße des Ulrichsberges. Es besteht seit dem 12. Jahrhundert und ist daher das älteste – mit Ausnahme der Jahre von 1941 bis 1945 – ununterbrochen bestehende Zisterzienserkloster der Welt.

Geschichte

Um 1122 erbt Markgraf Leopold I. das Gut Rein und verspricht dort ein Kloster zu gründen. Schon 1140 kann die romanische Basilika geweiht werden. Mehrere große Schenkungen versehen das Kloster mit reichem Grundbesitz. Die Mönche beginnen mit der Kultivierung der noch unbesiedelten Waldgebiete, gründen die Salzgewinnung in Alt-Aussee und erbauen 1164 das erste Kaufhaus in der nahen Stadt Graz.

Vor allem der Fleiß der Mönche macht Rein zu einer der größten Grundherrschaften des Landes, von besonderer Bedeutung ist die beachtliche Größe des Waldbesitzes. Die Zeit der Reformation, vor allem aber die Schäden eines verheerenden Türkeneinfalles von 1480, bedingen umfangreiche Neu-, Um- und Ausbauarbeiten.

Der Aufhebung unter Kaiser Joseph II. entgeht Rein, muß sich aber völlig der Pfarrseelsorge widmen. 1941 wird Stift Rein von der Gestapo beschlagnahmt und 1942 enteignet. 1946 ziehen die Patres wieder ein. 1978 wird ein öffentliches Gymnasium in den Räumen des Stiftes eröffnet. Am 4. Oktober 1979 erfolgt die Erhebung der Stiftskirche zur Basilika minor von Papst Johannes Paul II. (als dritte Kirche nach Seckau und Mariazell in der Steiermark).

Sehenswürdigkeiten

Die Stiftskirche hat eine reich gegliederte Fassade. Über dem Hauptportal steht in einer Nische die Statue des heiligen Bernhard, von zwei Engeln flankiert. Durch die drei Portale gelangt man in eine Eingangshalle, über der sich der Orgel- und Mönchschor befindet.

Die einheitliche Kirchenausstattung stammt aus der Bauzeit. Der gesamte Innenraum wurde mit bemerkenswerten Fresken von Josef Adam Mölk ausgestattet. Den Säulenhochaltar mit den ausdrucksvollen Statuen von Zacharias, David, Abraham, Simeon und der Heiligen Dreifaltigkeit schuf Jakob Peyer, das Altargemälde Geburt Christi mit Anbetung

der Hirten malte der Kremser Schmidt 1779. Es ist das ehemalige Hochaltarbild aus Straßengel, das 1819 hierher versetzt wurde.
Von Joseph Altomonte stammen die Bilder am Bernhard- und Benedikt-Altar ebenso wie auch die meisten Gemälde in den Kapellen.
Vom Presbyterium gelangt in eine Kapelle, in der sich das bedeutendste Grabmal der Steiermark befindet, die Grabstätte des Herzogs Ernst des Eisernen (gestorben 1424) und seiner ersten Gattin Margaretha von Pommern (gestorben 1410). Der vorzügliche Epitaph ist eine Salzburger Arbeit (um 1425). Die Grabplatte aus rotem Salzburger Marmor stellt den Herzog dar.
Die Prälatur in der Südostecke des Stiftshofes mit der Kreuzkapelle: 1406 bis 1409 erbaut, zählt sie zu den besten Werken des „weichen Stils“ der Gotik in der Steiermark.
Über dem Hauptportal des Stiftes liegt der durch zwei Geschosse gehende Huldigungs- und Thronsaal, dessen Fresko-Bilder und Architekturmalerei von Jospeh Altomonte stammen.
Zu den großen Schätzen der Bibliothek mit fast 100 000 Bänden zählt ein prachtvolles Missale, das unter Abt Wolfgang 1492/93 im Reiner Skriptorium entstanden ist, sowie besonders schöne Werke der Bucheinbandkunst. Sie sind im Schauraum ausgestellt.

INFORMATION

Anreise: A 9 Abfahrt Gratkorn, Richtung Gratwein und Rein; Stift Rein, A-8103 Rein 1

Öffnungszeiten: Die Kirche ist täglich geöffnet, Führungen durch das Stift an Sonn- und Feiertagen um 15 Uhr sowie nach Voranmeldung.

Restauranttip: Stiftstaverne der Familie Bertels; Fischerwirt in Gratwein

Kultur und Freizeit: Aufführungen von alter Musik im Stift; Wallfahrtskirche Maria Straßengel am Frauenkogel ist schon seit fast 1000 Jahren eng mit Stift Rein verbunden. Das Wahrzeichen von Straßengel ist der gotische Hauptturm mit filigraner Steinmetzarbeit. Die 1978 hergestellte Kopie des 1976 gestohlenen Originals des Gnadenbildes Maria im Ährenkleid war eine Kopie eines steirischen Meisters von 1430 und war damit das früheste nachweisbare Beispiel des weit verbreiteten Gnadenbildes das Mailänder Domes, die Jungfrau im Ährenkleid. Freilichtmuseum in Stübing; Lipizzanergestüt Piber; Bärnbach mit der von Friedensreich Hundertwasser umgestalteten, bunten Kirche.

St. Florian

Das Augustiner-Chorherrenstift sechs Kilometer südlich von Linz ist ein Gesamtkunstwerk von größter Einheitlichkeit. Ebenso wie Melk und Klosterneuburg ist es nicht nur dem Lob des Himmels geweiht, sondern in barocker Diesseitsfreudigkeit auch als Palast irdischer Fürsten konzipiert.

Geschichte

Das Stift St. Florian verdankt seinen Namen jenem römischen Märtyrer, der im Jahr 304 wegen seines christlichen Glaubens in der Enns ertränkt wurde. An seiner ersten Begräbnisstätte entwickelt sich ein Wallfahrtsort und daraus im Lauf der Zeit ein Kloster. Die Baukontinuität reicht jedenfalls in das 4. Jahrhundert zurück. Die ersten schriftlichen Nachrichten stammen aus der zweiten Hälfte des 8. Jahrhunderts. Bischof Altmann von Passau übergibt 1071 das bereits bestehende Kloster den Augustiner Chorherren. Zu dieser Zeit entsteht auch die romanische Stiftskirche und nach dem Brand von 1235 die gotische Anlage.

Unter Propst David Fuhrmann kommt es zu einem kompletten Neubau von Stift und Kirche. Das Bauprojekt fällt in die Zeit der Hochblüte des Barock und braucht siebzig Jahre bis zur Fertigstellung. Carlo Antonio Carlone aus der Mailänder Baumeisterfamilie erstellt den Gesamtplan und baut die Stiftskirche sowie einen Teil der Stiftsgebäude. Der Tiroler Jakob Prandtauer zeichnet für die Westfront samt Portal, die Gestaltung des Stiegenhauses und den Marmorsaal verantwortlich. Auch das Sommerrefektorium und das hübsche Jagdschlößchen Hohenbrunn sind Arbeiten von seiner Hand. Die ungeheure barocke Ausbauphase erfährt unter Joseph II. eine abrupte Gegensteuerung: Zwar wird das Stift nicht aufgehoben, muß aber große Besitzverluste hinnehmen, um seinen Weiterbestand zu sichern.

Die wissenschaftliche Leistung ist im 19. Jahrhundert vor allem auf dem Gebiet der Geschichtsschreibung bedeutend (Florianer Historikerschule), die musikalische Tradition (Sängerknabenkonvikt) erfährt ihren Höhepunkt in der Person des „Musikanten Gottes“ Anton Bruckner. Berühmt wurde auch die mittelalterliche Buchmalerei und die Klosterschule.

Von 1941 bis 1945 wird das Stift enteignet und erst 1949 wieder an die Chorherren zurückgegeben.

Sehenswürdigkeiten

Die Stiftsanlage – in wunderbarer Übereinstimmung mit lokaler Bautradition praktisch aus zwei gewaltigen Vierkantern bestehend – bietet dem von Westen kommenden Besucher eine eindrucksvolle, 204 Meter lange Fassade, an deren nördlichem Ende die Kirche liegt. Die praktisch als Neubau von Carlo Antonio Carlone

errichtete Kirche gilt als sein Hauptwerk und verrät Carlones Annäherung an die Mutterkirche der Jesuiten in Rom, Il Gesù, praktisch der Urtypus des barocken Kirchenbaues.
Man betritt die Kirche durch eine zwischen den Türmen liegende und durch ihre Leichtigkeit überraschende Vorhalle. Der überwältigende Kirchenraum von „dröhnender Pracht“ läßt den Blick nirgends ruhig verweilen, sodaß die Aufmerksamkeit des Betrachters ganz auf den Hochaltar gelenkt wird. Riesenhafte Halbsäulen stützen das Gebälk, die Oratorien springen logenartig in den Raum vor. Über der gemalten Scheinarchitektur öffnet sich der farbig leuchtende Barockhimmel – die Innenarchitektur strebt den Theatereffekt bewußt an.
Der Hochaltar aus rotem Salzburger Marmor ist ein dreistöckiger Aufbau von Giovanni Battista Colomba (1683–1690). Die wenig eindrucksvollen Statuen von Johannes dem Täufer, Florian, Augustinus, Sebastian, Katharina, Josef, Leopold, Barbara sowie David und das Wappen von Propst David Fuhrmann stammen von Giuseppe Boni, das Altarblatt (Mariä Himmelfahrt) von Giuseppe Ghezzi. Den wunderbarsten Anblick der Kirche gewährt ein Blick gegen die große Orgel (auch Bruckner-Orgel genannt), auf der Anton Bruckner seine (nicht aufgezeichneten) Improvisationen erklingen ließ.
Unter dem Langhaus der Kirche liegt die Gruft. In der Vorhalle eine Anzahl gotischer und barocker Grabsteine, noch aus der alten Kirche stammend. Unter der Orgel, am Ende der Gruft, auf einem Sandsteinsockel der schlichte Sarg Anton Bruckners (1824–1896). An der Rückwand der Gruft die Gebeine von mehr als 6000 Toten, die bis 1250 in einem kleinen Friedhof ruhten, welcher dem gotischen Kirchenbau weichen mußte.
In der Krypta unter dem Hochaltar sind noch bescheidene Reste der romanischen Kirche zu finden. Hier sind auch die Särge der legendären Witwe Valeria (die den Leichnam des heiligen Florianus barg) und der aus St. Florian stammenden Klausnerin Wilbirg zu sehen, die nach 41 Jahren Einmauerung in ihrer Klause neben dem Kloster 1289 verstarb.
Die Stiftsgebäude sind um drei Höfe angeordnet. Die Westfassade ist relativ wenig gegliedert, sie wird allein durch den Bläserturm belebt, einen Torturm mit achtseitigem Obergeschoß und Kuppelhelm. Das von Jakob Prandtauer entworfene Portal mit figuralem Schmuck bindet in bemerkenswerter Weise die beiden Obergeschosse mit ein und gewährt einen hübschen Durchblick auf den Springbrunnen im Hof.
Die Durchfahrt wurde von Carlone begonnen und von Prandtauer vollendet. Der große Innenhof zählt zu den schönsten Schöpfungen des süddeutschen Barock. Während der nördliche Flügel noch einer älteren Bauperiode um 1630 entstammt, wurden die übrigen drei Seiten zu Beginn des 18. Jahrhunderts errichtet.
Vom Adlerbrunnen aus hat man einen schönen Blick auf das Äußere des siebenachsigen Treppenhauses, die letzte Arbeit Carlones, der 1708 starb. Die Fortsetzung der Arbeit übernahm Prandtauer, das Rankenwerk der Log-

gien schuf Giovanni Battista Bianco. Links und rechts von der Toröffnung führt je eine Treppe in den Kaisergang. Arkaden, die von Pilastern getrennt werden, schmücken diese Prunktreppe.

Der zweite Stock des Westflügels wird von den 16 großen und kleinen Kaiserzimmern eingenommen, Kaiserzimmer standen in allen bedeutenden Klöstern zur Verfügung. St. Florian beherbergte aber nach ihrer Fertigstellung nur 1732 und 1743 kaiserliche Gäste, obwohl Ende des 17. Jahrhunderts oft Mitglieder der Kaiserfamilie in St. Florian geweilt hatten. 1782 war Papst Pius VI Gast im Stift. In den Bruckner Gedenkzimmern kann man den bescheidenen Hausrat Bruckners besichtigen, der nach seinem Tode 1896 hierher gebracht wurde.

Das zweite und dritte Geschoß des Südflügels nimmt zur Gänze der Marmorsaal ein, das weltliche Gegenstück zur Kirche und Prandtauers Meisterwerk (1718 entworfen). Die ungeheuren Dimensionen (30 Meter lang, 15 Meter breit, 15 Meter hoch) setzen die Freude und überströmende Dankbarkeit über die endgültige Besiegung der Türken in eine Raum gewordene Siegesfeier um. Der feierliche Zusammenklang der Farben mit dem Hauptton Rot-Weiß-Rot läßt den Saal als eine Ehrenhalle Österreichs erscheinen, die von den unterschiedlichsten allegorischen Gestalten mit Segens- und Friedenswünschen bevölkert wird.

Der Ostflügel beherbergt die Stiftsbibliothek, von 1745 bis 1751 von Johann Gotthard Hayberger errichtet. Das Thema des Deckenfreskos von Bartolomeo Altomonte ist die Verbindung von Tugend und Wissenschaft. Die Bibliothek besitzt über 800 Handschriften, die in ihren ältesten Exemplaren bis ins 9. Jahrhundert zurückreichen, mehr als 800 Inkunabeln und etwa 135.000 Bände.

Die Kunstsammlungen beinhalten überaus wertvolle Schätze, darunter in erster Linie die 14 Tafeln des Sebastian-Altares von Albrecht Altdorfer, einem Seitenaltar der gotischen Kirche. Sie zählen zu den berühmtesten Schöpfungen der Kunst der Donauschule.

INFORMATION

Anreise: A 1 Abfahrt St. Florian; Stift St. Florian, Stiftstraße 1, A-4490 St. Florian

Öffnungszeiten: Die Räumlichkeiten des Stiftes sind nur im Rahmen einer Führung zu besichtigen: von 1. April bis 31. Oktober.

Restauranttip: Stiftsrestaurant Kellerstüberl mit herrlichem Gastgarten im Stiftshof. Direkt unterhalb des Stiftes liegt der traditionsreiche Landgasthof Zur Kanne.

Kultur und Freizeit: Freilichtmuseum Sumerauer Hof, Jagd- und Fischereimuseum im Jagdschloß Hohenbrunn, Stift Wilhering (siehe Seite 241). Auf dem Pöstlingberg (537 m) am Rande von Linz steht die barocke Wallfahrtskirche zu Ehren der Sieben Schmerzen Mariä. Von hier genießt man einen schönen Ausblick auf die Stadt.

St. Florian – Bruckner-Orgel

Stift Schlägl

Stift Schlägl – Bibliothek

Kloster Säben

Stift Schlierbach – Bibliothek

Stift Schlierbach – Stiftskirche

Basilika Sonntagberg

Stift Seitenstetten

Stift Seitenstetten – barocke Monstranz

Stift Seckau – Stiftskirche

Wien – Schottenstift mit Freyung

Stift Stams im Inntal

St. Lambrecht

Weitab von Hauptverkehrsstraßen, im Grenzgebiet zwischen Kärnten und der Steiermark in der Nähe von Neumarkt in der Steiermark, liegt das Benediktinerstift St. Lambrecht. Mit der Stiftskirche hat St. Lambrecht die größte gotische Hallenkirche der Steiermark und mit der Peterskirche, etwas oberhalb der Abtei gelegen, eine zweite bedeutende Sehenswürdigkeit.

Geschichte

1066 steht hier schon die Kirche des heiligen Lambert im Walde, um 1076 beginnt Graf Markward von Eppenstein ein Kloster zu bauen. Sein Sohn Heinrich III. von Kärnten erreicht die kaiserliche Bestätigung seines Hausklosters und ergänzt 1103 die Stiftung des Benediktinerklosters durch Schenkungen. 1144 besiedeln Lambrechter Mönche Kloster Altenburg in Niederösterreich, und bald danach gründen sie Mariazell. Die romanische Abteibasilika wird 1160 geweiht, im 13. Jahrhundert zerstören Brände Kirche und Kloster, im 14. und 15. Jahrhundert entsteht die heutige gotische Hallenkirche. Anfang des 15. Jahrhunderts bauen die Mönche westlich vom Stift, angeblich auf den Ruinen der Markwardschen Burg, ein Schloß, das zuerst als Abtwohnung und später als Sitz einer philosophisch-theologischen Hauslehranstalt dient. Oberhalb der Bastei errichtet man 1424 die Peterskirche.

Domenico Sciassia ersetzt die mittelalterlichen Klostergebäude durch einen barocken Neubau. Die Stiftskirche wird barockisiert, und 1730 wird das im Süden des Stiftshofes gelegene monumentale Portal gebaut. Die Hochblüte des Stiftes nimmt 1786 ein jähes Ende durch die Aufhebung durch Kaiser Joseph II. 1802 wird zwar das Stift von Kaiser Franz II. wiedererrichtet, aber es hat durch die Aufhebung große Teile seiner Besitztümer verloren und kann sich nur langsam erholen.

Das Schloß ist inzwischen zur Ruine geworden, nur der Bergfried und die Schloßkapelle können gerettet werden. 1938 wird St. Lambrecht unter der nationalsozialistischen Regierung als erstes österreichisches Kloster aufgehoben. 1945 kann der mühsame Wiederaufbau beginnen.

Sehenswürdigkeiten

Die Stiftskirche: Das ursprüngliche Aussehen der gotischen Hallenkirche hat sich an der Nord- und Ostseite ziemlich unverändert erhalten. Das Renaissanceportal in der schlicht gegliederten Fassade, von 1641 bis 1645 barockisiert, wird von zwei zwiebelgekrönten Türmen flankiert, die bis zur Höhe der Uhren noch aus romanischer Zeit erhalten sind. Das Portal schuf Domenico Sciassia, die Nischenfiguren der heiligen Martin und Nikolaus sind vom Ende des 17. Jahrhunderts.

In der Vorhalle findet sich rechts eine überlebensgroße Madonna auf der Weltkugel von Michael Hönel (dem Meister des Gurker Hochaltares), gegenüber ein Kruzifixus aus der Mitte des 14. Jahrhunderts. Das Innenportal von 1640 ziert eine Lambertusfigur von einem Schüler Michael Hönels. Hier sehen wir auch die Reste des gestuften romanischen Hauptportales, die 1975 zum Teil freigelegt wurden.

An der Südwand der Kirche sind Fresken aus dem 14. Jahrhundert erhalten geblieben: die monumentale Figur des Christophorus (seine Beine wurden Anfang des 16. Jahrhunderts mit einem dreiteiligen Passionszyklus übermalt), rechts davon eine zierliche Darstellung der heiligen Agnes vom Ende des 14. Jahrhunderts, gegenüberliegend an der Nordwand das Fresko Thron Salomons.

Der dreigeschossige Stuckmarmor-Hochaltar reicht bis zum Gewölbe und wurde von Valentin Khautt 1632 errichtet. Sein Aussehen bestimmt das Altarblatt Mariä Himmelfahrt. Der silberbeschlagene Ebenholztabernakel steht jetzt in der Stiftssammlung. An der Altarrückwand findet sich ein Bild der Heiligen Dreifaltigkeit mit den Heiligen Benedikt und Scholastika mit Mönchen und Nonnen, gegen Mitte des 17. Jahrhunderts von Melchior Mayr gemalt. Neben dem Emmeram-Altar (rechts vom Hochaltar) hängt ein Fastentuch, in 56 Bildfelder aufgeteilt, mit Darstellungen des Alten und Neuen Testamentes, eine Arbeit um 1470 aus Veitsch.

Die Peterskirche: Sie wurde 1424 erbaut und diente als Spitals- und Pfarrkirche. Der figurenreiche, geschnitzte spätgotische Flügelaltar ist zu Beginn des 16. Jahrhunderts in einer Villacher Werkstatt entstanden. Im Schrein sehen wir das Holzrelief Letztes Abendmahl, die Flügelreliefs stellen Passionsszenen dar. Auf dem Friedhof befindet sich der Karner aus der Mitte des 12. Jahrhunderts, ein Rundbau mit zwölf romanische Fenstern (die Zwölfzahl der Apostel).

Das Schloß wurde um 1400 gebaut und verfiel nach 1786. Erhalten sind lediglich der sechsgeschossige Bergfried mit spätgotischen Fensterwänden sowie die Schloßkapelle. Der schön geschnitzte Flügelaltar wurde um 1520 von einer Villacher Werkstätte hergestellt. Im Schrein befindet sich eine vollplastische Darstellung der Marienkrönung, auf den Altarflügeln Reliefs aus dem Marienleben: Verkündigung, Geburt, Anbetung der Heiligen Drei Könige und Pfingstfest.

Die Stiftsanlage besticht durch ihre Einheitlichkeit sowie durch die gelungenen Proportionen ihrer Korridore. Die Prunkräume umfassen das Refektorium, den Kaisersaal, die Bibliothek und den Prälatensaal. Die nicht öffentlich zugängliche

Bibliothek, in der alle Holzflächen mit Emblemen und Landschaften reich bemalt sind, hat leider sehr reduzierte Bestände von nur mehr 30.000 Bänden und 150 Inkunabeln (ein Gutteil der Handschriften heute in Graz). In mehreren Räumen sind die sehenswerten Sammlungen des Stiftes untergebracht, darunter ein wunderschönes Gemälde der Strahlenkranzmadonna (um 1420), eine Madonna mit Kind aus Mariazell (um 1445) und viele andere gotische Tafelbilder und Plastiken, die zum Teil noch aus der alten Ausstattung des Stiftes stammen. Interessant ist auch die umfassende Vogelsammlung des Ornithologen Pater Blasius Hanf und die Volkskundesammlung von Pater Romuald Pramberger.

INFORMATION

Anreise: B 83 Abfahrt Neumarkt, Richtung Murau und St. Lambrecht; Stift St. Lambrecht, Hauptstraße 1, A-8813 St. Lambrecht

Öffnungszeiten: von Mitte Mai bis Mitte Oktober täglich geöffnet, im Winter Kurzführungen für Gruppen nach Voranmeldung

Restauranttip: Steirische Spezialitäten gibt es im Restaurant Strimitzhof in Neumarkt.

Kultur und Freizeit: Die steirische Holzstraße mit dem Holzmuseum in St. Ruprecht (geöffnet von Anfang April bis Ende Oktober), der größten Holzbrücke Europas in St. Georgen ob Murau sowie schöne Bauernhöfe.

St. Paul im Lavanttal

Das Benediktinerkloster St. Paul im Lavanttal liegt in beherrschender Lage hoch auf einer Kuppe über dem Tal. Mit zahlreichen Kunstschätzen, Ausstellungen und einer großen Bibliothek ist St. Paul ein kulturelles und geistliches Zentrum Kärntens.

Geschichte

Engelbert I., Sohn des Grafen Siegfried von Spanheim und der Richardis von Lavant, gründet innerhalb seiner prachtvollen Burg 1091 ein Kloster, das die Grabstätte der Spanheimer werden sollte. Die ersten zwölf Mönche kommen aus Hirsau in Schwaben. 1367 brennt das Kloster aus und muß neu gebaut werden.

Das heutige Aussehen des Stiftes geht weitgehend auf die Bautätigkeit des Abtes Hieronymus Marchstaller (1616–1638) zurück. Nach der Aufhebung 1782 siedeln sich 1809 Benediktiner aus St. Blasien im Schwarzwald im Kloster an, zwischen 1940 und 1945 wird das Stift aufgehoben. Heute leben und wirken hier wieder Benediktiner, die unter anderem das größte private Gymnasium Österreichs führen.

Sehenswürdigkeiten

Die große dreischiffige romanische Pfeilerbasilika mit schlichter Doppelturmfassade im Westen wurde vermutlich unter Abt Pilgrim (1159–1192) errichtet. Die drei unteren Geschosse der Westtürme sind romanisch, die darüber liegenden Geschosse wurden nach dem Brand von 1367 gotisch erneuert. Das westliche Trichterportal ist einheitlich frühgotisch, um 1260 entstanden. Das Lunettenrelief zeigt den segnenden Christus mit Schriftrolle, ihm zu Füßen kniet ein Abt und der heilige Paulus, neben ihm zwei Engel mit Rauchfaß und Kreuzstab.

Das Südportal wurde zu Beginn des 17. Jahrhunderts aus Teilen des romanischen Lettners errichtet. Das Bogenfeldrelief Epiphanie wird von zwei romanischen Atlanten aus dem zweiten Viertel des 13. Jahrhunderts getragen. An der Westfassade ein römerzeitlicher pyramidenförmiger Grabbauaufsatz mit dem Relief einer Sirene.

Das Kircheninnere ist reich geschmückt mit Fresken ab dem 13. Jahrhundert, darunter Darstellungen der Heiligen Dreifaltigkeit, Anna selbdritt, Heilige, Wappen und Blüten, aus der Hand von Michael Pacher und Friedrich Pacher. An der nördlichen Querhauswand das Stifterfresko von Thomas von Villach 1493.

Unter den Arkaden stehen der Stifter Engelbert von Spanheim und seine Gemahlin Hadwiga, sie wer-

den von den heiligen Katharina und Benedikt empfohlen. An der Ostwand befinden sich die Apostel Petrus und Paulus, über ihnen ist das Schweißtuch der heiligen Veronika, zwischen dem Rankenwerk ein quadratisches Feld mit dem Selbstbildnis des Malers Thomas.
An der nördlichen Querhauswand, hinter den Stiftern und unter den Wappen von St. Paul und Kärnten, kniet der Stifter des Wandbildes, Abt Jöbstl von Jöbstlberg. Unter dem spätgotischen Gemälde ein großes modernes Fresko, von Suitbert Lobisser 1931 gemalt, hinter dem Rokoko-Altar eine gemalte Schutzmantelmadonna von Lobisser, 1932.
Die Kapelle der heiligen Maria, die sogenannte Rabensteinerkapelle, befindet sich nördlich der Kirche und öffnet sich gegen die Sakristei. Sie wurde Ende des 14. Jahrhunderts erbaut, anstelle eines romanischen Vorgängerbaus. Der heute in der Kirche aufgestellte Grabstein der Rabensteiner von 1350 stammt vermutlich aus der romanischen Marienkapelle. Unter dem erhöhten Chor befindet sich die Gruft mit den Särgen von 13 Mitgliedern aus der unmittelbaren Familie des Rudolf von Habsburg, u.a. seiner Gemahlin Gertrude von Hohenberg, der Stammutter der Habsburger Elisabeth von Görz sowie Leopold III:
Die Stiftsgebäude sind hufeisenförmig angelegt. In den dem Hof zugewandten Seiten zeigen die Flügel zweigeschossige Laubengänge. An der äußeren Nordwestecke ein polygonaler Turm mit Pyramidendach (1626). Am Nordende des Westflügels das Sommerrefektorium mit Stuckdekor, die Deckenfresken malte Suitbert Lobisser (1932) sowie das Fresko Einzug der Hirsauer Mönche in St. Paul an der nördlichen Stirnwand, an der Südwand das Fresko Lager der Türken (1476). Von hier aus gelangt man in das sechseckige Turmkabinett mit Stuck von M. J. Pittner (1744) und barocken Fresken. Im Mittelmedaillon der Paulussturz, umgeben von sechs Grisaillen (Malereien in verschiedenen Grauabstufungen) mit Darstellungen aus dem Leben des Heiligen. Im Sommerrefektorium beherbergt das Stift eine der eindruckvollsten Kunstsammlungen aus China: Porzellan und Kunsthandwerk aus drei Jahrtausenden. Östlich des Sommerrefektoriums befindet sich das Frühstückszimmer mit sehr schönen Stuckarbeiten.
Die Bibliothek (1683) hat zwei Deckenfresken mit Darstellungen des nördlichen und des südlichen Sternenhimmels. Das Stift besitzt 4200 Handschriften und viele Prachteinbände, darunter die Ambrosius Pergamenthandschrift aus der zweiten Hälfte des 5. Jahrhunderts, das Reichenauer Sakramentar aus dem 10./11. Jahrhundert, ein ostenglisches Psalterium vom Ende des 13. Jahrhunderts, Inkunabeln sowie illustrierte Werke.
Im Obergeschoß des Westflügels 20 Säle der reichhaltigen Stiftssammlung mit bemerkenswerten Kassettendecken um 1620: urgeschichtliche und römerzeitliche Funde aus dem Lavanttal sowie jungsteinzeitli-

che und bronzezeitliche Keramik, eine umfangreiche graphische Sammlung sowie eine der bedeutendsten Gemäldesammlungen Österreichs mit Originalen von Rubens, Rembrandt, Van Dyck, Holbein, Kremser Schmidt usw. Zu den wertvollen kunsthandwerklichen Gegenständen des Stiftes gehören ein Elfenbeinrelief Himmelfahrt Christi und Christus in der Herrlichkeit aus der Metzer Schule um 900 sowie das Reliquienkreuz der Königin Adelheid von Ungarn (11. Jahrhundert), romanische Textilien, eine große Sammlung Augsburger Goldschmiedekunst, Möbel sowie Kunsthandwerk aus allen Epochen.

INFORMATION

Anreise: A 2 Abfahrt St. Andrä; Stift St. Paul im Lavanttal, Hauptstraße 1, A-9470 St. Paul im Lavanttal

Öffnungszeiten: Die Ausstellungen sind von Anfang Mai bis Ende Oktober täglich geöffnet.

Restauranttip: Das stimmungsvolle Gasthaus Poppmeier unterhalb des Klosters gilt als eines der ältesten Kärntens.

Kultur und Freizeit: Markt St. Paul mit einigen schönen Bürgerhäusern, die Ruine Rabenstein sowie die Wallfahrtskirche Maria Loreto mit der Schwarzen Muttergottes in St. Andrä.

St. Peter

Am Fuße des Mönchsberges, im Zentrum der Stadt Salzburg, liegt die Benediktiner-Erzabtei St. Peter, das älteste in ununterbrochener Tradition stehende Benediktinerkloster des deutschsprachigen Raumes. Architektur, Kunstwerke und die einmalige Lage am Fuße des Mönchsberges erzeugen eine einzigartige Stimmung.

Geschichte

Um 696 kommt der heilige Rupert mit seinen Gefährten in Salzburg an. Der Bischof von Worms Hruodpert (Rupert) baut auf dem Boden der römischen Ruinenstadt Juvavum eine klösterliche Niederlassung. Ab 739 gilt Salzburg als Bischofssitz, lokalisiert im Kloster St. Peter. 748/49 empfängt Abt Virgil die Bischofsweihe, er beginnt um 767 mit dem ersten Dombau und mit der Bekehrung der karantanischen Slawen. Unter den Erzbischöfen Arno (784–821) und Liupram (836–859) wird die Kirche des heiligen Rupert erweitert. Kunst und Wissenschaft erleben eine besondere Blütezeit, vor allem das Skriptorium produziert illuminierte Handschriften von höchstem künstlerischem und literarischem Wert. 798 wird Salzburg zum Erzbistum erhoben.

Nach der Trennung des Klosters von der Diözese (um 987) leben die Erzbischöfe weiterhin im Kloster. Erst 1110 übergibt Erzbischof Konrad I. das Kloster den Mönchen und baut seine neue Residenz gegenüber dem Dom. Dadurch verschiebt sich der kulturelle, politische und geistige Schwerpunkt endgültig von St. Peter hin zum Dom.

Seit 1130 ist St. Peter ein Doppelkloster, die sogenannten Petersfrauen leben im heutigen Franziskanerkloster und unterstehen dem Abt. 1583 wird das Frauenkloster aufgelöst. Im 15. Jahrhundert wird die romanische Kirche mehrmals umgebaut; im 18. Jahrhundert wird sie barockisiert.

Seit dem 7. Jahrhundert gibt es in St. Peter eine Klosterschule, die man im 17. Jahrhundert zum akademischen Gymnasium erweitert. 1622 ist das Gründungsjahr der benediktinischen Universität Salzburg, an der St. Peter, bis zur Aufhebung 1810, maßgeblich beteiligt ist. 1924 beginnt Erzabt Petrus Klotz mit dem Aufbau der theologischen Fakultät und setzt damit den Anfang zur Errichtung der heute bestehenden Universität. 1941 bis 1945 wird zwar die Abtei unter dem nationalsozialistischen Regime aufgehoben, doch einige Mönche pflegen das Chorgebet in der Sakristei heimlich weiter.

Heute betreut das Stift vier Pfarren in Salzburg, betreibt Weinbau in Krems und Wien und besitzt mit dem Peterskeller eines der bekanntesten Restaurants der Stadt.

Sehenswürdigkeiten

Die einstige Rupertus-Kirche stand vermutlich an der Stelle der heutigen Kreuzkapelle. Nach dem Brand 847 wurde erst der jetzige Platz für die neue Kirche gewählt, von der nach dem Brand 1127 nur noch das Untergeschoß des Turmes übrigblieb. Die danach erbaute romanische Kirche – die heutige Stiftskirche – ist größtenteils noch erhalten. Die Fassade, die sich den umliegenden Gebäuden des Stiftshofes anpaßt, sticht nur durch die romanische Vorhalle, die um 1250 gebaut und 1757 barockisiert wurde, hervor. Die Nischenfigur des heiligen Rupert über dem Portal der Vorhalle wurde 1763 von Josef Anton Pfaffinger geschaffen. Den Giebel zieren die Statuen der Apostel Petrus und Paulus sowie der drachenbesiegende Jesusknabe.

Die dunkle Turmhalle, das sogenannte Paradies, wird durch ein prachtvolles Gitter mit Wappen des Abtes Beda Seeauer vom Kircheninneren getrennt. Das Kircheninnere gliedert sich in Mittelschiff, Seitenschiff und Querschiff und überwältigt durch seine lichte Höhe bei geringer Breite. Von 1775 bis 1777 wurde der ganze Kirchenraum mit zartem Rokoko-Stuck überzogen. Die Deckenfresken – Befreiung Petri durch den Engel, Schlüsselübergabe und Petrus schreitet über das Wasser – stammen von Franz Xaver König. Das rechte Langbild an den Seitenwänden, Kreuztragung Christi von Kaspar Memberger (1591), ist noch aus dem alten Dom, das linke Langbild Kreuzerhöhung schuf Antonio Solari, der Sohn des Dombaumeisters Santino Solari.

Die Hauptorgel von 1620, die sogenannte „Mozart-Orgel", trägt eine Uhr und ist mit den Statuen der heiligen Petrus, Rupert und Vitalis von Hans Waldburger geschmückt. Die neue Chororgel wurde 1996 nach venezianischem Vorbild von Franz Zanin erbaut.

Die Altarbilder der Seitenaltäre stammen großteils vom Kremser Schmidt. Der Hochaltar wurde von Johann Nepomuk Högler nach einem Plan von Lorenz Hörmbler errichtet. Er ist aus Salzburger Marmor und füllt die ganze Chorwand aus.

Im rechten Querschiff befindet sich der 1761 bis 1764 errichtete kleine Vitalis-Altar. Unter der Statue des heiligen Vitalis verbirgt sich hinter einem schönen Rocaillengitter sein Grab, die anderen Figuren stellen die Heiligen Beda und Anselm dar. Das Grabrelief des heiligen Vitalis neben dem Altar wurde 1497 von einem Meister Hans aus rotem Marmor geschaffen und gilt als die bedeutendste mittelalterliche Grabplastik Salzburgs. Der Heilige in Pontifikalkleidung steht auf Löwen. Aus seiner Brust wächst eine Lilie, die auf ein Wunder anspielt, das sich ereignete, als seine Heiligkeit angezweifelt wurde. Vitalis war der zweite Abt von St. Peter.

Der große Vitalis-Altar wurde von Johann Nepomuk Högler errichtet (1780–1782), Altar- und Aufsatzbilder sind vom Kremser Schmidt. Im linken romanischen Seitenschiff befindet sich die Veits- oder Marienkapelle. Sie wurde 1130 erbaut, 1319 gotisch umgestaltet und ist das älteste erhaltene gotische Bauwerk der Stadt Salzburg. Die aus Kunststein gefertigte Altarmadonna ist vom Anfang des 14. Jahrhunderts, die Apsisfresken sind von 1319.

Vom großen Stiftshof aus gelangt man in den zum Teil noch aus dem Mittelalter stammenden Peterskeller, der tief in die Mönchsbergwand eingegraben ist. An der Westseite des Stiftes, zum Festspielhaus hin, das Geviert des Collegium Benedictinum, 1925 durch den Stadtbaumeister Franz Wagner und den Kämpfer für modernes Bauen, Peter Behrens, errichtet (im Hof Fresken von Anton Faistauer).

Rechts vom Kirchenportal liegt im großen Stiftshof der Durchgang zum Petersfriedhof, Salzburgs älteste christliche Begräbnisstätte. Rechts befindet sich die 1170 romanisch erbaute Kreuzkapelle, die 1614 von Konrad Asper als Mausoleum des Salzburger Dompropstes Anton Graf Lodron umgebaut wurde. Von ihr steigt man in die romanische Ägydius-Kapelle empor, mit gotischen Freskendarstellungen der heiligen Maria, Dorothea, Rupertus und Ägyd. Die barocken Arkaden bergen Gräber vieler berühmter Salzburger.

Mitten im Friedhof steht die spätgotische Margarethen-Kapelle an der Stelle einer von Rupert errichteten kleinen Kirche. Die Katakomben, die in die Felswand gehauen sind, reichen bis ins 3. Jahrhundert zurück. Es sind frühchristliche Gebetshöhlen; die bisherige Bezeichnung als Katakomben ist zweifelhaft, da es nicht bewiesen ist, ob hier auch Leichenbestattungen stattgefunden haben.

Der Aufgang führt durch die Kommunengruft, wo sich Grabstätten von Marianne Mozart, Andreas Nesselthaler und Michael Haydn befinden. Über eine Treppe erreicht man die 1178 erbaute Gertrauden-Kapelle mit dem Fresko „Martyrium des Thomas Becket“ aus dem 15. Jahrhundert und einem Terrakottaaltar von 1862. Noch höher liegt die Maximus-Kapelle, in der einer Legende nach der heilige Maximus mit fünfzig Gefährten 477 den Märtyrertod erlitten haben soll.

Information

Anreise: St. Peter liegt im Zentrum von Salzburg. Abtei St. Peter, St. Peter-Bezirk 1, A-5010 Salzburg

Öffnungszeiten: Die Kirche und der Friedhof sind täglich geöffnet, Führungen durch das Stift (Bibliothek, Kreuzgang) nur auf Anfrage.

Restauranttip: Der verwinkelte Stiftskeller St. Peter ist vermutlich Salzburgs älteste Gaststätte und schon allein deshalb einen Besuch wert.

Kultur und Freizeit: Stift Nonnberg (siehe Seite 150), Wallfahrtskirche Maria Plain

SÄBEN

Als „heiliger Berg von Südtirol“ wird der Felshügel von Säben oft bezeichnet. Obwohl man die Abtei selbst nicht besichtigen kann, lohnt sich der etwa halbstündige Aufstieg von Klausen nach Säben.

Geschichte

Bereits im 6. Jahrhundert liegt auf dem Burgfelsen über der heutigen Stadt Klausen der Sitz eines Bischofs. Um 967 wird der Bischofssitz nach Brixen verlagert. Als die bischöfliche Burg 1535 abbrennt, ist sie dem Verfall preisgegeben. Eineinhalb Jahrhunderte später baut der Pfarrer von Klausen, Matthias Jenner, die Burgruine zu einem Kloster aus, das 1685 von fünf Benediktinerinnen vom Nonnberg in Salzburg besiedelt wird. In den Napoleonischen Kriegen wird Säben von den Franzosen eingenommen, während der bayerischen Herrschaft 1808 erneut geplündert und aufgehoben. Erst 1814, unter den Österreichern, dürfen die Schwestern zurückkehren. Während des Zweiten Weltkrieges wird die Klosteranlage durch eine Fliegerbombe beschädigt.

Sehenswürdigkeiten

Archäologische Untersuchungen brachten südlich der Ringmauer der Burganlage die Reste der alten frühchristlichen Bischofskirche (um 574) zutage, eine Saalkirche mit Querschiff und drei Apsiden. Auf der Spitze des Burgfelsens, der örtlichen Überlieferung nach um 600 von Bischof Ingenuinus erbaut, die Heilig-Kreuz-Kirche mit barocker Malerei von theatralischer Italianità. Die Klosterkirche wurde von Giovanni Battista Delai Ende des 17. Jahrhunderts errichtet. Etwas südlich der Kirche und der Konventgebäude die von Giacomo und Andrea Delai erbaute Liebfrauenkirche mit barocker Innenausstattung. Unmittelbar daneben die romanische Gnadenkapelle mit einer spätgotischen Gnadenstatue (um 1500).

INFORMATION

Anreise: A 22 Abfahrt Klausen-Grödental; Kloster Säben, I-39042 Klausen

Öffnungszeiten: Die Kirchen sind von Mai bis Oktober täglich geöffnet.

Restauranttip: Kreative und Südtiroler Küche gibt es im Gourmetrestaurant Zum Auenhaus an der Brixner Weinbergstraße.

Kultur und Freizeit: In Klausen: Pfarrkirche mit schönen gotischen Schnitzwerken. In der Loretokapelle befindet sich ein reicher Kirchenschatz an prachtvollen Paramenten, Gemälden, Schnitzwerken und Kultgerät. Neustift bei Brixen (siehe Seite 148)

Schlägl

Das obere Mühlviertel, auch heute noch ein wenig abgelegen und herb, war zu Beginn des 13. Jahrhunderts ein schwach besiedeltes Kolonisationsgebiet, das erst gerodet werden mußte. Der Name des Ortes und des Prämonstratenserstiftes weisen auf diese Tatsache hin.

Geschichte

Der Ministeriale des Bischofs von Passau, Chalhoch von Falkenstein, gründet zwischen 1202 und 1207 ein Stift, für das er Zisterzienser aus dem fränkischen Langheim gewinnen kann. Die Mönche finden sich jedoch in dem unwirtlichen Landstrich nicht zurecht und verlassen das Kloster, nachdem der Abt und ein Mitbruder an Entkräftung gestorben sind. 1218 versucht es Chalhoch erneut, indem er Prämonstratenser aus Osterhofen in Schlägl ansiedelt.

Die früheste Klosteransiedlung besteht nur aus einfachen Blockhütten, der Waldlage entsprechend. Die erste romanische Kirche aus Stein wird im späten 13. Jahrhundert eingeweiht. Der bedeutendste Bauherr des Mittelalters in Schlägl ist Propst Andreas I. (1444–1481). Er vergrößert die Stiftsbauten und läßt die Kirche im wesentlichen in ihre heutige Gestalt bringen. Nun gibt es auch erstmals eine eigene „Liberey“ im Kloster, eine Bibliothek.

Während der Reformationszeit kommt es in Schlägl zu einem Verfall in disziplinärer wie wirtschaftlicher Hinsicht. Nur mit Mühe kann der Weiterbestand gesichert werden. Vor allem während der Bauernkriege (1626) erleidet das Stift schwerste Schäden. Unter tüchtigen Pröpsten und Äbten setzt, vor allem nach 1626 unter Propst Martin Greysing (1627–1665), eine umfangreiche Bautätigkeit ein. Eine Serie von Bränden zerstört immer wieder Kirche und Klostergebäude, wobei vor allem jener von 1702 das gotische Geläute und den Kirchendachstuhl unwiederbringlich vernichtet.

Die Zeit der Napoleonischen Kriege mit Truppendurchmarsch und Silberablieferung bringt eine ziemliche Notlage für das Stift mit sich. Im 19. Jahrhundert erholt sich die wirtschaftliche Lage, um sich während der ersten Hälfte des 20. Jahrhunderts wieder zu verschlechtern, was noch durch die nationalsozialistische Enteignung des Stiftes 1941 und durch die russische Besetzung 1945 gefördert wird. In der Zeit nach 1946 erlebt Schlägl einen wirtschaftlichen Aufschwung und der Konvent eine personelle Blüte. Das Stift betreut heute 19 Pfarren und bietet mit den Wirtschaftsbetrieben (Forst, Brauerei, Restaurants, Beteiligung am Schilift Hochficht, eigenes E-Werk) vielen Menschen der Region Arbeitsplätze.

Sehenswürdigkeiten

Man betritt die Stiftsanlage von Norden. Das Kirchenportal in der südöstlichen Ecke des Hofes wurde von Johann Spaz geschaffen, 1654 vollendet: Der rote Adneter Marmor kontrastiert mit den Figuren aus weißem Untersberger Marmor. Das Innere der völlig in den Stiftskomplex eingebundenen Kirche Mariä Himmelfahrt überrascht durch seine ungewöhnliche Raumgestaltung. Die Kirche steigt, beginnend mit den sechs Stufen der kleinen Vorhalle, kontinuierlich bis zum Hochaltar an, der den Blick völlig auf sich zieht. Die Lichtführung vom Halbdunkel des Langhauses zum hellen, lichterfüllten Chor hin verstärkt weiter die Wirkung.

Das kunstvolle Chorgitter von 1635 ist eine besonders zarte, schöne Arbeit des Hofschmiedes Hans Walz aus Kremsmünster. Der aus Südtirol stammende Stiftsbildhauer Johann Worath (1609–1680) schuf die achteckige Kanzel. Die Stirnwände der Seitenschiffe sind geschmückt von zwei Altären mit Altarblättern von Bartolomeo Altomonte. Das Hochaltarbild von August Palme zeigt die Aufnahme Mariens in den Himmel (1850).

Die große Orgel stammt von Andreas Putz aus Passau (1634), daneben gibt es noch die Cantoriumsorgel und die Chororgel. Ein Spezialität in Schlägl sind Orgelkonzerte und Kirchenmusik auf zwei Orgeln.

Das Chorgestühl und die Altäre stammen aus der Zeit um 1740/50.

Die Veitskapelle und der Kreuzgang, die an die Kirche anschließen, stammen noch aus der Gotik. Noch älter sind die romanische Einsäulenkrypta sowie ein 1989/90 freigelegter Kapellenraum im untersten Stockwerk des Kirchturms mit Wand- und Deckenmalereien aus der Zeit um 1410.

In den Stiftsgebäuden besonders hervorzuheben ist die Bibliothek, ein 1830 bzw. 1859 nach dem Beispiel der Admonter Bibliothek eingerichteter neobarocker Raum. Sie umfaßt 240 spätmittelalterliche Handschriften, zahlreiche Inkunabeln und frühe Druckwerke, insgesamt etwa 60.000 Bände.

Im Ossttrakt des Klosters ist die Bildergalerie untergebracht. Der Raum entstand 1898 und zeigt eine Auswahl der etwa 500 Gemälde des Stiftes mit Werken von der Gotik bis ins 19. Jahrhundert. Besonders sehenswert sind die gotischen Tafelbilder Madonna auf der Rasenbank (1505) sowie die Ährenkleidmadonna von 1425. Die Porträtgalerie des Stiftes ist eine weitere Besonderheit: Seit 1802 werden nämlich alle Mitbrüder des Stiftes porträtiert. Derzeit umfaßt die Porträtgalerie etwa 170 Werke.

In der Prälatensakristei sind wertvolle Paramente, Abtstäbe und andere liturgische Geräte vom 15. bis 19. Jahrhundert zu sehen. Im ehemaligen Kapitelsaal ist dem Bildhauer Johann Worath (1609–1680) eine ständige Ausstellung gewidmet.

INFORMATION

Anreise: von Linz über B 127, von Passau über B 38 und B 127;
Stift Schlägl, A-4160 Aigen im Mühlviertel

Öffnungszeiten: vom 1. Mai bis 26. Oktober täglich außer montags

Veranstaltungen: Ein modernes Seminarzentrum im Stift bietet Raum für verschiedene Kurse. Sonderangebot: Urlaub im Kloster, Kloster auf Zeit. In den Sommermonaten finden in der Stiftskirche Chor- und Orgelkonzerte statt. Im ehemaligen Meierhof zeigt die Ausstellung Kultur.Gut.Oberes Mühlviertel Sehenswertes über Brauchtum und Geschichte der Region. Hier werden auch jährlich wechselnde Sonderausstellungen gezeigt.

Restauranttip: Schlägl besitzt eine Stiftsbrauerei. Schlägler Roggenbier (Österreichs einziges aus Roggen gebrautes Bier) und Mühlviertler Spezialitäten genießt man stilecht in den alten Brauereigewölben des Stiftskellers.

Kultur und Freizeit: Sehenswert sind die Filialkirche St. Wolfgang am Stein (2 km südwestlich von Schlägl) und die Wallfahrtskirche Maria Trost. Schlägl liegt am Fuße des Böhmerwaldes, einem Paradies für Wanderer und Radfahrer. Im Winter kann man am Hochficht (1338 m) schifahren.

Schlierbach

Im 14. Jahrhundert als Frauenkloster gegründet, zu Beginn des 17. Jahrhunderts in ein Männerkloster umgewandelt und von der großen Architektenfamilie Carlone im üppigen Barock neu aufgebaut, hat Stift Schlierbach eine wechselvolle Geschichte hinter sich. Heute ist das Zisterzienserstift Schlierbach im südlichen Oberösterreich neben seiner Architektur vor allem durch seine Käserei bekannt.

Geschichte

Im Jahr 1355 widmet Graf Eberhard V. von Wallsee seine Burg Schlierbach in ein Zisterzienserinnenstift um, in das Nonnen aus dem württembergischen Baindt einziehen. Das sparsam bestiftete Nonnenkloster erlischt 1556 und bleibt über fünfzig Jahre lang unbesiedelt. Im Zuge der Gegenreformation wird Schlierbach mit Patres aus dem steirischen Rein wiederbesiedelt. Der Neubeginn ist jedoch in den verfallenen Klostergebäuden schwierig. Ende des 17. Jahrhunderts wird mit dem Neubau des Klosters begonnen, für den die Baumeisterfamilie Carlone verantwortlich zeichnet. Der großzügig geplante Bau wird in relativ kurzer Zeit durchgeführt, was die Einheitlichkeit und Geschlossenheit der Anlage erklärt.

Die wirtschaftliche und kulturelle Blüte ist jedoch nicht von langer Dauer, und obwohl es in der josephinischen Zeit nicht aufgehoben wird, steht das Kloster lange am Rande des finanziellen Ruins. Seine Blütezeit erlebt Schlierbach erst in diesem Jahrhundert, vor allem unter Abt Alois Wiesinger (1917–1955). Eine Landwirtschaftsschule und ein Stiftsgymnasium werden eingerichtet, dazu kommen einige Betriebe wie die Käserei. Nach dem Zweiten Weltkrieg nimmt eine Glasmalereiwerkstätte hier ihren Betrieb auf. Erwachsenenbildungskurse und Seminare tragen ebenfalls zum Aufschwung von Schlierbach bei.

Sehenswürdigkeiten

Man betritt den eigentlichen Stiftsbereich durch ein Tor im Nordtrakt, über dem sich der massige, über 60 Meter hohe Abteiturm erhebt, ein Pendant zum Kirchturm. Im Abteiturm schöne Glocken aus dem 17. Jahrhundert, an der Spitze ein überlebensgroßes Bild des heiligen Bernhard von Clairvaux.

Der Kirchenhof bietet den Blick auf die Nordfassade der Kirche, die im

Westen und Osten in die Stiftsbauten eingebunden ist. Man betritt zuerst die Kirchenvorhalle, eher klein und dunkel, mit den beiden überlebensgroßen Statuen von Benedikt von Nursia und von Bernhard von Clairvaux. Angesichts der eher bescheidenen äußeren Erscheinung des Stiftes steht dem Besucher beim Eintritt in den Kirchenraum eine ästhetische Überraschung bevor. Der in relativ kurzer Bauzeit unter Abt Benedikt Rieger in den 1680er Jahren errichtete Bau wurde einheitlich ausgestaltet und ist somit eine der Hauptschöpfungen des österreichischen Barock um 1700.

Was aber den wirklich überwältigenden Raumeindruck ausmacht, ist weniger die schöne und großzügige Linienführung, sondern vielmehr die Überfülle und Prunkhaftigkeit der Stuckierung, wohl der reichsten des Landes neben Garsten. Der Stuck beschränkt sich nicht auf Fruchtgirlanden, Kartuschen, Stuckrahmen, Blattwerk und Putten, sondern weist dazu auch noch überlebensgroße Figuren auf, die zum Teil an den Pilastern der Seitenwände angebracht sind. Kein ruhiger Punkt bietet sich dem Auge, kaum ein Quadratzentimeter freier Wandfläche.

Der prachtvolle Hochaltar, ein dreistöckiger Aufbau mit gedrehten vergoldeten Säulen, entstand wohl nach einem Plan von Carlo Antonio Carlone. Der Katharinenaltar, dem schönsten und künstlerisch bemerkenswertesten Altar der Kirche, trägt ein hervorragendes Altarblatt von Johann Michael Rottmayr.

Von den Stiftsbaulichkeiten besonders zu erwähnen ist der schlichte Kreuzgang, der etwas unterhalb des Kirchenniveaus liegt. Die Wände schmücken stuckgerahmte Fresken mit Mariendarstellungen. Im nördlichen Gang die Marienkapelle befindet sich die berühmte Schlierbacher Madonna von 1330: Die überlebensgroße Figur der Gottesmutter im Stil des 14. Jahrhunderts hält in einer Hand das Kind, in der anderen die Traube als Symbol der Fruchtbarkeit und Gnade.

Der prächtigste Raum des Stiftes ist der Bernhardisaal im Nordosttrakt, ein barocker Festsaal von angenehm bescheidenen Dimensionen mit Spiegelgewölbe, einem prunkvollen Marmorkamin und Marmortüren. Trotz der relativ schweren Stuckierung wirkt der Raum nicht überladen. Die Spiegelfelder der Decke (zwei runde, ein rechteckiges) zeigen Fresken mit Bacchantinnen, gegenüber eine Dichterkrönung, den Triumph des Geistigen darstellend, sowie den österreichischen Triumph über die Türken, verbunden mit einer Huldigung an Apoll.

Ein besonderes Juwel ist die Bibliothek. Sie wurde an der Ostseite der Kirche abgetrennt vom übrigen Stiftsgebäude als letzter Bau 1712 errichtet. Die umlaufende Galerie ruht auf graziösen korinthischen Säulen; die Füllungen der Balustradengitter sind besonders schöne vergoldete Schmiedeeisenarbeiten. Die Bibliothek besitzt insgesamt 45.000 Bände, die „Barockbibliothek“ etwa 15.300 sowie etwa 100 Handschriften und 142 Inkunabeln.

INFORMATION

Anreise: A 9 Phyrnautobahn, Abfahrt Inzersdorf im Kremstal; Stift Schlierbach, A-4553 Schlierbach

Öffnungszeiten: Führungen durch Stift, Käserei und Glaserei in den Semesterferien im Februar sowie von Ostern bis 31. Dezember

Einkaufen: Im Stift gibt es sämtliche Schlierbacher Käse zum Mitnehmen, dazu Bier vom Stift Schlägl und Wein vom Stift Kremsmünster.

Restauranttip: Restaurant Stiftskeller im Ortszentrum von Schlierbach mit Kremstaler und Käse-Spezialitäten

Tips: Besichtigen Sie die Erste Österreichische Schaukäserei und verfolgen Sie die Entstehung des Käses von der Rohmilch bis zur Reife. Berühmt ist auch die Schlierbacher Glasmalerei, deren Werkstätten ebenfalls einen Besuch wert sind.

Schönbach

Die Landschaft des oberen Waldviertels verleiht der sehenswerten Kirche und Anlage Schönbach jenen Rahmen, in dem die künstlerischen Werte erst ihre volle Entfaltung finden. Wer Zwettl besichtigt, sollte nicht nur einen Abstecher zur Burg Rappottenstein unternehmen, sondern auch Schönbach in das Programm miteinbeziehen.

Geschichte

Der Markt Schönbach ist bereits in der Zeit der Spätgotik ein überaus beliebter Wallfahrtsort. Die Grafen Starhemberg, Herren auf Rappottenstein, errichten im 15. Jahrhundert eine Kirche für die Gnadenstatue Maria Rast. Als um 1570 der Einfluß des Luthertums so stark wird, daß lutherische Prediger die Pfarre übernehmen, kommt es zu einer Aufhebung der Wallfahrt.
1697 wird in Schönbach ein Hieronymitaner-Kloster gegründet und mit Mönchen aus Wallersee in Bayern besiedelt. Der Hieronymitaner-Orden steht den Habsburgern besonders nahe, vor allem der spanischen Linie (Karl V. hatte sich nach seiner Abdankung nach San Juste, ein Hieronymitaner-Kloster, zurückgezogen). So verwundert es nicht, daß schon bald nach dem großen Neuaufschwung der Wallfahrt auch Kaiser Leopold I. und seine verwitwete Stiefmutter Kaiserin Eleonore Magdalena Schönbach besuchen.
Bereits 1698 wird mit dem Klosterbau begonnen, doch im Jahr 1700 macht ein Großbrand einen Neubeginn der Bauarbeiten nötig. In der Mitte des 18. Jahrhunderts erhält die Kirche große Schenkungen. Das Kloster wird zwar unter Joseph II. nicht aufgehoben, sondern geht langsam und gleichsam unauffällig zugrunde. Der letzte Hieronymitaner-Pater stirbt 1828.

Sehenswürdigkeiten

Das ehemalige Kloster ist heute Pfarrhof, ein zwar weitläufiger, doch eher schlicht gestalteter Bau. Umso eindrucksvoller ist die spätgotische Pfarrkirche Maria Lichtmess, eine großartig angelegte Hallenkirche, 1450 bis 1457 errichtet. Der Hauptaltar ist der sogenannte Schönbacher Flügelaltar, ein spätgotisches Schnitzwerk, vermutlich um 1500 im süddeutschen oder fränkischen Raum entstanden. Da der Altar bis 1906 auf sehr ungewöhnliche Art in einen barocken Altar eingepaßt war, hat sich der Aufsatz nicht erhalten. Die fünf überlebensgroßen Schreinplastiken (Johannes der Täufer, Anna selbdritt, Madonna, Barbara, Katharina) werden von je vier Reliefs in den beiden Flügeln gerahmt, die die Marienlegende illustrieren.

Der zweite Flügelaltar mit Schreinstatuen, Flachreliefs und Gemälden in den Flügeln ist wohl um 1520 entstanden, der Schrein selbst ist neugotisch. Der dritte, weniger bedeutende Schnitzaltar, ebenfalls mit gemalten Tafeln, stammt vom Beginn des 16. Jahrhunderts.

Den Triumphbogen ziert die Gnadenstatue vom Ende des 15. Jahrhunderts, eine sehr innig wirkende spätgotische Plastik. Gegenüber die hübsche Kanzel mit üppigem Bandelwerk und figurenreich dekoriertem Schalldeckel um 1700. Aus derselben Zeit stammen die barocken Seitenaltäre. Am vierten Seitenaltar ein spätgotisches Kruzifix (mit echtem Haar) aus dem letzten Viertel des 15. Jahrhunderts.

INFORMATION

Anreise: Schönbach liegt im Weinsberger Wald zwischen Ottenschlag und Rappottenstein im südlichen Waldviertel; Pfarramt Schönbach, A-3633 Schönbach 1

Öffnungszeiten: Die Kirche ist tagsüber geöffnet.

Kultur und Freizeit: Burg Rappottenstein; der „Stockzahn" des Waldviertels (Ruine mit herrlicher Fernsicht) in Arbesbach; Dorfmuseum in Roiten von Friedensreich Hundertwasser; Stift Zwettl (siehe Seite 246)

SECKAU

Die Benediktinerabtei Seckau liegt in der Oststeiermark. Nach einer wechselvollen Geschichte ist Seckau heute ein bedeutender Wallfahrtsort und ein lebendiges Kulturzentrum mit einem großen Freizeitangebot.
Die wichtigsten Stationen einer Besichtigung von Seckau sind die Engelskapelle mit Fresken von Herbert Boeckl, das Mausoleum von Erzherzog Karl II. sowie der Mariae-Krönungs-Altar.

Geschichte

Natürlich besitzt auch Stift Seckau eine Gründungslegende. Während einer Hirschjagd schlief der Hochfreie Adalram von Waldeck ein. Im Traum erschien ihm die Madonna mit dem Kind und bedeutete ihm: Hic seca! (lat. Hier fälle!). So gründen Adalram und seine Gemahlin Richinza von Perg hier das Doppelkloster Seckau für Augustiner-Chorherren (1140) und Chorfrauen (1150). Das Kanonissenstift besteht nur bis 1488. Adalram und Richinza treten selbst als Konversen ein und sind auch in Seckau begraben.
Der Urkundenlage nach sieht die Gründung allerdings etwas anders aus: Adalrams Erstkloster liegt in Feistritz nahe Knittelfeld und übersiedelt dann an die heutige Stelle, die erst durch Brandrodung urbar gemacht werden muß. Brandrodung heißt slawisch „zegova" (das Gebiet ist bis zur Zeit des Hochmittelalters von Alpenslawen bewohnt), daher der Name Seggov, Seckau. Und auch mit der ehelichen Übereinstimmung des Stifterehepaares des Doppelklosters scheint es nicht weit her gewesen zu sein. Denn Adalrams zweite Frau, Richinza, ist zunächst keineswegs damit einverstanden, wie er seine Schenkungen – ihr in die Ehe gebrachtes Heiratsgut – verschleudert. So verklagt sie ihn vor König Konrad III. und erhält tatsächlich einige ihrer Besitztümer wieder zurück, die sie dann selbst dem Stift schenkt.
1164 wird die romanische Basilika geweiht, die zumindest im Mauerwerk des Langhauses bis heute besteht. Das 13. und 14. Jahrhundert sind bereits Zeugen blühender Kunst- und Kulturpflege im neuen Stift. Im 14. Jahrhundert beginnt in Seckau die Marienwallfahrt, es wird neben Mariazell und Straßengel zum dritten großen Wallfahrtsort der Steiermark.
Wechselvolle Jahre folgen, teils durch wirtschaftlichen Verfall, teils durch entschlossenen Willen zum Neubeginn gekennzeichnet. Die Reformation gewinnt auch in der Steiermark immer mehr an Boden, bis ihr in Erzherzog Karl II. und dem späteren Fürstbischof Martin Bren-

ner mächtige Gegner Einhalt gebieten und die Re-Katholisierung des Landes durchsetzen.
Im 17. Jahrhundert errichten baufreudige Prälaten umfangreiche neue Gebäude, vor allem durch den Stiftsbaumeister Peter Franz Carlon. Trotz seines guten disziplinären Zustandes wird das blühende Stift unter Joseph II. 1782 aufgehoben. Die Gebäude sind damit dem Verfall preisgegeben, die Archivalien, Handschriften und Buchbestände, soweit sie nicht verlorengehen, gelangen über Wien nach Graz (Landesarchiv, Universitätsbibliothek).
1883 erwerben die Beuroner Benediktiner um 70.000 Gulden das Stift von der Vordernberger Radmeistercommunität und beginnen mit dem Wiederaufbau. Neu- und Umbauten der Klostergebäude folgen der Kirchensanierung, ein Abteigymnasium mit Internat wird eingerichtet.
1940 bis 1945 wird das Kloster beschlagnahmt, die von der Gestapo Graz als Staatsfeinde erklärten Mönche müssen innerhalb von 14 Tagen das Kloster räumen. 1950 beginnt eine umfangreiche Restaurierung.
Heute betreibt das Kloster ein Abteigymnasium mit Internat, eine große Landwirtschaft, eine Tischlerei, die sich auf Renovierungen spezialisiert hat, sowie eine Schnapsbrennerei.

Sehenswürdigkeiten

Die weitläufige Klosteranlage besteht heute im wesentlichen aus dem großen Stiftshof, dem Kreuzgang und einem kleinen Hof im Südosten und ist von Resten der ehemaligen Wehrmauern aus der Türkenzeit umgeben. Man betritt sie von Westen, vom stimmungsvollen, baumbestandenen Vorplatz her.
Man muß sich vor Augen halten, daß die Stiftsanlage ursprünglich noch wesentlich umfangreicher war. Vom mittelalterlichen Klosterbau hat sich wenig Nennenswertes erhalten. Die trapezförmig die Kirche und den 1588 von Bernhard de Silvo (anstelle des romanischen Kreuzganges) errichteten Doppelarkadenreihen-Kreuzgang umgebenden Gebäude stammen aus dem 16. und 17. Jahrhundert. Besonders sehenswert ist der weiträumige Stiftshof mit seinen 110 Meter langen dreigeschossigen Arkadenreihen in toskanischer Bauart.
Die Westfassade der Kirche aus rötlich getöntem Sandstein örtlicher Provenienz wird von den beiden neuromanischen Türmen beherrscht, die zwar nur knapp 50 Meter hoch, aber überaus mächtig sind und über dem Grundriß der romanischen Türme errichtet wurden. Zwischen den Türmen die Vorhalle, die durch den Turmeinsturz beschädigt worden war, sie wurde erneuert. In der Vorhalle die beiden Portalwächter, romanische Löwenplastiken, zwischen denen im Mittelalter Rechtsstreitigkeiten ausgetragen wurden.
Das reich gegliederte romanische Stufenportal zeigt im Tympanon die spätromanische Reliefplastik der Muttergottes aus Seckauer Sandstein (um 1260), dem Mariendom (Mariä Himmelfahrt) entsprechend.

Drei Stufen führen hinab ins Kircheninnere, einen überwältigenden Raum von strenger, herber Wirkung. 1964 wurde der Altarraum nach Plänen von Clemens Holzmeister neu gestaltet. Über einer einfachen Altarmensa, auf einem an Ketten fixierten Holzbalken, sehen wir die älteste deutsche Triumphkreuzgruppe, die ein eigenartiges Schicksal hatte. Die Beuroner fanden sie in einer Wegkapelle und brachten sie in die Basilika. Die beiden Assistenzfiguren Johannes und Maria stammen aus der Zeit um 1160, das Kreuz ist etwa 40 bis 50 Jahre jünger. Vielleicht stammt die Gruppe aus der unter Kaiser Joseph abgerissenen romanischen Pfarrkirche.

Im Querschiff an der Südwand sehen wir einen spätromanischen Freskenzyklus aus dem 13. Jahrhundert, der 1953 aus dem Kloster hierher übertragen wurde. Er stellt in einer Szenenfolge das Leben Johannes des Täufers dar. In den beiden vordersten Jochen des nördlichen Seitenschiffes wurde noch zu Lebenszeiten Erzherzog Karls II. durch italienische Künstler sein Mausoleum errichtet (1587–1610), ein reich stuckierter Raum. Das Marmor-Kenotaph von Carlone zeigt die Liegefiguren des Erzherzogs und seiner Gemahlin.

An der Nordwand ist die Bischofskapelle angebaut. 1595 wurde sie zur Begräbnisstätte der Suffraganbischöfe bestimmt (34 Freskobilder von Bischöfen an den Wänden). Der kostbare Schnitzaltar Mariä Krönung stammt vermutlich aus dem Umkreis des Südtiroler Schnitzers Hans Klokker (1489 geweiht). In der kreisförmigen Umrahmung wird Madonna von Engeln umschwebt und von der Heiligen Dreifaltigkeit gekrönt. Die Darstellung der Trinität ist insofern besonders originell gelöst, als die drei göttlichen Personen zusammen nur zwei Hände besitzen und nur zwei Knie erkennen lassen.

Die ehemals als Vorraum zur Bischofskapelle geplante Gnadenkapelle birgt das Seckauer Gnadenbild, ein Alabasterrelief der Madonna mit Kind vom Ikonentypus der Siegbringerin, vermutlich eine venezianische Arbeit des 12. Jahrhunderts. Bruder Bernhard Schmid stellte in der Seckauer Goldschmiedewerkstätte dazu 1953 eine kostbare silberne Mandorlafassung mit Edelsteinbesatz her, von Blumengerank umgeben.

Die Engelskapelle schmückte Herbert Boeckl von 1952 bis 1960 mit eindrucksvollen Fresken, die Motive aus der Geheimen Offenbarung darstellen: an der Altarwand das Lamm Gottes über den Symbolen der vier Evangelisten, an der Südwand der Weltenrichter, im Zentrum der Ostwand das Apokalyptische Weib mit dem Drachen.

INFORMATION

Anreise: S 36 Abfahrt Feistritz, von Süden Abfahrt Knittelfeld Ost; Abtei Seckau, A-8732 Seckau

Öffnungszeiten: täglich geöffnet

Veranstaltungen: Einkehrtage („Ostern in Seckau"), biblische Meditationstage und theologische Studientage, Seckauer Kulturwoche in der Woche vor Pfingsten; verschiedene Hobbykurse (Tischlerei, Schnapsbrennseminare)

Restaurantip: Das stiftseigene Hotel-Restaurant Hofwirt gegenüber der Abtei ist ein schön renovierter Prachtbau aus der Barockzeit. Im Restaurant gibt es in gepflegter Atmosphäre Bodenständiges und klulinarische Schmankerl.

Einkaufen: Seckau ist bekannt für seinen Klosterschnaps in vielen verschiedenen Sorten, von Apfelbrand bis Vogelbeerbrand. In der Schaubrennerei kann man sehen, wie die hochgeistigen Tropfen entstehen.

Kultur und Freizeit: Vom Zellenplatz, dem Stiftsvorplatz aus, genießt man einen schönen Blick auf die Seckauer Alpen und das höchstgelegene Wallfahrtskirchlein der Steiermark: Maria Schnee auf der Hochalm (1816 m). Mehrere Wanderwege führen zu den Kirchen, Kreuzen und Marterl rund um Seckau.

Seitenstetten

Seitenstetten liegt in den Voralpen zwischen Amstetten und Steyr in anmutiger Hügellandschaft. Hier läßt sich jene Seite des Klösterreichs finden, die eher zurückgezogen, fast weltfremd wirken mag, weil sie mit ihren Wurzeln in einer anderen Welt gründet. In Anlehnung an die hier im gebräuchliche Bauernhofform wird Seitenstetten auch gerne „Vierkanter Gottes" genannt.

Geschichte

1112 gründet der Edelfreie Udalschalk nahe seiner Burg ein Benediktinerkloster, dem er seinen ganzen Erbbesitz schenkt, ehe er der Legende nach selbst in das Stift eintritt. Die Mönche kommen aus Göttweig, und schon 1116 kann Bischof Ulrich II. von Passau die Stiftskirche weihen. Weitere Schenkungen folgen, darunter neben reichem Waldbesitz auch ganz Ybbsitz.

Das Stift entwickelt sich zunächst trotz einiger Streitigkeiten mit dem Bistum Freising und zwei Bränden allmählich prächtig. Nach einer Zeit des Verfalls der monastischen Ideale kann durch die Übernahme der Melker Reform durch Abt Benedikt I. Heumader um die Mitte des 15. Jahrhunderts ein Neubeginn gesetzt werden, der allerdings bald in Türkennot und Reformation endet.

Die Reformation ergreift Seitenstetten erst spät. Der 1565 von seinen jungen Konfratres zum Abt gewählte 23jährige Elias Portschens legt den Ordenshabit ab, verändert die Liturgie, verbannt Latein aus der Messe und aus dem Unterricht. Der aus Kärnten stammende Abt Michael Bruckfelder läßt sich sogar öffentlich trauen, nachdem er sich zum Protestantismus bekannt hat.

Erst unter Abt Christoph Held (1572–1602) kann die Gegenreformation mit kräftiger Unterstützung durch den kaiserlichen Klosterrat auch in Seitenstetten Fuß fassen.

Der allgemeine Aufschwung der Barockzeit beginnt auch hier mit einer umfassenden Bautätigkeit. Die großen Meister des österreichischen Barock von Munggenast bis Hayberger, vom Kremser Schmidt über Paul Troger bis Johann Bergl, drücken dem Stift ihren Stempel auf. Die 1743 erworbene Messinghütte Reichraming und das Kupferbergwerk in der steirischen Radmer ermöglichen eine großzügige Ausstattung des Stiftsgebäudes.

Das Stift entgeht aufgrund ausgedehnten Seelsorge in (heute) 14 Pfarreien der Aufhebung in der josephinischen Epoche und übersteht auch die Franzosenkriege ziemlich gut. Auch im Zweiten Weltkrieg entzieht sich Seitenstetten erfolgreich der Aufhebung und rettet sich über Kriegs- und Nachkriegszeit hinweg. Seit 1814 führt das Stift ein bekanntes Gymnasium mit Öffentlichkeitsrecht.

Sehenswürdigkeiten

Man betritt die Stiftsanlage durch ein Portal mit Plastiken von Johann Paul Sattler, von dessen Vater die Marmorportale mit den Allegorien der Kardinaltugenden im großen Hof stammen. Im Zentrum der Anlage mit vier Höfen steht die Stiftskirche. Aus der romanischen Zeit hat sich nur die Marienkapelle (heute Ritterkapelle) erhalten. In der vom Turm überragten Westfassade liegt das eindrucksvolle Kirchenportal aus weißem Marmor mit drei Statuen. Die Statuen der Apostelfürsten Petrus und Paulus gestaltete Josef Anton Pfaffinger nach den Statuen vor dem Salzburger Dom.
Den Hochaltar mit geschwungenen Säulen ziert das kostbar gerahmte Altarblatt mit der Himmelfahrt Mariens, ein Meisterwerk Johann Karl Reslfeldts. Die insgesamt 135 Wand- und Deckenbilder malte Johann Ritsch (1702).
Die Kirchenanbauten: An der Südseite der Stiftskirche liegt die Benediktuskapelle, im 17. Jahrhundert als Gruftkapelle der Herren von Salaberg eingerichtet. Der frühbarocke Altar (um 1640) trägt reichen Figurenschmuck. In der heutigen Gruftkapelle ein Freskenzyklus zum Thema Tod und Auferstehung von Maria Sturm. Die Ritterkapelle aus der Mitte des 12. Jahrhunderts enthält in Apsis und Seitenwänden romanische Reste, die den Brand von 1250 überdauerten. In ihrem Inneren zwei romanische Halbsäulen mit Würfelkapitellen, Rankenwerk (Lebensbaum) und Eckmasken.
Über der Einfahrtshalle liegt im ersten Stock der Promulgationssaal (Festsaal), der erst 1815 seine klassizistische Bemalung erhielt. Im Nordflügel erreicht man durch ein überaus beschwingtes Schmiedeeisengitter die dreiarmige Hauptstiege, die Abteistiege. Das Deckenfresko von Bartolomeo Altomonte stellt den Triumph des heiligen Benedikt dar (1744). Der Marmorsaal ist farblich kühl gehalten mit Spiegelgewölbe und Pilastern aus Stuckmarmor (er ist nur im Rahmen der Stiftsführung zu besichtigen). Über interessanter Scheinarchitektur das Deckenfresko Verbindung von Glaube und Wissenschaft von Paul Troger (1735).
Im stimmungsvollen Rokokoraum des Mineralienkabinetts graziöse Schränke. Das Bild des Abtes Dominik I. stammt vom Kremser Schmidt, das Deckenfresko von Johann Bergl. Im Maturasaal (Gästespeisesaal) zwölf Gemälde des Kremser Schmidt, neun davon auf Speise und Trank bezogen, das Hauptbild wurde als Fastenbild für die Stiftskirche gemalt und stellt die Kreuzigung dar.
Im Südflügel befindet sich schließlich die Bibliothek, zweigeschossig mit einer Galerie. Die Scheinarchitektur stammt von Franz Josef Wiedon, das Deckenfresko von Paul

Troger (Szene aus der Apokalypse, im Zentrum das Buch mit den sieben Siegeln), die vier Statuettenpaare, die vier Fakultäten symbolisierend, von Johann Paul Sattler. Die Bibliothek besitzt etwa 65.000 Bände, 270 Handschriften und 230 Inkunabeln. Die Stiftsgalerie ist eine der bedeutendsten des Landes. Sie umfaßt an die 500 Gemälde von der Spätgotik bis zum Barock, mit mehr als 30 Gemälden vom Kremser Schmidt, sowie moderne Malerei und Grafik ab 1950.

Im historischen Hofgarten des Stiftes sind ein Rosengarten mit über hundert verschiedenen historischen Rosensorten und ein klösterlicher Kräutergarten zu bewundern.

INFORMATION

Anreise: A1 vom Westen kommend Abfahrt Haag; vom Osten kommend Abfahrt Amstetten West, B 122; Stift Seitenstetten, Am Klosterberg 1, A-3353 Seitenstetten

Öffnungszeiten: Führungen von Ostern bis Allerheiligen täglich um 10 und 15 Uhr. Eine Führung umfaßt Abteistiege, Teil der Bildergalerie, Maturasaal, Abteisaal. Stiftsbibliothek und Stiftskirche. Stiftsgalerie: geöffnet an Samstag, Sonn- und Feiertag von 14.30 bis 17 Uhr

Einkaufen: Im Klosterladen gibt es neben Büchern und Souvenirs auch schöne Gartenutensilien.

Restauranttip: Café am Klosterberg im ehemaligen Hofrichterhaus, 1752 von Johann Gotthard Hayberger erbaut.

Kultur und Freizeit: Stiftskonzerte, Bildungszentrum St. Benedikt, Tennis, Minigolf, Sportflugplatz, Wallfahrtskirche Sonntagberg (siehe Seite 210)

SONNTAGBERG

Im Mostviertel Niederösterreichs, einer wunderschönen, alten Kulturlandschaft, liegt die Basilika auf dem Sonntagberg. Von hier aus genießt man einen herrlichen Fernblick bis ins Hochgebirge und über die Donau weit ins Mühlviertel. Wie lange hier schon ein wundertätiger Stein, der sogenannte „Zeichenstein" angebetet wird, wissen wir nicht. Der heutige Wallfahrtsort geht auf das 15. Jahrhundert zurück.

Geschichte

Auf dem 704 Meter hohen Raudnitzberg bei Waidhofen an der Ybbs errichtete Abt Benedikt I. von Seitenstetten 1440 die erste Kapelle. Der sogenannte Zeichenstein unter der Orgelempore spielt in der Gründungslegende dieses Wallfahrtsortes eine Rolle: Ein Hirt, der seine Herde verloren hatte, schlief bei dem Stein erschöpft ein, fand aber bei seinem Erwachen darauf ein Brot, das ihn labte, ein Zeichen dafür, daß der Himmel ihm helfen und ihn sein Vieh finden lassen wollte.

Der Name Sonntagberg geht auf die meist am Sonntag in Scharen herbeiströmenden Pilger zurück, die die bald beim Stein errichtete Kapelle besuchen. Während der Reformationszeit beschuldigen die Protestanten die Gläubigen der Anbetung eines Steines, worauf der Seitenstettener Abt eine Kupfertafel mit einer Dreifaltigkeitsdarstellung anfertigen und zur Verehrung über dem Stein befestigen läßt. Der Herr der Burg Gleiß versucht die Wallfahrt mit Bewaffneten zu unterbinden.

Als während des Türkensturmes von 1529 die türkischen Streifscharen auch den Sonntagberg plündern wollen, brechen ihre Pferde beim heutigen Türkenbrünndl in die Knie und verweigern den weiteren Dienst. So bleibt der Gnadenort verschont. Das sogenannte Türken- oder Roßwunder verhilft dem Wallfahrtsort zu noch größerer Popularität.

In der Pestzeit wird der Sonntagberg zum Ausgangspunkt der bald überall errichteten Dreifaltigkeits- oder Pestsäulen, deren berühmteste einem Gelöbnis des Kaisers zufolge wir heute auf dem Graben in Wien bewundern können.

Der Seitenstettener Abt Benedikt Abelzhauser nimmt 1706 den Kirchenneubau in Angriff. Er gewinnt Jakob Prandtauer, der die Bauleitung bis 1717 innehat, dann übernimmt Joseph Munggenast, der Baumeister des barocken Bauprogramms in Seitenstetten, die Leitung. Mit der Gestaltung der Deckenfresken wird Daniel Gron beauftragt.

Sehenswürdigkeiten

Das relativ wenig gegliederte Bauwerk hat eine auf Fernsicht berechnete monumentale Schaufassade, die Doppeltürme tragen barocke Hauben. Beim Eintritt in das Kircheninnere überwältigt zunächst die räumliche Wirkung des tonnengewölbten Langhauses. Über der Vierung thront eine mächtige Hängekuppel.

Im Presbyterium steht der Hochaltar aus Untersberger Marmor mit dem Gnadenbild der Heiligen Dreifaltigkeit von 1614, ein Werk Melchior Hefeles. Von besonderer Schönheit ist die vergoldete Kanzel, ebenfalls von Hefele. Im südlichen Querschiff ein monumentales Altarbild, Taufe Christi, im nördlichen Querschiff Himmelfahrt Mariä, beide Meisterwerke vom Kremser Schmidt. Von Daniel Gran stammen die figuralen Fresken der Gewölbe.

Als eine der wichtigsten Wallfahrtsstätten Altösterreichs besitzt Sonntagberg wertvolle Votivgaben. Einige davon sind im Nordschiff der Kirche ausgestellt.

INFORMATION

Anreise: A 1 Abfahrt Amstetten West, B 121 Richtung Waidhofen an der Ybbs; Pfarramt Sonntagberg, A-3332 Sonntagberg 1

Öffnungszeiten: Die Kirche ist bei Tageslicht immer geöffnet, Führungen nach Voranmeldung.

Restauranttip: Hospiz und Gasthof Lagler am Sonntagberg, Zum Halbmond in Waidhofen/Ybbs. Die Kothmühle in Neuhofen/Ybbs ist eines der bekanntesten Mostviertler Gasthäuser (Käse- und Mostspezialitäten).

Kultur- und Freizeittip: Ein schön angelegter Panorama-Kulturweg führt am Türkenbrunnen vorbei (Dauer 1,5 Stunden). Stift Seitenstetten (siehe Seite 207)

Spital am Pyhrn

Schon die Kelten und Römer nützten den Übergang über den Pyhrn als wichtige Nord-Süd-Verbindung. Kurz vor dem Paß, und damit nahe an der Grenze zwischen Oberösterreich und der Steiermark, liegt die ehemalige Stiftskirche Mariä Himmelfahrt. Heute durch die Pyhrnautobahn etwas ins Abseits geraten, spielte Spital im letzten Jahrtausend eine wichtige Rolle.

Geschichte

Zur Zeit des Dritten Kreuzzuges im Jahr 1190 läßt der Bischof Otto von Bamberg am Fuße des Pyhrnpasses ein Hospiz errichten (daher der Name Spital). 200 Jahre wird das Hospital von einer Spitalsbruderschaft geleitet, verliert aber nach den Kreuzzügen an Bedeutung. 1418 wird es in ein Kollegiatstift umgewandelt. Der resignierte Bamberger Bischof Friedrich von Aufseß (Grabstein in der Friedhofskirche St. Leonhard) läßt im 15. Jahrhundert die Kirche und das Stift erweitern und die St. Leonhards-Kirche beim Friedhof erbauen. Er gilt als zweiter Begründer und Stifter von Spital am Pyhrn.
Während der Periode der Reformation und Gegenreformation wird Spital am Pyhrn einer der Hauptschauplätze der Protestantenbewegung in Österreich. 1714 wird die Stiftskirche neu errichtet und 1730 vollendet. Das Stift übersteht zwar die josephinische Klosteraufhebung, wird aber dafür 1807 wegen innerer Unzulänglichkeiten aufgelöst. Die Gebäude verfallen, die Kunstschätze nehmen die Benediktinermönche aus St. Blasien im Schwarzwald, die zwei Jahre hier gelebt haben, nach St. Paul im Lavanttal (Kärnten) mit. Ein katastrophaler Brand (1841) vernichtet fast den ganzen Ort und das Stift. Nur das Presbyterium der Stiftskirche bleibt erhalten (heute Pfarrkirche Mariä Himmelfahrt).

Sehenswürdigkeiten

Die Ost-Fassade der einschiffige Langhausbasilika wird durch Fenster und Figurennischen mit Verdachungen (Statuen von Josef Hochedlinger und Severin Träxl) gegliedert. Die beiden Flankentürme wurden nach dem Brand neu gedeckt.
Durch einen strengen Portalbau gelangt man durch eine Vorhalle zwischen den beiden quadratischen Turmhäusern in das lichterfüllte Innere der 56 Meter langen und 22 Meter breiten Kirche. Der Chor ist der Blickfang der Kirche, eine gelungene Verbindung von Architektur und Freskierung (mit hervorragender Scheinarchitektur).

Die Altarbilder der Seitenaltäre stammen vom Kremser Schmidt (Apostel-Altar, Kreuz-Altar, Marien-Altar mit Selbstportrait des Künstlers) und von Michelangelo Unterberger (Nothelfer-Altar, Karl-Borromäus-Altar). Die Fresken in der Apsis sind ein Meisterwerk von Bartolomeo Altomonte und zeigen als Hauptthema die Aufnahme der Gottesmutter in den Himmel.

Besonders erwähnenswert ist das zarte Abschlußgitter zur Vorhalle von Andreas Ferdinand Lindemayr (um 1730), von dem auch viele der Fenster-, Tür- und Geländergitter stammen.

In der heutigen Schutzengel-Kapelle, früher Pröpste-Sakristei: Schutzengel-Altar mit Altarbild von Altomonte, Deckenfresken von Heindl, Grabsteine früherer Pröpste, spätgotisches Kreuz der bäuerlichen Volkskunst mit barocken Zusatzfiguren.

Die Stiftsgebäude neben der Kirche errichteten zwischen 1642 und 1700 die Baumeister Antonio Canevale, Caspar Schoiswohl und Cipriano Novo sowie Lorenzo Canevale als Stukkateur. Außergewöhnlich ist das Felsbilder- und Heimatmuseum, das hier nun untergebracht ist, mit Felsbildern, Felszeichnungen und Ritzungen aus verschiedensten Epochen.

Die spätgotische Friedhofskirche St. Leonhard am südlichen Ortsausgang, der Überlieferung nach auf einer heidnischen Opferstätte erbaut, wurde 1418 als Filialkirche gegründet. Der Bau, in äußerst malerischer Lage an der Pyhrnstraße, wird auf drei Seiten von einem stimmungsvollen Friedhof umgeben. Die Kirche besteht aus einer Ober- und Unterkirche. Die Altarbilder der beachtlichen Rokoko-Altäre stammen vom Kremser Schmidt.

Information

Anreise: A 9 Abfahrt Spital/Pyhrn; Pfarramt Spital am Pyhrn, A-4582 Spital/Pyhrn 70

Öffnungszeiten: Führungen nur nach Voranmeldung. Das Museum ist vom 1. Mai bis 15. Oktober am Montag geschlossen, in der übrigen Zeit nur mittwochs und an den Wochenenden geöffnet.

Restauranttip: Landhotel und Eisenstraßenwirt Oberwengerhof auf 830 m mit herrlichem Panoramablick.

Kultur und Freizeit: Das Pyhrngebiet eignet sich für Wanderungen (Naturschutzgebiet Teichlboden/Hochmoor, Vogelsang-Klamm, Gleinkersee) sowie für Wintersport.

Stadl-Paura

Auf einem Hügel am rechten Ufer der Traun nahe Stift Lambach steht die Wallfahrtskirche Zur Allerheiligsten Dreifaltigkeit. Von Beginn an war die romantische Wallfahrtskirche – von der Architektur her eine der außergewöhnlichsten Oberösterreichs, wenn nicht Österreichs – eng mit Stift Lambach verbunden.

Geschichte

Die Kirche verdankt ihre Gründung Abt Maximilian Pagl von Stift Lambach, der 1668 in Stadl-Paura geboren wurde – ein großer Verehrer der Heiligen Dreifaltigkeit. 1713, während die Pest im Land wütet, gelobt er, eine Kirche zu bauen. Das Wunder geschieht: Die Gegend um Lambach wird von der Pest verschont. Der Rohbau der Kirche in Pagls Heimatort auf dem Paurahügel ist 1717 vollendet. Der Innenausbau folgt von 1718 bis 1725, doch Abt Maximilian kann die feierliche Konsekration seiner Kirche nicht mehr erleben.

Sehenswürdigkeiten

Baumeister der Paurakirche war Johann Michael Prunner aus Linz, die theologische Idee stammt von Abt Maximilian Pagl selbst. Dieses außergewöhnliche Bauwerk von höchster Vollendung spiegelt, vom Gesamtentwurf bis zu jeder Einzelheit, die Dreiheit wider, die zur inneren Einheit wird.

Die Idee, an einem Zentralbau radial Türme in gleichen Abständen anzuordnen und zu verbinden, ist typisch für die Zeit des Hochbarock. Auf diese Weise ergeben sich drei gleichwertige Schauseiten mit jeweils zwei Türmen. Der Gesamtgrundriß bildet ein gleichseitiges Dreieck mit 34 Meter Schenkellänge. Die drei über quadratischen Grundrissen errichteten Türme überragen den Zentralbau mit Kuppeldach und dreieckiger Laterne. Diese Laterne spiegelt den Grundriß der Kirche wider und wird, in einer Höhe von 34 Metern, von einem Auge Gottes auf einer dreiseitigen Pyramide bekrönt.

Der Innenraum ist ein kuppelgewölbter Zentralraum von einmaliger Wirkung. Drei Haupt- und drei Mittelachsen treffen sich im gemeinsamen geometrischen Punkt im Zentrum der Kirche. Der Entwurf der Innendekoration stammt von Francesco Messenta, die schönen Stuckarbeiten von Johann Georg und Franz Josef Ignaz Holzinger. Hinter den drei in Aufbau und Komposition gleichen Altären befinden sich in

den Untergeschossen der Türme je drei Sakristeien. Gegenüber jedem der Altäre sehen wir in den Nebenachsen die entsprechenden Tore und darüber je eine Orgelempore. Die drei Orgeln haben ein vergoldetes Gehäuse mit eingelassenen versilberten Reliefs mit den Darstellungen musizierender Engel.
Das bemerkenswerte Kuppelfresko, das Carlo Carlone malte, stellt die Verherrlichung und Anbetung der Allerheiligsten Dreifaltigkeit durch die Heiligen dar.
Die drei Altäre wurden aus verschiedenfarbigem Marmor hergestellt und mit Alabasterfiguren geschmückt; die Tabernakelgruppen sind aus vergoldetem Holz. Der Gott-Vater-Altar hat als Thema den Sieg des Glaubens über den Unglauben, der Gott-Sohn-Altar zeigt die Überwindung der Hoffnungslosigkeit durch das Erlösungswerk Christi, der Heilig-Geist-Altar veranschaulicht das Wirken der dritten göttlichen Person in der Liebe.

INFORMATION

Anreise: A 1 Abfahrt Sattledt, B 122 Richtung Lambach; Pfarramt Stadl-Paura, Johann-Michael-Prunner-Straße 7, A-4651 Stadl-Paura

Öffnungszeiten: von Ostern bis Allerheiligen täglich geöffnet, im Winter geschlossen. Schlüssel gibt es im Pfarramt.

Kultur und Freizeit: Stift Kremsmünster (siehe Seite 98), Stift Schlierbach (siehe Seite 198) und Stift Lambach (siehe Seite 102). Im nahegelegenen Moorbad Neydharting können Sie das Moormuseum, eine historische Hammerschmiede sowie Reste einer römischen Villa besichtigen.

Stainz

Das malerische Augustiner-Chorherrenstift Stainz in der Südsteiermark wurde 1785 aufgehoben. Heute ist es ein Schloß der Grafen von Meran, der Nachkommen des „steirischen Prinzen" Erzherzog Johann, der ab 1850 Bürgermeister der Gemeinde Stainz war.

Geschichte

Der Gründungslegende nach wird Stainz aufgrund eines Traumes errichtet, den Agnes von Traberg hatte. 1229 beziehen sechs Chorherren aus Seckau das neue Stift. Der Ausbruch der Reformation und die schweren Jahrhunderte der Türkennot führen dazu, daß das ehemals so reiche Stift bald vor einem wahren Schuldenberg steht. Propst Jakob Rosolenz (1569–1629) gelingt es, den Stiftsbesitz zu verdreifachen, die Klosteranlagen zu modernisieren und beträchtliche Geldmittel anzuhäufen. Dennoch kann der Renaissancemensch Rosolenz nicht die ungeteilte Achtung seiner Mitwelt erringen, zum Teil, weil man ihm etwa die skrupellose Niederlegung der alten Marktkirche zum Vorwurf macht, zum Teil aber auch wegen vieler als überflüssig erachteter Bauprojekte, wie der großen Steintreppe zwischen Markt und Stift.

Seine Nachfolger erwerben weitere Herrschaften für das Stift, der Umbau der Kirche und der umfassende Ausbau der Klostergebäude ist um 1700 abgeschlossen. 1775 wird Stainz aufgelöst. Das Kloster kommt zunächst in Staatsbesitz, bis 1826 ist es Militärspital; 1840 erwirbt es Erzherzog Johann.

Sehenswürdigkeiten

Man erreicht die auf einem Hügel nördlich des Marktes gelegene ehemalige Stiftskirche Zur heiligen Katharina über die schon erwähnte Treppe oder über eine Zufahrtsstraße. Um den Zugang zu erleichtern, wurde die Kirche unter Rosolenz einfach umgedreht, das heißt gegen alle liturgischen Gebräuche nach Westen ausgerichtet. Damit liegt der Altarraum heute zwischen den Türmen.

Die Stiftskirche wurde nach Plänen von Domenico Sciassia barockisiert und mit breiten Pilastern, Tonnengewölben und zehn Seitenkapellen ausgestattet. Der überreiche Stuck stammt von Alexander Sereni und Domenico Boscho. Die Fresken gestaltete Matthias Echter. Der zweigeschossige Hochaltar von 1689 hat einen prunkvollen Säulenaufbau

Stift Stams in Tirol

Paurakirche – Gott-Sohn-Altar

Wallfahrtskirche Christkindl

Stift Viktring – Glasfenster

Stift Vorau – Arkadenhof

Stift Vorau – Alter Codex aus Bibliothek

Stift Zwettl – Kreuzgang

Maria Trost

Kefermarkt – gotischer Flügelaltar

und ein Altarbild der Marter der heiligen Katharina, Hans Adam Weissenkirchner zugeschrieben.
Die heutigen Schloßgebäude und ehemaligen Stiftsgebäude umschließen die Kirche locker. Sie sind um einen kleinen Kirchhof und den großen Schloßhof angeordnet, der ehemalige Kreuzgang im Süden der Kirche wurde von Propst Rosolenz im Jahre 1610 abgetragen.

Information

Anreise: A2 Abfahrt Lieboch, B 76 Richtung Deutschlandsberg; Pfarramt Stainz, Schloßplatz 2, A-8510 Stainz

Öffnungszeiten: täglich geöffnet, Führungen nur nach telefonischer Vereinbarung im Pfarramt

Restauranttip: Beim Engelweingarten in herrlicher Lage über Stainz gibt es verfeinerte steirische Spezialitäten und natürlich Schilcher. Bekannt ist Kitzeck für seine Restaurants, allen voran der Kirchenwirt und der Weinhof Kappel.

Kultur und Freizeit: Stainz liegt an der Schilcherweinstraße, die von Eibiswald bis Voitsberg durch das idyllische Hügelland führt, und an der es viel zu entdecken gibt.

STAMS

Westlich von Innsbruck beherrscht die schloßartige Anlage des Stiftes Stams das obere Inntal. Obwohl Stams heute hauptsächlich für sein Schigymnasium bekannt ist, gibt es auch für weniger sportliche Klösterreisende einiges zu entdecken.

Geschichte

1273 stiften Elisabeth, die Witwe König Konrads IV., und ihr zweiter Gemahl Graf Meinhard II. von Tirol das Kloster Stams. Es sollte ein Denkmal für Elisabeths Sohn Konradin werden, den letzten Hohenstaufer, der 1268 in Neapel enthauptet wurde, und zugleich als Grabstätte der Tiroler Landesfürsten dienen. Das gräfliche Paar wählt für die Neugründung Stams, wo sich schon die vielbesuchte Wallfahrtskirche zum Johannes dem Täufer befindet. Sie berufen Zisterziensermönche aus dem Kloster Kaisheim bei Donauwörth in Schwaben und statten ihre Gründung freigiebig mit Schenkungen aus, darunter das Dorf Stams samt Umgebung, Besitzungen in benachbarten und anderen Orten Tirols, Patronate über mehrere Kirchen. Bald schließen sich auch andere Adelsgeschlechter mit Schenkungen an, und dadurch besitzt das Stift ausgedehnte Gebiete in Süd- und Nordtirol sowie in Schwaben. Durch diese günstigen Bedingungen wächst der Klosterbau rasch als ein getreues Abbild der Mutterabtei Kaisheim empor.

1362 übergibt Kaiser Karl IV. Stift Stams als Reliquiengeschenk das Haupt des heiligen Zacharias sowie die deutschen Reichskleinodien, die hier bis 1423 aufbewahrt bleiben, um dann durch Kaiser Sigismund nach Nürnberg überführt zu werden. Die bedeutende Bruderschaft „Civitas Stamsensis“ bzw. „Der Bürger Hofrecht“ gewinnt großen Zulauf – eine Gesellschaft mit weitgehendem Verzicht auf Standesunterschiede.

Das 16. Jahrhundert bringt für das Kloster Brand und Plünderungen, Pest und Mißernten. Erst im 17. Jahrhundert beginnt der Wiederaufstieg, und man errichtet die neue Abtei mit den beiden Kolossaltürmen. 1807 hebt die bayerische Regierung das Stift auf, und dabei gehen die meisten Kunstschätze verloren. 1816 wird das Kloster wiedererrichtet. Unter der nationalsozialistischen Regierung kommt es 1939 neuerlich eine Aufhebung, die Kirche dient als Magazin und die Klostergebäude als Umsiedlungslager. Seit 1949 führt Stift Stams eine Holzfachschule, ein Aufbau- und Realgymnasium, teilweise für Schisportler, und ein Internat für Gymnasiasten und Hauptschüler.

Sehenswürdigkeiten

Die Stiftskirche Mariä Himmelfahrt trägt nach Zisterzienservorschrift nur einen Dachreiter. Der überlange lichtdurchflutete Kirchenraum wurde von 1607 bis 1609 unter Abt Melchior Jäger neu eingedeckt. Zu Beginn des 18. Jahrhunderts wurden die Seitenschiffe durch Georg Anton Gumpp abgetragen und auf drei querschiffartige Erweiterungen reduziert. Vom ursprünglichen romanischen Bau sind daher nur noch die drei Apsiden im Chor übriggeblieben.

Das Prunkstück der Kirche ist der grazile, freistehende Hochaltar, eine Mischung von gotischen Tendenzen und Elementen aus der Renaissance. Die transparente Wirkung wird allerdings durch den Baldachin und die Stuck-Draperie an der Altarrückwand beeinträchtigt. Das Werk stellt den Lebensbaum dar. Die Wurzeln dieses Lebensbaumes entspringen aus Adam und Eva, das reichverzweigte Geäst trägt Heiligenfiguren (84 Holzfiguren), im Gipfel ist die Kreuzigung eingepfropft, das Edelreis Christi. Von ihm strömt das übernatürliche Leben in den Lebensbaum; seine Früchte sind die Heiligen, in ihrer höchsten Vollendung Maria, in der Mitte, und darüber Mariä Himmelfahrt mit den Aposteln, die um das leere Grab stehen.

Die Fürstengruft, die ursprünglich ein gotischer Oberbau war, wurde Ende des 17. Jahrhunderts in den Fußboden versenkt und von einer Balustrade mit Wappen umgeben. Die acht großen und vier kleinen Statuen, die für die hier beigesetzten Fürsten stehen, sowie die monumentale Kreuzigungsgruppe schuf Andreas Thamasch. Hier sind unter anderen Erzherzog Sigismund der Münzreiche (1496), seine Gattin Eleonore, geborene Stuart (1480), und Blanka Maria Sforza, die zweite Gemahlin Kaiser Maximilians I. beigesetzt.

Im Abteigebäude befindet sich die prunkvolle Prälatentreppe aus dem 18. Jahrhundert mit schönem Gitter und dem Deckenfresko Heiliger Bernhard mit Engeln. Gegen den Hof hin liegen die drei getäfelten Fürstenzimmer mit Kassettendecken, die 1615 für Maximilian den Deutschmeister eingerichtet wurden. Der einzige Prunkraum im Kloster ist der Fürsten- oder Bernhardisaal, der 1720 von Georg Anton Gumpp erbaut wurde. Es ist ein Raum ohne besondere architektonische Gliederungen, aber dafür überreich mit Fresken geschmückt, die sich auf das Leben des heiligen Bernhard beziehen.

Nahe dem Stift liegt die Pfarr- und Wallfahrtskirche Zum heiligen Johannes der Täufer. Im 11. Jahrhundert stand hier eine hölzerne Kapelle, die König Heinrich von Böhmen in eine gotische Kirche umbauen ließ (1318 geweiht). 1593 wurden der Kirchenturm und das Dach durch Feuersbrunst zerstört, 1755 erfolgte die einheitliche Barockisierung des Kircheninneren. Noch heute kann man den gotischen Bau gut erkennen.

Schöner reicher Rokokostuck umrahmt die vier Deckenfresken von

Franz Anton Zeiller mit den Themen: Verklärung Christi, Geburt Johannes des Täufers, Predigt des Heiligen und seine Enthauptung. Der einzige Überrest aus der alten gotischen Kirche ist die Gußsteinstatue Johannes des Täufers in der Hochaltarnische aus dem frühen 15. Jahrhundert, sie wurde jedoch im 18. Jahrhundert verändert.

INFORMATION

Anreise: A 12 Inntalautobahn Abfahrt Mölz/Stams; Stift Stams, Stiftshof 1, A-6422 Stams

Öffnungszeiten: täglich geöffnet und täglich Führungen

Veranstaltungen: Konzerte und Lesungen im Bernardisaal

Restauranttip: In der herrlichen Bergwelt am Mieminger Plateau liegt das Restaurant Holzleiten (Obsteig).

Kultur und Freizeit: Auf dem Mieminger Plateau, malerisch auf einem Felsen über dem Inntal liegt die beliebte Wallfahrtskirche Maria Locherboden. Die Kirche selbst ist neugotisch, der Besuch lohnt vor allem wegen der herrlichen Lage.

Suben am Inn

Hoch auf einer Schotterterrasse am Ostufer des Inn liegt das Stift Suben aus dem 11. Jahrhundert. Das ehemalige Augustiner-Chorherrenstift ist schon seit langem eine Strafanstalt, die Kirche ist jedoch öffentlich zugänglich.

Geschichte

Stift Suben verdankt seine Gründung Tuta, der Tochter des Grafen Heinrich (Hesso) von Formbach-Neuburg. Das Geschlecht der Formbacher errichtet um 1040 an der Stelle einer Römerbefestigung eine Burg mit der Kirche St. Lambert. 1050 wird Burg Suben von Tuta zu einer Stiftung für Weltpriester umgewandelt und mit Besitzungen und Rechten ausgestattet. Der Legende nach gelobt Tuta die Gründung, weil sie auf dem Inn in Gefahr geraten ist und gerettet wurde.

Das Stift verfällt bald wieder, bis sich um 1126 Bischof Altman von Trient, ein Sohn des Grafen Udalschalk von Formbach, seiner annimmt. Er gründet ein Augustiner-Chorherrenstift und sichert es wirtschaftlich durch Landschenkungen. 1144 übergibt er das Stift dem Salzburger Domkapitel. Da Stift Suben fast keine inkorporierten Pfarren unterstellt sind, erlangt es, trotz wichtiger Privilegien (Zollfreiheit), kaum wirtschaftliche Bedeutung.

Zu Beginn des 18. Jahrhunderts werden die heruntergekommenen Stiftsgebäude abgerissen und neu errichtet, um 1770 baut man die Kirche im barocken Stil völlig neu.

1784 wird das Stift aufgehoben und dem Nachbarstift Reichersberg unterstellt. 1785 wird die Stiftskirche zur Pfarrkirche, die alte Pfarrkirche wird 1796 gesperrt und als Wohnhaus verkauft (heute Suben Nr. 351). Heute ist das ehemalige Stift eine Männerstrafanstalt.

Sehenswürdigkeiten

Der barocke Umbau der weiträumigen Kirche führte Baumeister Simon Frey durch. Der Hochaltar und die großen Seitenaltäre stammen vermutlich von Josef Deutschmann, ihre Altarbilder sind von Johann Georg Unrueh. Die restlichen Altäre sind in der Art des Matthias Kager geschaffen, die dazugehörigen Altarbilder malte Johann Jakob Zeiller. Der Säulenhochaltar trägt das Altarbild Apotheose des heiligen Lambert, wobei unten rechts im Bild die Ermordung des Heiligen in der Kirche von Maastricht dargestellt ist.

Die Orgel mit ihrem prachtvollen Prospekt stammt vom Passauer Meister Martin Haller. Ebenso das halbrund geführte Chorgestühl, das sich auf der Orgelempore befindet. In der ersten Kapelle an der Nordwand befindet sich die Grabplatte der Stifterin Tuta mit Kirchenmodell und Stiftswappen; ihr Hochgrab wurde um 1430 errichtet. In der Turmvorhalle sind ein frühgotisches Spitzbogenportal und Kreuzrippengewölbe aus dem Anfang des 13. Jahrhunderts erhalten geblieben. An der Rückwand hängt ein barockes Kruzifix, das Thomas Schwanthaler zugeschrieben wird. Im südlichen Seitenraum wurden 1969/70 Ausgrabungen unternommen (freiliegend und zu besichtigen), wobei man die Fundamente der alten romanischen Basilika entdeckte. In der Eingangskapelle Holzfiguren der Stifterin Tuta mit Relief der Stiftansicht und ein Geißelchristus, beide Statuen werden Josef Deutschmann zugeschrieben.

INFORMATION

Anreise: A 8 Abfahrt Suben; Pfarramt Suben am Inn, A-4975 Suben am Inn 87

Öffnungszeiten: Die Kirche ist täglich geöffnet, es gibt jedoch keine Führungen.

Kultur und Freizeit: Stift Reichersberg (siehe Seite 173); Schärding mit den schönen, bunten Bürgerhäusern, der sogenannten Silberzeile, und der Stadtpfarrkirche St. Georg; Kubin-Museum in Zwickledt bei Wernstein: In dem Schlößchen, in dem die Ausstellung der Werke Alfred Kubins (1877–1959) untergebracht ist, lebte der Künstler von 1906 bis zu seinem Tod. In Wernstein, direkt am Innufer, steht eine der schönsten Marienstatuen Österreichs: Sie wurde auf Wunsch Kaiser Ferdinands III. der Münchener Mariensäule nachempfunden und war ab 1647 Am Hof in Wien aufgestellt. 20 Jahre später kam sie nach Wernstein in den Besitz des Herren von Schloß Neuburg (am gegenüberliegenden Innufer in Bayern).

Viktring

Die große Anlage des ehemaligen Zisterzienserstiftes Viktring beherrscht den südlichen Stadtteil von Klagenfurt. 1202 weihte Erzbischof Eberhard von Salzburg die heutige Pfarr- und ehemalige Stiftskirche Maria vom Siege. Sie ist das einzige erhaltene Beispiel burgundischer Zisterzienserbauart östlich des Rheins.

Geschichte

Bernhard von Spanheim gründet das Kloster „Fitrin" 1142 auf ehemaligem Salzburger Besitz. Die ersten Mönche kommen aus Weiler-Bettnach in Lothringen. Das Stift entwickelt sich bald zu einem der reichsten Klöster des Landes sowie zu einem wichtigen Kulturzentrum des Mittelalters und der Barockzeit. In der Reformationszeit nimmt Viktring aber einen rapiden Abstieg: So wird Abt Matthäus von seinen Mitbrüdern so verletzt, daß er daran stirbt (1481).

Im 18. Jahrhundert baut man das Stiftsgebäude aus – doch zu spät: Kurz nach Abschluß der Arbeiten wird Viktring aufgehoben.

Sehenswürdigkeiten

Der strengen Zisterzienser-Bauordnung entsprechend besaß die Kirche weder Zierrat, Bilder, Skulpturen noch farbige Fenster. Unter dem Viktringer Abt Johannes II. (1312–1345), dem Geschichtsschreiber und Verfasser des „Liber certarum historiarum", erhielt die Kirche jedoch statt des vorschriftsmäßigen rechteckigen Chores den verpönten vieleckigen Chor. In diese Chorfenster setzte man dann 1380 die Viktringer Glasscheiben ein. Es sind über fünfzig Scheiben mit (links) Marienlegende, Stifterbild, Strahlenkranzmadonna, Christi Leidensgeschichte mit Stifterpaar und Wappen (rechts), den zwölf Aposteln sowie Architektur- und Wappenscheiben, alles Meisterwerke höfischer Glaskunst. Der fünfgeschossige Hochaltar aus dem Jahr 1622 ist in Form einer Monstranz gestaltet. Trotz seines Figurenreichtums ist das durchbrochen gearbeitete Altarwerk so transparent, daß die schönen Glasfenster dahinter zur Geltung kommen.

In der nördlichen Bernharduskapelle steht ein bemerkenswerter Marmoraltar von Lukas Mislej aus Laibach (1710). Die beiden Johannesstatuen aus Marmor schuf wahrscheinlich Angelo de Putti aus Padua, das Altarbild stammt von F.

Steiner (1715). An der Kapellenwestwand befinden sich volkstümliche, übermalte Hochreliefs der Leiden Christi, das Bild der Schutzmantelmadonna stammt aus dem 19. Jahrhundert.

Vom mittelalterlichen Bestand der Klostergebäude, die die Stiftskirche umlagern, sind nur noch die Prälatur südwestlich der Kirche und die nördlich davon liegenden Bauten mit vortretenden Halbrundtürmen erhalten. Im großen und ganzen stammen die Gebäude aus dem 18. Jahrhundert und erinnern eher an ein Schloß als ein Stift: mit hohen Dächern und dreistöckigen Arkadenreihen in den Höfen, einer 130 Meter langen, elegant gegliederte Südfront, dem prachtvollen englischen Garten und sowie Wassergräben rund um drei Seiten der Stiftsanlage. Die nach der Aufhebung in Privatbesitz übertragenen Stiftsgebäude nahmen u. a. auch eine Tuchfabrik auf.

Information

Anreise: von Klagenfurt südlich über B 91; Stift Viktring, Stift-Viktring-Straße 25, A-9073 Viktring

Öffnungszeiten: Die Kirche ist täglich geöffnet.

Restauranttip: Der Kirschnerhof in Maria Rain serviert regionale Spezialitäten mit Blick auf das Rosental und die nahen Karawanken

Kultur und Freizeit: Maria Wörth (siehe Seite 111) und Maria Loretto am Wörthersee sind einen Abstecher wert, ebenso der Wallfahrtsort Maria Saal auf dem Kärntner Zollfeld (nördlich von Klagenfurt). Dies ist einer der geschichtsträchtigsten Orte Kärntens, uraltes Siedlungsgebiet und mit einer Fülle überaus sehenswerter Kunstwerke ausgestattet. Die auf einem Felshügel liegende Kirchenfestung wird bekrönt von weit im Land sichtbaren Doppeltürmen. Ferlach hat eine lange Büchsenmachertradition, deren Geschichte im örtlichen Waffenmuseum dokumentiert ist. Ein wildromantischer Spazierweg führt von Ferlach in die Tscheppaschlucht.

Vorau

Im steirischen Joglland, dem Hügelland zwischen Masenberg und Wechsel, liegt das Augustiner-Chorherrenstift Vorau. Berühmt für seine barocke Pracht und eine der schönsten Bibliotheken des Landes, liegt der Ursprung des Stiftes viel früher, nämlich im 12. Jahrhundert. Den Beginn von Vorau markiert eine Geburt …

Geschichte

1163: Otakar III., Markgraf von Steyr, stiftet aus Freude über die Geburt seines Sohnes, des späteren ersten Herzogs der Steiermark, Otakars IV., Landgebiet für ein Augustiner-Chorherrenstift. Nach glücklich verlaufener Aufbauarbeit kommt es 1237 zu einem verheerenden Brand, bei dem Propst Bernhard II. (1235–1237) bei der Rettung wertvollster Handschriften den Flammentod findet. Er rettete aber doch einige der unschätzbaren Werke der Vorauer Schreibschule.

Die ungestüme Zeit der Raubritter ist in dem burgenreichen Grenzland vor allem während des Interregnums (nach 1246) für das Stift überaus problematisch. Mit der Wahl Rudolfs von Habsburg zum deutschen König beginnt eine Periode der Konsolidierung. Propst Leonhard beginnt 1458 mit dem Ausbau des Stiftes zu einer wehrhaften Klosterburg, die der Bevölkerung des umliegenden Raumes in Zeiten unmittelbarer Bedrohung durch die Türken als Fluchtburg dienen kann. Die Reformation bedroht das Kloster abermals, und im Jahr 1542 lebt nur noch ein einziger Chorherr im Stift. Erst in der Barockzeit beginnt in Vorau eine Periode materieller und geistiger Erneuerung. Das Stift wird stufenweise weiter ausgebaut und befestigt. Die kunstsinnigen Prälaten des 18. Jahrhunderts verhelfen der Pracht des Barock im Stiftsbereich voll zum Durchbruch.

1940 wird Vorau in eine NS-Parteischule umgewandelt. 1945 liegt Vorau mitten im Kampfgebiet und wird von Brandbomben schwer beschädigt. Auch der Markt wird schwer verwüstet. Doch schon im Mai 1945 nehmen die Chorherren die Arbeit wieder auf. Die zerstörten Stiftsgebäude werden unter den Pröpsten Prosper Berger (bis 1953) und Gilbert Prenner (1953–1970) wiederaufgebaut. Propst Rupert Kroisleitner führt bis zur 825-Jahr-Feier im Jahr 1988 eine umfassende Renovierung und Sanierung durch.

Sehenswürdigkeiten

Man betritt den großen unregelmäßigen Vorhof der Stiftsanlage durch den Vorbau und den 38 Meter hohen Torturm, den höchsten der noch erhaltenen Türme der einstigen Wehranlage, und sieht sich der Westfassade der Kirche gegenüber, die um 1660 als vollständiger Neubau der alten dreischiffigen Pfeilerbasilika nach Plänen von Domenico Sciassia errichtet wurde. Die Fassade der Kirche ist einfach gehalten, umso mehr überrascht der Eintritt in das Innere der Barockhalle. Breite, schwere Pilaster gliedern den Raum, die Fülle an Architekturmalerei und Freskierung ist überwältigend. Das künstlerische Zentrum der Kirche ist der Hochaltar von Matthias Steinl, eine glanzvolle, figurenreiche und triumphale Darstellung katholischer Glaubenswahrheiten. Die Kanzel, ein dem Hochaltar adäquates Kunstwerk von wahrhaft barocker Pracht (auf dem Schalldeckel die Heilige Dreifaltigkeit), stammt ebenfalls von Matthias Steinl. Die Seitenaltäre sind prachtvolle barocke Kombinationen aus Plastiken und Gemälden von Johann Cyriak Hackhofer, von dem auch die Darstellung des Höllensturzes in der Sakristei stammt.

Die Stiftsanlage besteht aus Vorgebäude und einer Reihe von Wirtschaftsgebäuden, die Kirche ist eingebunden in Klausur (südlich) und Prälatur (nördlich). Im Prälaturtrakt schöne Arkaden, im Nordtrakt der zweigeschossige Bibliothekssaal mit großen Deckenfresken, dazu in 31 Kartuschen Evangelisten, Propheten, Kirchenväter, die vier Erdteile und Embleme. Die Bibliothek mit 17.000 Bänden, 415 Handschriften und 206 Inkunabeln umfaßt unschätzbare Werke wie den Codex 276, eine Sammelhandschrift frühmittelhochdeutscher Dichtung (um 1190). Weiters besitzt die Bibliothek zwei wertvolle Coronelli-Globen mit über einem Meter Durchmesser (von 1688). Im Prälaturtrakt ist seit 1977 ein modern eingerichtetes Bildungshaus untergebracht, in dem ganzjährig Kurse stattfinden.

INFORMATION

Anreise: A 2 Abfahrt Pinkafeld von Graz kommend und A 2 Abfahrt Pinggau von Wien; Stift Vorau, A-8250 Vorau

Öffnungszeiten: Führungen durch die Kirche, die Sakristei und die Bibliothek von April bis Oktober für Gruppen nach Voranmeldung jederzeit, sonst täglich um 11 und 14 Uhr, das übrige Jahr nach Voranmeldung

Veranstaltungen: Im Sommer finden Konzerte im schönen Rahmen des Barocksaals, der Bibliothek und der Stiftskirche statt. Im Bildungshaus des Stiftes bietet man vielfältige Kurse, Einkehrtage und Exerzitien an.

Restauranttip: Gasthof Zur Festenburg in Bruck an der Lafnitz (etwa 5 km nördlich von Vorau)

Kultur und Freizeit: Die zum Stift gehörige Festenburg (nördlich von Bruck an der Lafnitz) ist eine romantische Klosterburg in den Vorbergen des Hochwechsels, die auf einzigartige Weise von Vorau aus ausgestaltet wurde. Besonders sehenswert ist die Pfarrkirche zur heiligen Katharina. Südlich von Vorau liegt die Wallfahrtskirche Pöllauberg (siehe Seite 157).

Waldhausen im Strudengau

Waldhausen, an der Pforte zum Strudengau, zählt mit der letzten gotischen und der ersten barocken Stiftskirche in Oberösterreich zu den lohnenswertesten Zielpunkten einer Klösterreise.

Geschichte

Im Jahr 1147 gründet Otto von Machland ein Augustiner-Chorherrenstift, zunächst auf der Burg Säbnich. Ab 1149 übersiedeln einige der Augustiner-Chorherren in ein neues Kloster auf dem Schloßberg, einem flachen Hügel nördlich des späteren Ortes Waldhausen. Trotz der idyllischen Lage steht das Kloster unter keinem guten Stern, und die wirtschaftliche Lage bleibt über die Jahrhunderte prekär. Der bedeutendste Chorherr der Anfangszeit ist Konrad von Waldhausen (gestorben 1360), Prediger am Hofe Kaiser Karls IV. in Prag. Er gilt als Vorläufer des Johann Hus.

Im frühen 15. Jahrhundert zerstören die Hussiten das Kloster und den Ort. Unter Propst Laurentius Voss (1647–1680) erlebt Waldhausen seine Glanzzeit. Der Stiftsneubau wird in Angriff genommen. Darauf folgt jedoch der rapide wirtschaftliche Abstieg: 1786 wird Waldhausen der Administration durch Stift St. Florian unterstellt, im Jahre 1792 wird es aufgehoben.

Doch damit noch nicht genug: Kaiser Franz I., der in Laxenburg bei Wien seine romantische Franzensburg errichtet, läßt von 1800 bis 1810 den Großteil der Stiftsanlagen schleifen und als Baumaterial nach Laxenburg bringen. Während der Franzosenkriege zerstören französische Soldaten Teile des Hochaltares der Stiftskirche.

Danach gerät Waldhausen so gut wie ganz in Vergessenheit. Erst nach dem Zweiten Weltkrieg erkennt man den Wert der verfallenden Stiftskirche und beginnt eine umfassende Renovierung.

Sehenswürdigkeiten

Die imposante Kirche im stillen Waldtal wurde von 1650 bis 1661 nach Plänen von Carlo Canevale erbaut und vom Brüderpaar Giovanni Battista und Christoph Colomba mit herrlichem Stuck und Fresken versehen. Die überreiche Stuckierung kommt im wechselnden Licht der Emporenfenster besonders gut zur Geltung. In Kartuschen eingepaßt sind an die 300 farbstarke Fresken

mit Szenen aus dem Leben Jesu und Darstellungen aus der Geschichte der Kirche und des Klosters.
Der eindrucksvolle Hochaltar in Schwarz und Gold ist eine Arbeit des Passauer Tischlers Paul Deniffl (1669). Zwischen den Säulen die lebensgroßen Figuren des heiligen Augustinus und des heiligen Ambrosius. Das ursprüngliche Altarblatt wurde von den Franzosen zerschossen, das heutige Hochaltarbild Mariä Himmelfahrt von Johann Nepomuk Schöpf (um 1810) stiftete Kaiserin Karolina Augusta. Die Orgel der Stiftskirche ist dem österreichischen Kirchenmusiker Anton Heiller als Gedächtnisorgel gewidmet.
In der Sakristei hinter dem Hochaltar ist neben den Fresken und den Originaltüren ein frühbarockes Lavabo aus Marmor (um 1680) besonders sehenswert.
Im Süden der Stiftskirche, im Prälatengarten, befinden sich Granittische und -bänke aus Werkstücken der abgebrochenen Klostergebäude.
Im Markt gibt es einige hübsche alte Häuser, besonders bemerkenswert ist jedoch die Pfarrkirche, das bedeutendste Werk der Nachgotik in Österreich und Ausdruck der entschlossenen Gegenreformation. Sie wurde etwa 1610 bis 1612 erbaut, also in einer Zeit, in der sich an vielen Orten bereits der Barockstil Bahn brach. Der Linzer Baumeister Hiob Eder errichtete zwischen dem Chor aus der Mitte des 15. Jahrhunderts und dem Turm aus dem 14. Jahrhundert ein neues, dreischiffiges Langhaus.
Der Hochaltar stammt aus der Schloßkapelle zu Aurolzmünster und wurde erst 1957 hierher transferiert; es ist ein barocker Säulenaufbau in der Schwanthaler-Art. Die eisenbeschlagene Westtüre trägt Spuren von Hellebardenhieben, angeblich Zeichen der Hussitenüberfälle, daneben Kugeleinschlaglöcher aus den Tagen der Franzosenkriege.
Das Südfenster der Sakristei birgt das älteste Glasfenster Waldhausens (um 1500) mit einer Strahlenmadonna mit Jesuskind.

INFORMATION

Anreise: B 3, Abfahrt Sarmingstein; Pfarramt Waldhausen, Schloßberg 1, A-4391 Waldhausen im Strudengau

Öffnungszeiten: Beide Kirchen sind tagsüber geöffnet, Führungen gegen Voranmeldung im Pfarramt.

Veranstaltungen: Im Sommer werden in der Stiftskirche Konzerte abgehalten, am 8. Dezember das Konzert Musik zur Weihnacht in Waldhausen und Adventmarkt.

Kultur und Freizeit: Badesee Waldhausen, Besuch beim letzten bäuerlichen Wachszieher Österreichs in Waldhausen

Wien – Benediktinerabtei Unserer Lieben Frau zu den Schotten

Die Wiener Schottenabtei ist die letzte lebende Zeugin der iroschottischen Missionsbewegung des Mittelalters: Von den vielen Schottenklöstern dieser Zeit ist sie das einzig noch bestehende. Auf dem sogenannten Steinfeld vor der damaligen Stadtmauer erhielten die irischen Mönche, die Herzog Heinrich II. Jasomirgott 1155 aus Regensburg (St. Jakob) nach Wien gerufen hatte, Grund zur Errichtung eines Klosters, des ältesten von Wien.

Geschichte

Der älteste echte Stiftungsbrief datiert von 1161. Da Irland damals Nova Scotia hieß, wurden die Mönche als „Schotten" bezeichnet, ein Name, der auch auf die Melker Benediktiner überging, als sie am Beginn des 15. Jahrhunderts das Kloster übernahmen. Die neue Abtei erhielt viele Gerechtigkeiten und Freiheiten sowie das Asylrecht zugesprochen. Entsprechend heißt der Platz vor dem Kloster noch heute „Freyung". Erst im Jahre 1200 wurde die romanische Pfeilerbasilika mit drei Apsiden geweiht; Reste dieses Baues und der Nachfolgebauten aus der Gotik sind noch heute im Mauerwerk der Kirche erhalten.

Als der Nachschub irischer Klosterbrüder zu versiegen schien, befahl eine Bulle Papst Martins V. (erwirkt vom damaligen österreichischen Herzog Albrecht V.) die Aufnahme heimischer Mönche, eine Anordnung, der sich die Iroschotten durch ihren Rückzug nach Regensburg zu entziehen wußten. Das dortige Schottenkloster hat bis in die zweite Hälfte des 19. Jahrhunderts weiterbestanden.

So zogen im Jahr 1418 hier Benediktiner aus Melk ein, die den Geist der Melker Reform mitbrachten. Sie lebten sich rasch ein und errangen bald eine führende Stellung im Geistesleben der Stadt: Dies beweisen die engen Beziehungen zur Universität, die bedeutenden Beiträge zur Entwicklung der Musik und des Theaters.

Auch die gotische Tafelmalerei dieser Zeit besitzt ein besonderes Kunstwerk im Flügelaltar des „Schottenmeisters", der niederländische und fränkische Einflüsse verarbeitete. Bei geschlossenen Flügeln zeigten acht Tafeln die Passion

Christi (1469). Geöffnet erblickte man 16 Tafeln mit Szenen aus dem Marienleben. Die Schnitzteile des Altares, Predella, Gesprenge und Schrein mit Schnitzfiguren (vermutlich: „Krönung Mariens"), sind völlig verlorengegangen. Besonders bekannt wurden zwei Tafeln aus dem Marienleben, „Heimsuchung" und „Flucht nach Ägypten", die realistische Darstellungen des spätmittelalterlichen Wien bieten. Die Tafeln befinden sich heute im „Museum im Schottenstift".

Die Gebäude von Kloster und Kirche hatten durch die Zeitläufe ziemlich gelitten. Dazu kamen ein Erdbeben 1443 und schließlich ein katastrophaler Brand 1488, sodaß dauernde Sanierungsarbeiten notwendig wurden. Auch 1683, am ersten Tag der Türkenbelagerung, brach hier ein verheerender Brand aus, der die Stadt aufs höchste gefährdete.

Das 18. Jahrhundert stellte dann in vielfacher Hinsicht den Höhepunkt der bisherigen Geschichte der Abtei dar. Abt Carl Fetzer (1705–1750) konnte in personeller, wirtschaftlicher und geistlicher Hinsicht das Kloster so weit stärken, daß es die Schwierigkeiten der folgenden josephinischen Zeit überstand.

1827 lieferte Josef Kornhäusel 1827 die Pläne zur Ersetzung des „finsteren, ungesunden und baufälligen Gebäudes". Unter Bauleitung Josef Adelpodingers verschwanden die mittelalterlichen Bauten, der Kreuzgang und die Kapellen. 1832 vollendet, beherrschte und beherrscht der nunmehr entstandene Schottenhof, der schon längst innerhalb der Stadtmauern gelegen war, das Stadtbild an der Freyung.

Heute wie zu allen Zeiten waren die Benediktiner der Schottenabtei an der Wiener Universität, in zahlreichen Grundschulen und in ihrem berühmten Gymnasium pädagogisch tätig, zu dessen Absolventen unter anderen die Literaten Eduard Bauernfeld, Friedrich Halm, Ferdinand von Saar, Johann Nestroy und die Nobelpreisträger Julius Wagner-Jauregg und Konrad Lorenz zählten, aber auch mehrere Politiker, am prominentesten unter ihnen Victor Adler, der Begründer der Sozialdemokratischen Partei Österreichs.

Sehenswürdigkeiten

Wie die Klostergebäude erlebte auch die Kirche zahlreiche Umbauten, die vor allem in der Barockzeit nach dem Einsturz des Vierungsturmes 1635 praktisch auf einen Neubau hinausliefen. 1638 bis 1648 unter Marco Spazio sowie unter Andrea d'Allio und Antonio und Sylvester Carlone wurde die verkürzte Kirche zur barocken Wandpfeilerkirche umgestaltet (Kirchweihe am Pfingstsonntag, 31. Mai 1648). Dem Brand von 1683 folgte 1690 eine neuerliche Restaurierung, 1732 wurden die Stümpfe der geplanten Fassadentürme erneuert und 1886 bis 1893 mit neuen Helmen versehen. Während dieser Restaurierungsphase wurde 1883 auch der neue, nicht völlig geglückte Marmorhochaltar nach Entwurf Heinrich von Ferstels errichtet, wobei das Gemälde „Himmlische Glorie" von Joachim

Sandrart (von 1669) entfernt und durch ein Marienmosaik ersetzt wurde. Das Bild befindet sich heute im Museum.
Durch eine neuerliche Restaurierung in den Jahren 1992 bis 1994 wurde, den liturgischen Anforderungen der neueren Zeit entsprechend, der Altarraum umgestaltet (Architekt Kurt Schlauss); neben einem neuen Chorgestühl (das alte steht jetzt in der Pfarrkirche Pulkau im Weinviertel) wurden auch zwei Orgeln angeschafft, vom Schweizer Orgelbaumeister Hermann Mathis 1994 bzw. 1996 hergestellt.
An der Außenseite der Kirche befindet sich über dem Haupteingang, umgeben von zwei Figuren (hl. Papst Gregor, der Patron des Klosters, und hl. Benedikt), eine Marienstatue von Tobias Kracker (1651); ein Erinnerungsrelief für den Klostergründer Heinrich Jasomirgott (spätes 19. Jahrhundert) ziert die Südwand gegen die Freyung.
Die älteste marianische Gnadenstatue Wiens (um 1230), „Unsere Liebe Frau von den Schotten", befindet sich seit 1994 in der auch als Sakramentskapelle verwendeten „Romanischen Kapelle" rechter Hand des Presbyteriums. Zur „Schottenmadonna" nahmen die Wiener immer wieder Zuflucht in Zeiten der Gefahr. Sowohl das Scheitern des schwedischen Siegeszuges als auch die Eindämmung des gewaltigen Brandes von 1683 und die siegreiche Beendigung der Türkenbelagerung wurde dem Einfluß der wundertätigen Statue zugeschrieben.
Die weiträumige Gruft birgt die Sarkophage des Klosterstifters Heinrich Jaomirgott und seiner Gemahlin Theodora, einer byzantinischen Prinzessin, sowie vieler Adeliger und Angehöriger der Schottenpfarre, darunter auch Ernst Rüdigers Graf Starhemberg, der 1529 die Verteidigung Wiens gegen die Türken geleitet hatte, und des aus Südtirol stammenden Barockmalers Paul Troger (Erinnerungstafel von 1998). 1960 wurde der Raum der Krypta von Robert Kramreiter in würdiger Form modernisiert und 1992, wieder durch Kurt Schlauss, neuerlich umgestaltet. Der Hauptaltar zeigt zwei typologisch einander zugeordnete Reliefs (Jona und Christus) von Rudolf Szyszkowitz, das Gemmenkreuz über dem Altar ist vom Wiener Künstler Franz Grandegger gefertigt. In der Krypta befindet sich auch die Grablege der Schottenmönche.
Die klassizistischen Stiftsgebäude Kornhäusels wirken nur wenig klösterlich, der eigentliche Klostereingang liegt im stimmungsvollen, baumbestandenen Innenhof des „Schottenhofes", der nicht nur zahlreiche Privatwohnungen, sondern auch Lokale, Geschäfte, Büros und Universitätsinstitute beherbergt. Hinter den bürgerlich erscheinenden Fassadenmauern des Klosters verbergen sich ebenso schlichte Innenräume. Etwas monumentaler zeigt sich der große, nüchtern wirkende Bibliothekssaal (um 1830) mit mächtigen Säulen und Galerien; er birgt eine überaus renommierte wissenschaftliche Bibliothek von

150.000 Bänden, 720 Handschriften und 420 Wiegendrucken. Mit den angeschlossenen Sammlungen (unter ihnen eine „Neue Bibliothek“, die vor allem für Studienzwecke der Mönche laufend ergänzt wird), beläuft sich der Bücherbestand auf etwa 250.000 Bände.

Im stukkierten Prälatensaal befindet sich heute das ehemalige Hochaltarbild der Schottenkirche; dieser Raum dient als Veranstaltungs- und Empfangsraum, gehört aber bereits zum 1995 gegründeten „Museum im Schottenstift“, das auch die Räume der ehemaligen Prälatur umfaßt. Hier sind die bedeutendsten Werke aus dem Klosterbesitz ausgestellt, darunter die berühmten Tafeln des „Schottenmeisters“.

Bei den Führungen durch das Kloster werden die Bestände dieses Museums gezeigt, aber auch Kirche und Krypta durch Erläuterungen aufgeschlossen. Derzeit nicht zu besichtigen ist die Bibliothek.

Information

Anreise: Das Schottenstift liegt im 1. Bezirk an der Freyung, nahe der U-Bahnstation Schottentor. Abtei zu den Schotten, Freyung 6, A-1010 Wien

Öffnungszeiten: Die Kirche ist täglich geöffnet, das Museum im Schottenstift Sonntag 12 bis 17 Uhr, Donnerstag bis Samstag 10 bis 17 Uhr und nach Vereinbarung.

Veranstaltungen: In der Schottenkirche finden das ganze Jahr über Konzerte statt, ebenso finden in den Gewölben unter dem Klosterhof regelmäßig Sonderausstellungen statt.

Restauranttip: Das zweite berühmte Gebäude an der Freyung, das Palais Ferstel, beherbergt das Café Central.

Einkaufen: Im Museumsshop gibt es Kunstkarten, Faksimiledrucke, diverse Literatur sowie verschiedene Obstbrände.

Wilhering

In idyllischer Lage direkt am Südufer der Donau, etwa acht Kilometer westlich von Linz liegt das Zisterzienserstift Wilhering. Die Kirche ist ein Juwel des Rokoko. Sie gilt als ein Gesamtkunstwerk, entstanden aus dem harmonischen Gleichklang von Architektur, Malerei, Stuck, Skulptur und Fresken.

Geschichte

Die Herren von Wilhering geben ihre Burg an der Donau auf und überlassen den Besitz den Zisterziensern des steirischen Stiftes Rein. Im Jahre 1146 kommen zwölf Mönche mit ihrem Abt in Wilhering an, sie ziehen jedoch knapp vierzig Jahre später aus ungeklärten Gründen wieder nach Rein zurück. Erfolgreicher sind jene Mönche, die daraufhin aus dem bayerischen Ebrach berufen werden. Bald entwickelt sich das bescheidene Rodungskloster durch Schenkungen zu einem umfangreichen Wirtschaftsimperium, das Ländereien diesseits und jenseits der Donau besitzt. Nach den Blütejahren des Hochmittelalters bringt die Reformationszeit Wilhering in große Schwierigkeiten. So flieht der letzte Abt dieser Periode nach Nürnberg, um dort zu heiraten.

Eine weitere Katastrophe trifft Wilhering 1733, als Klostergebäude und Kirche einem Großbrand zum Opfer fallen. Ein verzweifelter, umherziehender Landarbeiter hatte eine Zwölfjährige zur Brandstiftung gezwungen, um sich an seinem Schicksal zu rächen. Knapp entkommt das Mädchen dem Tod auf dem Scheiterhaufen, als schließlich der Anstifter entdeckt wird. Dieser aber endet in den Flammen.

Die Brandruine wird jedoch nicht abgetragen, sondern wieder aufgebaut. 1940 wird das Stift enteignet, schließlich dient es als Umsiedlerlager und Hospital, ehe die Patres den Klosterbetrieb wieder aufnehmen können.

Sehenswürdigkeiten

Das Juwel Wilherings ist die Stiftskirche, die als hervorragendste Leistung des Rokoko im süddeutschen Raum und als Synthese zwischen österreichischem Barock und bayerischem Rokoko gilt. Bemerkenswert ist dabei, daß es sich nicht um die Leistung eines einzelnen hervorragenden Künstlers handelt, sondern um eine einfühlsame Zusammenarbeit mehrerer Meister, etwa des Linzer Maurermeisters Johann Haslinger, der mit dem Wiederaufbau der Kirche beauftragt wurde, den Stukkateuren Franz Josef Ignaz Holzinger und dem aus Wessobrunn kommenden Johann Georg Übelher sowie Johann Michael Feichtmayr aus Augsburg.

Die Einturmfassade der Rokokokirche hat noch das alte, romanische Stufenportal der dreischiffigen Pfeilerbasilika (Baubeginn 1195). Die Fassade und der Turm mit schwerem Zwiebelhelm und gedrungener Laterne sind durch Pilaster gegliedert. Man betritt den Innenraum der Kirche durch eine Vorhalle unter der Orgelempore. Die alte Orgel ersetzte man 1884 durch einen Neubau. Neben der großen Orgel besitzt Wilhering in der Chororgel noch eine besondere Kostbarkeit: Das klangschöne Instrument war eine der Lieblingsorgeln Anton Bruckners.

Der Eindruck des Innenraumes ist der eines heiteren Rokokofestsaales, der den Ernst eines Sakralraumes schon fast vermissen läßt und das Resultat der Zusammenarbeit Johann Haslingers mit dem Wiener Theateringenieur Andrea Altomonte ist. Die Deckengemälde führte Bartolomeo Altomonte aus. Die Altarblätter sind hervorragende Arbeiten Martino Altomontes. Der Hochaltar stellt Mariä Himmelfahrt dar; der Altarentwurf ist von Andrea Altomonte. Ein besonderes Charakteristikum der Wilheringer Kirche sind die etwa 800 Engel, die, in Stuck und Malerei ausgeführt, den Innenraum bevölkern, voll heiterer Natürlichkeit und Fröhlichkeit.

Im Stiftshof steht ein Springbrunnen mit der Statue der Religion von Franz Schneider. Im Stiftspark, der die umliegende Landschaft in die Gestaltung mit einbezieht, sehen wir einige interessante Solitärpflanzen, darunter eine alte Eibe aus der Gründungszeit.

Die Sammlung des Malers und Bildhauers Fritz Fröhlich, der für die Restaurierung von Wilhering in den siebziger Jahren verantwortlich war, befindet sich ebenfalls in den Räumen des Stiftes.

Information

Anreise: von Linz auf der B 129 Richtung Eferding; Stift Wilhering, Linzer Straße 4, A-4073 Wilhering

Öffnungszeiten: Die Kirche ist täglich geöffnet, die Sammlung Fröhlich täglich von Mitte Mai bis Mitte Oktober.

Restauranttip: Im Landgasthof Dieplinger in Eferding können Sie regionale Schmankerl aus der hauseigenen Landwirtschaft, Fischspezialitäten sowie die selbstgebrannten und prämierten Schnäpse des Hausherrn verkosten.

Kultur und Freizeit: Der Pöstlingberg mit der Wallfahrtskirche zu den Sieben Schmerzen Mariä, der Märchengrottenbahn und seinem Tierpark ist ein lohnendes Ziel für die ganze Familie. Stift St. Florian (siehe Seite 174) 6 km südlich von Linz zählt zu den bedeutendsten barocken Bauwerken Österreichs.

Wilten

Stift Wilten in Innsbruck ist die älteste bekannte Kultstätte Nordtirols und hundert Jahre älter als die Stadt. Durch Ausgrabungen wurde bestätigt, daß an der Stelle der heutigen Stiftskirche schon im 4. oder im 5. Jahrhundert ein christliches Heiligtum des heiligen Laurentius stand, das seinerseits auf den Ruinen des römischen Castells Veldidena errichtet war. Heute sind hier gleich zwei Kirchen zu besichtigen, und zwar die Pfarr- und Wallfahrtskirche Unserer lieben Frau unter den vier Säulen, die sogenannte Wiltener Basilika, sowie die Stiftskirche St. Laurentius. Wilten betreut über 20 Pfarren in und um Innsbruck, neben dem seelsorglichen Schwerpunkt wird im Stift das täglich dreimalige Chorgebet und das Gemeinschaftsleben nach der Augustinus-Regel gepflegt.

Geschichte

Der Sage nach soll 860 bis 878 der Riese Haymo aus dem Rheinland bei der alten Laurentiuskirche das Kloster Wilten gegründet haben. Er baute es als Sühne dafür, daß er seinen Nachbarn, den heimischen Riesen Thyrsus aus Seefeld, im Kampf erschlug. Der Bau wurde jedoch von einem Drachen gestört, der in der Sillschlucht beim Iselberg hauste und den Klosterbau verhindern wollte. Aber Haymo erschlug auch den Drachen, riß ihm die Zunge aus und vollendete das Kloster. Haymo wurde in der Klosterkirche begraben, und noch heute steht sein angeblich lebensgroßes, drei Meter hohes Abbild von 1500 im Kirchenvorraum. Vor dem Kirchenportal aber stehen Haymo und sein Feind Thyrsus einträchtig Wache.

1128 übergibt der Bischof von Brixen Reginbert die Kirche und das alte Kloster dem neu gegründeten Orden der Prämonstratenser. Die ersten Mönche dieses Ordens kommen aus dem oberschwäbischen Kloster Rot an der Rot. Schon 1201 wird die bestehende Kirche des heiligen Laurentius erweitert und neu geweiht.

Im Jahr 1644 stürzen das Kirchengewölbe und der Turm ein, und so wird von 1651 bis 1665 die neue Kirche nach Plänen von Christoph Gumpp in einer in ihrer Stilreinheit einmaligen Form errichtet. Unter Abtpersönlichkeiten wie Andreas Mayr, Dominikus Loer, Gregor von Stremer und Martin von Stickler erlebt Wilten zwischen 1620 und 1750 eine Hochblüte.

Die bayerische Herrschaft hebt 1805 Stift Wilten auf und veräußert den gesamten Besitz. Erst 1815, nach dem Wiener Kongreß, kann das Stift wieder eingerichtet werden. 1939 heben die Nationalsozialisten Stift Wilten abermals auf. 1944 zerstört eine Bombe die Stiftskirche fast völlig, und es dauert bis 1952, ehe das Gebäude wieder renoviert ist.

Sehenswürdigkeiten

Die hochbarocke, kräftig gefärbelte Fassade der Stiftskirche wurde 1716 nach Plänen von Georg Anton Gumpp errichtet. Die Balustradenfiguren am Dreieckgiebel und die Statuen der Riesen Haymo und Thyrsus neben dem Portal stammen von Nikolaus Moll, einem Schüler Balthasar Permosers, Anfang des 18. Jahrhunderts. Von den zwei geplanten Türmen wurde nur der nördliche, über 50 Meter hohe Turm errichtet. Seine Gestalt wurde in Tirol häufig nachgeahmt.
Zwei überaus schön gearbeitete Gitter trennen die Vorhalle vom Kirchenraum. Den reichen Stuck des Langhauses schuf Bernardo Pasquale, die kräftigen Fresken stammen von der Hand Kaspar Waldmanns. Die Fresken der letzten beiden Joche wurden nach dem Bombenschaden des Zweiten Weltkriegs 1952 durch Hans Andre neu gemalt.
Der wuchtige Kolossalaufbau des Hochaltars, der die ganze Chorwand einnimmt, ist wie die Seitenaltäre aus schwarz gebeiztem Birnbaumholz geschnitzt. Das große Hochaltarbild, welches die Kirchenpatrone Laurentius und Stephanus mit der Rosenkranzkönigin und den heiligen Dominikus und Katharina zeigt, malte Ägid Schor von Innsbruck 1671. In der ersten Seitenkapelle an der Epistelseite befindet sich der Kreuzaltar mit einem spätgotischen Kruzifix um 1510. Die schöne Kanzel stammt aus der Mitte des 18. Jahrhunderts.
Im Klostergebäude ist hauptsächlich die sogenannte Abtei sehenswert. Über dem Haupteingang steht der Riese Haymo, der den Drachen erschlägt. Die Eingangshalle mit Portalen in gotischen Formen stammt noch aus dem mittelalterlichen Klosterbau. Im geräumigen Vestibül des ersten Stockes befinden sich Stuckaturen von Bernardo Pasquale und ein Deckenfresko, Vision des heiligen Norbert vom Bau des Mutterklosters in Prémontré, von Ägid Schor. Südlich davon liegt der Gartensaal mit gemalten Parklandschaften, ebenfalls von Ägid Schor. Im oberen Stock befindet sich das Jagdzimmer mit Darstellungen einer Eberjagd und einer Falkenbeize, von Kaspar Waldmann gemalt. Der Prunkraum des Klosters ist der modern eingerichtete Norbertisaal mit Stuckdecke und Fresken von Kaspar Waldmann, die das Leben des heiligen Norbert schildern. Sie wurden allerdings 1956 von F. und W. Köberl restauriert und ergänzt. Daneben das Verklärungszimmer mit der Darstellung der Verklärung Christi, ebenfalls von Kaspar Waldmann.
Ein kleines Museum enthält gotische Tafelbilder und Reste des spärlichen Kirchenschatzes. Der Wiltener Kelch, eine Kostbarkeit der Metallverarbeitung des 12. Jahrhunderts, befindet sich heute im Kunsthistorischen Museum in Wien.

Neben der Stiftskirche erhebt sich die doppeltürmige Wallfahrtskirche Unsere Liebe Frau unter den vier Säulen aus dem 18. Jahrhundert, von südbayerischen Künstlern gestaltet. Es ist eines der schönsten Beispiele, wie vollendet die Stukkateure der Wessobrunner Schule in der Lage waren, einen Kirchenraum in zartem Rokokostil auszugestalten, aufzulockern und geradezu schwerelos zu machen: Am Altar wird das Gnadenbild aus dem 14. Jahrhundert durch auf vier Pilastern ruhende Rocaillearchitektur bekrönt, die dem Gnadenbild etwas Schwebendes verleiht.

Information

Anreise: Wilten liegt am südlichen Stadtrand von Innsbruck kurz vor der Auffahrt auf die Brennerbundesstraße, Autobahnausfahrt Innsbruck-Ost. Stift Wilten, Klostergasse 7, A-6020 Innsbruck

Öffnungszeiten: täglich geöffnet, Führungen von Juli bis September, sonst nach Vereinbarung

Kultur und Freizeit: Einen Besuch wert ist die Hofkirche im Zentrum von Innsbruck mit dem Grabmahl Kaiser Maximilians I. und der Silbernen Kapelle. Liebhaber des Rokoko sollten auch das Helbinghaus schräg gegenüber dem Goldenen Dachl besichtigen.

Zwettl

Das Zisterzienserstift Zwettl bildet eines der kulturellen Zentren des Waldviertels. Berühmt ist es nicht nur für seine Architektur, sondern auch wegen seiner grandiosen Barockorgel (1728-30) des Passauer Orgelbauers Johann Ignaz Egedacher. Jeden Sommer findet hier das qualitativ hochwertige Internationale Orgelfest statt.

Geschichte

Auf einer Lichtung (slaw. svetlá) am Ufer des oberen Kamp findet sich, der Gründungslegende nach, mitten im Winter des Jahres 1138 eine grünende Eiche. An dieser Stelle des damals schwer zugänglichen Nordwaldes gründet der Marienverehrer Hadmar I. aus dem Ministerialengeschlecht der Kuenringer das Zisterzienserstift Zwettl. Vom Zisterzienserorden her ist jedoch das Stift Heiligenkreuz bei Baden das Gründungs- und Mutterkloster.

An einem Tag umreiten Abt Hermann I. von Stift Zwettl und Hadmar I. von Kuenring den Stiftsbesitz. Die ersten zwölf Mönche roden die umrittenen Teile des Urwalds und errichten eine Klosteranlage in einem Tal, wie es für Zisterzienser üblich ist. Eine steinerne Brücke über den Kamp, die den Transport des für den Klosterbau nötigen Materials ermöglichte, ist heute noch, nach 800 Jahren, Zeuge dieser Zeit.

1159 kann Bischof Konrad II. von Passau, ein Sohn des Babenberger Markgrafen Leopold III. des Heiligen, Kirche und das Kloster weihen. Das reich bestiftete Kloster erlebt einen raschen Aufschwung. Eine bedeutende Schreibstube (Scriptorium) sorgt für ein rasches Anwachsen des Buchbestandes. Das Zwettler Stiftungsbuch, die bekannte Bärenhaut von 1311, ist eine der wichtigsten erhaltenen Handschriften.

1427 zerstören Hussiten das Kloster, Einfälle der Böhmen und Besetzung durch den Ungarnkönig Matthias Corvinus führen zu einem zeitweiligen Niedergang von Stift Zwettl.

Das ursprünglich strenge zisterziensisch-benediktinische Prinzip, von der eigenen Hände Arbeit bzw. von der Arbeit der in den Wirtschaftshöfen (Grangien) zu leben und auf das Einheben von Zins und Abgaben von Untertanen zu verzichten, war in der Charta caritatis, der ersten Verfassung des Ordens, festgelegt. Dieses Prinzip wird in Zwettl bereits im 13. Jahrhundert zugunsten der Zinswirtschaft, d. h. der Einhebung des Zehents, verlassen.

Die schweren Zeiten dauern jedoch bis in in die Barockzeit an: Reformationswirren, Türkenkriege, Bauernaufstände und Schwedeneinfälle bringen das Kloster immer wieder an den Rand des Ruins.

Erst mit dem allgemeinen Aufschwung nach dem Ende der Türkenkriege können tüchtige Äbte einen neuen Höhepunkt in der Entwicklung des Klosters herbeiführen. Die josephinische Epoche bringt dem Stift neben der Verpflichtung zu vermehrter Seelsorgetätigkeit auch eine verstärkte Einbindung in die neu einsetzenden kulturellen und sozialen Unternehmungen.
Die Wirtschaft konzentriert sich heute auf den Wald, auf die Landwirtschaft, auf die Fischzucht um das Stift und auf die Weinproduktion in Gobelsburg.

Sehenswürdigkeiten

Das weitläufige Stift, oder besser: einige Teile davon, kann man nur im Rahmen einer Führung besuchen. Obwohl Bibliothek, Konventhof und Prälatur im Klausurbereich liegen (das heißt, nicht besichtigt werden können), erwartet den Besucher von Stift Zwettl genügend Sehenswertes: Kreuzgang, Kapitelsaal, Kunstkammer, (Einstützensaal) Dormitorium und natürlich die Kirche.
Die jahrzehntelange Arbeit am Zwettler Kreuzgang – von 1182 bis 1240 – zeigt eine Abfolge der Stile. An seinem Aufbau kann man angewandte Kunstgeschichte betreiben, entstand er doch in der Übergangsphase der Spätromanik zur Frühgotik. Das Brunnenhaus, über sechseckigem Grundriß errichtet, besticht durch seine edlen Proportionen.
Noch älter als der Kreuzgang ist der Kapitelsaal (1145–1150), das älteste erhaltene Zisterzienser-Capitulum überhaupt. Den strengen Raum stützt eine einzige wuchtige Säule mit einem einmaligen Konsolenkapitell. Der Einstützenraum (Dormitorium – der gemeinsame Schlafsaal der Mönche) zeigt einen wuchtigen Viereckspfeiler; daneben das Necessarium, die über dem Mühlbach (und damit mit Fließwasser!) errichtete Latrinenanlage, die einzig erhaltene ihrer Art – ein kulturhistorisches Kuriosum.
Im Barock erhielt Zwettl seine uns heute vertraute Prägung. Die spätromanische Fassade wurde abgerissen. Nun entstand die großartige Westfassade der Kirche, deren 90 Meter hoher Turm wie eine organische Bekrönung aus dem Bau emporwächst, eine Novität insofern, als die Bauordnung der Zisterzienser ursprünglich nur Dachreiter, aber keine Türme zuließ.
Oberhalb des Mittelportals links und rechts die beiden Stifterfiguren Hadmar I. und Heinrich IV. von Kuenring, im Zentrum der heilige Bernhard von Clairvaux. Zwei überaus bewegte Engelsgestalten flankieren auf kräftigen Voluten die Fassade, die mit einer üppigen Steinvase geziert ist, den strengen Ernst des dunklen Granits auflockernd und kontrapunktierend. Matthias Steinl entwarf den Turm, Joseph Munggenast führte dann den Bau aus. Eine von Johann d'Ambrosy gefertigte vergoldete Christusstatue krönt die Turmspitze.
Im Kircheninneren wurde 1731–33 der barocke Hochaltar aufgestellt. Der reiche Figurenschmuck stammt von Josef Maria Götz. Die in Weiß

gehaltenen Figuren verbinden die Gründungslegende (Eiche!) mit der Himmelfahrt und Krönung Mariens, von einem Baldachin überwölbt. Die barocken Seitenaltäre der Kapellen stammen hauptsächlich von Joseph Munggenast, die Plastiken von Jakob Schletterer, einem Schüler Raphael Donners.

Besonders sehenswert sind der spätgotische Flügelaltar, auf dessen acht Tafeln Jörg Breu d. Ä. um 1500 das Leben des heiligen Bernhard von Clairvaux in detailfreudigen Episoden darstellte. Die anderen Seitenaltäre tragen Altarbildern von Martin Altomonte, Kremser Schmidt sowie Paul Troger.

Die letzte entscheidende Veränderung erfuhr die Ausstattung der Kirche in der Zeit des Historismus, als eine Generalrenovierung zur Einsetzung neugotischer Glasfenster führte. Nur am Orgelchor finden sich in den Hochfenstern 22 hochgotische Glasmalereien aus der Stiftspfarre St. Wolfgang bei Weitra, qualitativ hervorragende Arbeiten aus der Zeit um 1450. Sie wurden hierher übertragen und 1965 eingesetzt.

Im Nordflügel des Konventhofes befindet sich die nach Entwürfen Joseph Munggenasts (1730–32) errichtete Bibliothek, die leider nicht öffentlich zugänglich ist. Schöner Deckenstuck umrahmt die fünf Deckenfresken Paul Trogers, die Göttliche Weisheit sowie Motive aus der Herkulessage. Die Bibliothek enthält 424 Handschriften, die in vier umfangreichen Bänden neu katalogisiert wurden, 377 Inkunabeln in 287 Bänden und etwa 70.000 Bücher.

In den beiden Ausstellungsräume der Kunstkammer sieht man einige Zwettler Kostbarkeiten, so das Zwettler Kreuz, ein romanisches Reliquienkreuz (um 1170–80, um 1210 und 1653), einen Abtstab aus Elfenbein (Entstehungszeit vermutlich um 1240, mit Ergänzungen aus dem 17. Jahrhundert). Besonders reizvoll ist eine gotische Elfenbeinmadonna (vor 1258) französischer Herkunft. Das Agneskreuz gilt als Schenkung einer Agnes von Kuenring aus dem 14. Jahrhundert.

Die Gemäldesammlung in der Prälatur enthält neben frühbarocken Tafelbildern auch ein Gemälde von Lucas Cranach, Maria mit dem Kind und der Weintraube (um 1520).

Die Gemäldesammlung ist ebenso nicht für Besucher zugänglich wie die Münzsammlung mit 10.000 katalogisierten Münzen und eine Kollektion von 560 Schnupftabakdosen.

Die Straße nach Rudmanns führt über die bereits erwähnte 800 Jahre alte Steinbrücke, in romanischer Zeit aus massigen Steinquadern errichtet, an denen sich noch alte Steinmetzzeichen erkennen lassen.

Information

Anreise: B 38 Abfahrt Zwettl oder Rudmanns, Stift Zwettl liegt etwa 3 km nördlich von Zwettl; Stift Zwettl, A-3910 Zwettl 1

Öffnungszeiten: Führungen durch Kirche, Dormitorium und Kreuzgang täglich von Anfang Mai bis Ende Oktober; oder ganzjährig nach Voranmeldung; zusätzlich gibt es Sonderführungen zur Baukunst der Zisterzienser und zur Orgel sowie spezielle Kinderführungen.

Veranstaltungen: Internationales Orgelfest im Sommer, Adventkonzerte und verschiedene Sonderausstellungen, Konzerte der Stift Zwettler Sängerknaben, Veranstaltungen des Bildungshauses Stift Zwettl

Einkaufen: Im Klosterladen gibt es Bücher und Souvenirs sowie die Gobelsburger Weine; Stift Zwettler Mohn, Dinkel und Kräuter

Restauranttip: Die Stiftstaverne ist für Zwettler Karpfen und die Forellen bekannt, die man im Stift auch kaufen kann. Frisches Zwettler Bier gibt es in Hotel-Restaurant Schwarz Alm außerhalb von Zwettl.

Kultur und Freizeit: Die Kuenringerstadt Zwettl besitzt noch große Teile ihrer mittelalterlichen Befestigungsanlagen sowie schöne Bürgerhäuser. Das Museum für Medizin-Meteorologie im Dürnhof bei Zwettl informiert über die Wechselwirkungen und Heilkräfte des Wetters, angeschlossen sind ein Wünschelruten-Testpfad und ein Heilkräutergarten.

Tip: Für die Besichtigung des Stiftes Zwettl, des Dürnhofs mit dem Museum für Medizin-Meteorologie, des Stadtmuseums am Hauptplatz von Zwettl und des Schlosses Rosenau mit dem Österreichischen Freimaurermuseum gibt es einen günstigen Museumspaß.

Christkindl

Auf der Hochterrasse am rechten Ufer der Steyr bei Unterhimmel steht die Pfarr- und Wallfahrtskirche Christkindl. Der Ort Christkindl ist für das Weihnachtspostamt berühmt, das hier jährlich von Adventbeginn bis Anfang Januar eingerichtet wird.

Geschichte

Wie bei vielen anderen Wallfahrtsorten auch steht eine Wunderheilung am Beginn der Geschichte von Christkindl. Der Legende nach bekommt Ferdinand Sertl, Kapellmeister von Steyr, im Jahr 1665 eine kleine Christkindl-Wachsfigur von den Klosterfrauen in Steyr zum Geschenk. Er stellt die kleine Figur in einen ausgehöhlten Stamm am Steyrufer und betet oft vor diesem Baum. Nach drei Jahren wird er auf wundersame Weise von der Fallsucht, unter der er seit seiner Jugend litt, geheilt. Der „Christkindlbaum" wird dadurch bald bekannt.

1699 bauen die Gläubigen eine kleine Holzkapelle um den Baum herum, 1702 errichtet Abt Anselm vom nahen Benediktinerkloster Garsten eine Einsiedelei und beginnt mit dem Bau einer Kirche. Er beauftragt den Architekten Carlo Carlone, die Gestaltung der Westfassade und den inneren Ausbau führt Jakob Prandtauer aus. Als Vorbild für die 1725 geweihte Kirche dient Maria Rotonda in Rom. Damit es der Aufhebung durch Kaiser Joseph entgeht, erhebt man Christkindl 1785 zur Lokalkaplanei und 1787 zur Pfarre.

Sehenswürdigkeiten

Die Kirche ist ein Rundbau mit vier Konchen (halbrunde Räume), der trotz geringer Fläche eine großartige Ausstrahlung hat. Darüber erhebt sich eine stattliche Kuppel. Das Kuppelfresko Mariä Himmelfahrt stammt von Johann Carl von Reslfeld (nach 1712), der Hochaltar, vermutlich nach einem Entwurf von Jakob Prandtauer, wurde zwischen 1710 und 1720 ausgeführt. Das Gebilde aus Wolken und Engeln stellt symbolisch den Christkindlbaum dar, in dem ursprünglich das Gnadenbild versteckt wurde: eine nur 12 cm große Wachsfigur des Christkindls mit Kreuz und Dornenkrone im Strahlenkranz. Im Wirtschaftsgebäude des Pfarrhofes steht die mechanische Krippe, die Karl Klauda (1855–1939) in 40 Jahren mit über 300 geschnitzten Figuren ausstattete. In der biblischen Landschaft bewegen sich die meisten der Figuren langsam zu den Klängen einer Musikwalze. Ab Advent 1999 kann Christkindl mit einer weiteren Attraktion aufwarten, der Großkrippe von Ferdinand Pöttmesser. Die fast 800 geschnitzten Figuren beleben eine ca. 55 Quadratmeter große Landschaft.

Kefermarkt

Die Pfarrkirche St. Wolfgang, eine kleine Stadt 40 Kilometer nordöstlich von Linz, birgt einen der größten Kunstschätze unseres Landes, den Kefermarkter Altar aus dem 15. Jahrhundert.

Geschichte

Am Ende des 15. Jahrhunderts gelobt Christoph von Zelking, der Herr von Schloß Weinberg, dem Heiligen Wolfgang eine Kirche zu bauen, wenn ihn dieser aus großen Nöten befreit. In Erfüllung seines Gelübdes läßt er 1473 mit dem Bau einer großen Wallfahrtskirche beginnen. Der von ihm in Auftrag gegebene Schnitzaltar aus Lindenholz wird erst sechs Jahre nach seinem Tod aufgestellt.

Knapp entgeht der gotische Altar bei der Barockisierung der Kirche der Zerstörung, er wird wie der Pacher-Altar von St. Wolfgang lediglich „angeglichen". Der Dichter Adalbert Stifter ist es später, der den Altar vor der Zerstörung durch die Holzwürmer rettet und durch den Linzer Bildschnitzer Johann Rint renovieren läßt. Stifter beschreibt den Altar ausführlich in seinem Roman "Nachsommer".

Sehenswürdigkeiten

Die Kirche wurde in verschiedenen Bauabschnitten errichtet, die ältesten Teile (Mittelschiff) um 1470, die Empore um 1480.

Der Hochaltar, ein Juwel spätgotischer Schnitzkunst, ist von ungewöhnlicher Größe: 13,5 Meter hoch und 6,30 Meter breit; mit aufgeklappten Flügeln füllt er den Apsisraum in Länge und Breite aus. Der Meister dieser kostbaren Arbeit ist uns nicht bekannt. Die Flügel des Altares sind heute fixiert, die seit der Barockzeit auf den schmalen Oberkanten stehenden „Schreinwächter" Florian und Georg wurden im Jahr 1932 neben den Altar auf Konsolen und unter kleine Baldachine an der Apsiswand übertragen.

Im rechteckigen Schrein stehen, in Nischen unter prächtig gestalteten Baldachinen, die drei überlebensgroßen Zentralfiguren der Heiligen Wolfgang, Petrus und Christophorus. Wolfgang als Kirchenpatron nimmt die mittlere Position ein, im Ornat als Bischof von Regensburg dargestellt, die Mitra auf dem Haupt, in der Hand den Hirtenstab. Links von ihm Petrus im Prunkornat mit dreifachem Kreuz, Buch und Himmelsschlüssel, barfüßig und barhäuptig, mit der Stirnlocke und kunstvoll gekräuseltem Bart. Rechts der heilige Christophorus, der Namenspatron des Kirchenstifters und die wundervollste Figur des Altares. An den

beiden Seiten die nur etwa einen Meter hohen Gestalten der Diakone Stephanus (mit Buch und Steinen in den Falten seines Gewandes) und Laurentius (mit Buch und dem Rost, auf dem er sein Martyrium erlitt). Ein munteres Volk von zwölf musizierenden, tanzenden und singenden Engeln umgibt die würdevoll-ernsten Heiligengestalten.
In den vier Feldern der Flügel Reliefdarstellungen aus dem Marienleben: links oben: Verkündigung; rechts oben: Christi Geburt; links unten: Anbetung der drei Weisen; rechts unten: Tod Mariens.
Bekrönt wird der Altar von elf zarten Säulen. Die im Mittelturm stehende Madonna mit dem Kind, nicht ganz lebensgroß. Maria steht auf der Mondsichel, das Jesuskind mit der Weltkugel auf dem Arm. Neben ihr Katharina und Barbara mit Blattkronen und Schwert und Stachelrad (Katharina) sowie Kelch und Hostie (Barbara). Über der Madonna die heilige Agnes, ebenfalls mit einer Blattkrone, zu ihren Füßen ein Lamm (lat. agnus). Neben ihr zwei Büsten, ein Prophet und ein Kirchenlehrer. Als Abschluß des Mittelturmes die heilige Helena, in der Linken das Kreuz.
Links vom Hauptaltar lebensgroßes Kruzifix, datiert 1497. Darunter die rote Marmorgrabplatte des Stifters Christoph von Zelking, ursprünglich über dem heute versenkten Hochgrab vor dem Altar (1491). Die beiden barocken Seitenaltäre haben Altarblätter von Martino Altomonte (links; Mariä Himmelfahrt, 1728) und des Rubens-Schülers Erasmus Quellinus (rechts; Heiliger Sebastian, um 1670).

Kultur- und Freizeittip: Im Norden hoch über dem Tal der Feldaist das prachtvolle Renaissanceschloß Weinberg, mit seinem Hauptturm ein Wahrzeichen des Landes.

Mariatrost

Am nördlichen Stadtrand von Graz liegt die Wallfahrtskirche Mariatrost. Heute ein strahlendes Beispiel barocker Architektur und Gläubigkeit, hat diese Kirche eine besonders wechselvolle Geschichte hinter sich.

Geschichte

Im Jahr 1660 wird in einem Weingarten das Purbergschlößl errichtet, in dem sich eine Kapelle samt Marienstatue befindet. 1665 kauft Franz Caspar Conduzzi das Schlößl. Bald darauf bewirkt das Marienbild Wunder, und Wallfahrten auf den Purberg beginnen. 1697 will der Bischof von Seckau diese verhindern, da Conduzzi sich nicht an kirchliche Vorschriften hält, und die Grazer Pfarrer sich beschweren, da alle Pfarrkinder nach Mariatrost pilgern. 1711 werden Wallfahrtsort und Paulinerorden kirchlich anerkannt. 1714 erfolgt die Grundsteinlegung zur großen Wallfahrtskirche, 1799 wird sie vollendet. Joseph II. läßt das Kloster aufheben, und die Wallfahrtskirche fungiert als Pfarrkirche. 1846 zieht mit den Franziskanern wieder ein Orden ein, 1996 verlassen sie Mariatrost und die Seelsorge wird Weltpriestern übertragen.

Sehenswürdigkeiten

Die harmonische Einheit von Architektur und Landschaft, eines der Prinzipien des Barock, ist in Maria Trost besonders gut gelungen. Der Hauptreiz der Kirche liegt in der durch die Lage auf einem Felsen besonders betonten Fassade. In das Innere der einschiffigen Kirche führt ein schönes Barockportal aus blaugrauem Marmor. Die Aufmerksamkeit richtet sich auf den Hochaltar mit vier gewundenen Säulen aus Marmor mit dem Gnadenbild. Auf dem Kanzeldach sehen wir eine Darstellung wie P. Marian Schweitzer einen Besessenen exorziert. Der kaiserliche Hofmaler Lukas von Schram, von dem auch der Entwurf zum Hochaltar und den beiden großen Seitenaltären stammt, schmückte die Kuppel, Presbyterium, fünf Seitenkapellen und die alte Sakristei mit thematisch miteinander verbundenen Fresken.

Information

Anreise: von Graz ca. 7 km in nordöstlicher Richtung

Öffnungszeiten: täglich geöffnet, Führungen nach Voranmeldung

Restauranttip: Im 300 Jahre alten Kirchenwirt, im Schatten der Wallfahrtskirche, können Sie sich bei regionalen Spezialitäten und steirischen Weinen laben.

Kultur- und Freizeittip: Besuchen Sie auch das Barockschloß Gösting und seine Kirche mit lebensgroßen Reitergruppen, Stift Rein (siehe Seite 172) und das Freilichtmuseum Stübing mit über 70 Bauernhäusern aus ganz Österreich.

Schöngrabern

In der Nähe von Hollabrunn befindet sich ein Kulturdenkmal höchsten Ranges, das sich in der Abgeschiedenheit eines kleinen Marktfleckens erhalten hat. Es handelt sich um die Pfarrkirche Mariä Geburt, ein überaus wichtiges Beispiel spätromanischer Architektur in Österreich.

Geschichte

Die Pfarre besteht schon 1210, gegen Ende des 16. Jahrhunderts werden evangelische Prediger eingesetzt. Immer wieder wechselt die Herrschaft den Besitzer, doch bleibt das Erscheinungsbild der Kirche so gut wie unverändert. Erst um die Mitte des 18. Jahrhunderts kommt es zu Umbauten, da die ursprünglichen Gewölbe die Seitenwände der Kirche zu sprengen drohen. Der neuen Einwölbung folgt der Anbau der Sakristei und die Errichtung des spätbarocken Westturmes. Während der Franzosenkriege geht das Kirchendach in Flammen auf, die Kirche bleibt monatelang ohne Dach.

Sehenswürdigkeiten

Die Bedeutung Schöngraberns liegt in der vielfigurigen Bauplastik an der Außenseite der Apsis. Hier findet sich in sechs Feldern ein reiches Programm, das nicht ganz einfach zu deuten ist. Es dürfte sich um eine Darstellung der Tragödie des Menschen handeln, beginnend im Süden mit dem Sündenfall, darüber über dem Fenster rechts Maria mit dem Jesuskind; über dem Fensterbogen ein (Christus-)Kopf, von dem zwei Hände ausgehen, links davon die sechs Weinkrüge der Hochzeit zu Kanaa, darüber ein Vogel. Links vom Fenster die Wägung der guten Werke eines Toten durch den Heiligen Michael. Teufel bringen seine bösen Werke herbei. Rechts vom Fenster: Ein Teufel führt eine eitle Frau zur Hölle. Auf ihrer Schleppe sitzt ein weiterer Teufel.

Die Skulpturen an der Ostseite beziehen sich alle auf den Tod. Unteres Feld: Kain erschlägt Abel (links), in der Mitte Gottvater auf dem Thron, Kain und Abel opfern Garbe und Lamm, darunter ein Drache, Symbol des Todes, der einen Menschen verschlingt und einen anderen schon in den Tatzen hat. Im oberen Feld über dem Fensterbogen wird einem Mann und einer Frau vom häßlichen Tod eine Schlinge um den Hals gelegt. Links oben: Darstellung der Fabel vom Kranich, der sorglos seinen Kopf in den Rachen des Wolfes steckt. Rechts oben: Samson zerreißt den Rachen des Löwen – symbolisch für die Überwindung des Bösen, des Todes.

An der Nordseite unten wird der Teufel in Gestalt eines Löwen von einem Jäger und seinen beiden Hunden bekämpft. Im oberen Feld direkt über dem Bogen des Fensters der Teufel mit langem Haar und langem Bart, an die sich zwei Menschen anklammern, die Kinder dieser Welt, die den teuflischen Verlockungen verfallen sind. Rechts davon erneut der Teufel, in Gestalt eines riesigen Bären, der einen kleinen Menschen in seinen Pranken hält. Ein Hund verbeißt sich vergeblich in den Bären, doch von links naht ein großer Mann, der die Bestie niederstechen wird – Symbol der christlichen Hilfe. Links vom Fenster die zauberhafte Darstellung einer verführerischen Frau mit Schleppe und Schleier. In der Hand hält sie einen Spiegel und ein blühendes Bäumchen, mit dem sie einen ängstlichen Mann zu locken versucht.

Die Kirche ist ein kleiner, bescheidener Bau mit einer halbkreisförmigen Apsis vom Anfang des 13. Jahrhunderts. Konsolenartige, schmucklose Säulchen erinnern an Heiligenkreuz. Zwei erhaltene Kapitelle der ehemaligen Orgelempore tragen Blattornamentik und Menschenköpfe.

Viel reicher geschmückt als das Langhaus ist das Chorquadrat mit durchgehenden Säulen am Triumphbogen, der Bruchstücke von Skulpturen aufweist. Die Säulenbasen vor der Apsis stehen auf Sockeln, denen je ein flachgedrückter, geknebelter Kopf mit geflochtener Frisur vorgelagert ist, vielleicht Dämonen verkörpernd. Die Kapitelle der Rippen im Chorquadrat tragen die Symbole der vier Evangelisten: Adler, Buch, Stier und Mensch. Dieses Programm wird allgemein als Darstellung des Dualismus zwischen Christentum und Heidentum bzw. zwischen Teuflischem und Göttlichem interpretiert – das Hauptthema der gesamten Bauplastik in Schöngrabern. In der Höhe der Orgelempore drei Apostelfiguren (nach 1200) an der linken Langhauswand.

Die Kirchenausmalung im byzantinisch-römischen Stil wurde 1937 entfernt, dabei kamen an der Südwand des Chorquadrates gotische Fresken aus der Zeit um 1330 ans Licht, eine Schutzmantelmadonna mit einer Stifterfigur, die heilige Katharina und die heilige Margarete, der heilige Oswald und Bischof Wolfgang von Regensburg.

Zwischen den Fenstern der Langhausnordwand findet sich eine bemerkenswerte Christophorusdarstellung, um 1350.

Der originellste Fund ergab sich jedoch an der Südwand des Langhauses, eine vermutlich erst im 15. Jahrhundert entstandene Kohlezeichnung, die einen kleinen affenartigen Teufel mit Stelzbein darstellt, der einem größeren Teufel mit Menschenhänden und Prankenfüßen eine Schreibtafel hält. Der große Teufel mit heraldisch geformten Fledermausflügeln, Schwanz und Zottelfell trägt mit einem Federkiel etwas in der Tafel ein.

Information

Anreise: B2, etwa 5 km nördlich von Hollabrunn

Öffnungszeiten: Die Kirche ist tagsüber geöffnet, das sehenswerte Lapidarium samstags und sonntags (von Ostern bis Allerheiligen)

KLÖSTERREICH
KLÖSTER REICH
Ein Erlebnis für Leib und Seele
Ein Erlebnis für Leib und Seele – zum Beispiel Stift Geras: ganzjährige Fasten- und Kunstkurse
Klösterreich
c/o ITA Hermann Paschinger
Prof. Kaserer Weg 333
A-3491 Straß im Straßertale
www.kloesterreich.at
E-Mail: info@kloesterreich.at
Tel. 02735/5535-0
Fax 02735/5535-14